帝王星

新堂冬樹

祥伝社文庫

目次

第一部

［1］

中井川《なかいがわ》が投げた三百グラムはありそうな生肉に、三匹の犬が飛びついた。

ドーベルマン、ピットブル、シェパード……中でも、シェパードは異様なまでに痩《や》せていた。

肉切れを奪い合う諍《いさか》い……十畳はありそうな犬舎《けんしゃ》の中に、唸《うな》り声が響き渡った。

まず脱落したのはシェパードだった。

「あのシェパードは、もう、飯《めし》に三日間ありついてない」

八割が白くなった髪。弛《たる》んだ瞼《まぶた》の奥の鋭い眼光——西陣《にしじん》織のシルバーの長羽織《ながばお》りを羽織った中井川はデッキチェアに深く身を預け、凄《すさ》まじい争いを眺《なが》めながらしわがれ声で言った。

「弱者に生きる資格はない、というわけですね」

中井川の隣に座る藤堂《とうどう》は、尻尾《しっぽ》を垂《た》れて犬舎の隅《すみ》で震えるシェパードに冷え冷えとした視線を投げた。

「生き残りたければ力で餌《えさ》を奪うしかない。奪えなければ、餓死するだけだ」

中井川は吐き捨てるように言うと、煙草《たばこ》をくわえ火をつけた。

ピットブルがドーベルマンの首筋に咬《か》みついた。負けじと、ドーベルマンもピットブルの前脚《まえあし》に咬みついた。

残る二頭は「生き残る」ために、一進一退のバトルを繰り広げていた。

「ピットブルは非常に獰猛《どうもう》な犬で、イタリアマフィアの護衛犬として使われている。殺人犬と恐れられ、国によっては口輪を義務づけられている。一方のドーベルマンは、知力、体力、攻撃性、俊敏性に優《すぐ》れたドイツの軍用犬だ。藤堂。お前がどちらかの犬なら、どう相手を仕留《しと》める?」

「まずは、あの犬から仕留めますね」

藤堂は、遠巻きに二頭の戦いをみているシベリアンハスキーに視線を投げた。

「ほう、なぜ?」

「あの犬は、漁夫の利を狙《ねら》っています。このまま放置していれば、二頭が共倒れになったときに餌にありつくのはあの犬でしょう」

「その漁夫の利を狙っているのは、長瀬《ながせ》とかいう若いののことだな。最近、歌舞伎町《かぶきちょう》や六本木《ろっぽんぎ》で元気がいいそうじゃないか。たしかに、主役の二頭が食い合っている隙《すき》に、準主役に持っていかれるかもしれんな」

中井川が、血みどろになった二頭を眺めながら言った。

「どうだ？　そろそろ、夜の世界から足を洗って、私のもとで本腰を入れんか？　お前ほどの男なら、風俗界だけではなくて、政財界をも牛耳《ぎゅうじ》れるぞ。もう、金も権力も十分に得ただろう？　あとは名声だ。いつまでも、野良犬《のらいぬ》どもと争っている場合じゃないと思うがな」

自分も、四十になった。

本来の計画では、三十五までに中井川のもとで帝王学を学び、四十になったら彼が総帥《そうすい》として君臨する中井川コンツェルンを継いで財界デビューを果たすはずだった。

公営ギャンブル、ホテルチェーン、銀行、証券会社……日本経済の中枢《ちゅうすう》を担《にな》い政財界に多大な発言力を持つ中井川コンツェルンのトップイコール日本のフィクサーと言っても過言ではない。

黒い太陽を目指したのも、夜の世界で得た資金と人脈を武器にもっと大きな世界で頂点に立つためだった。

「たしかに、私は風俗王と呼ばれ、金も権力も手に入れました。ですが、まだ、やり残したことがあります」

「立花《たちばな》という男のことだな？　ずいぶんと、過去に激しくやり合ったそうじゃないか」

五年前、藤堂観光の看板店を立花に潰《つぶ》され、藤堂は歌舞伎町から撤退した。

そのときの「戦争」で、タチバナカンパニーの系列店も四店舗潰れているので、藤堂と立花の戦いは痛みわけと言えた。

十年前立花は、ミントキャンディという藤堂観光のキャバクラで一介《いっかい》のボーイをやっていた。

つまり、当時、立花にとって藤堂は雲の上の存在だったのだ。

その下僕《げぼく》同然の男が、ひとりの女……千鶴《ちづる》のために反旗を翻《ひるがえ》し、ミントキャンディを飛び出した――自分と同じ土俵に立ち、勝負を挑《いど》もうとしてきた。

歯牙《しが》にもかけなかった。放っておけば、自滅するだろうと軽視していた。

違った。

立花は自滅するどころか、急速に勢力を伸ばした。潰そうとすればするほど、大きくなっていった。

いつの間にか、藤堂にとって脅威の存在に成長した——ただの野良犬が、鋭利な牙を持つ狼《おおかみ》に成長した。

藤堂観光の看板店……クールビューティーを潰されて五年。藤堂は、ふたたび歌舞伎町に戻ってくるために、自ら全国のキャバクラを回り、新店のキャスト集めに奔走《ほんそう》した。

クールビューティーがフェニックスに負けた理由はいろいろと考えられるが、一番の原因は「駒」が小粒だったということに尽《つ》きる。

卑弥呼《ひみこ》というナンバー1キャストはいたが、立花の店……フェニックスを潰すまでのパワーはなかった。

フェニックスには、当時、六年間一度もほかのキャストに売り上げを抜かれたことのない絶対女王の冬海《ふゆみ》がいた。

冬海以外にも、優姫《ゆうき》という超新星もいた。

優姫……藤堂が利用し、ボロ雑巾《ぞうきん》のように捨てた女。

優姫の父親が経営していたラーメン店は、今のフェニックスの正面にあった。

藤堂はかつて、この土地を得るために、優姫を介して彼女の父親に近づき、言葉巧《たく》みに権利書を騙《だま》し取った。

死んだ妻との思い出の「城」だったというラーメン店を奪い取られた優姫の父親は、自らの手で命を絶《た》った。

優姫は、復讐の鬼と化し、フェニックスのキャストとなり冬海を脅《おびや》かすほどの存在になった。

クールビューティーを出店することで立花を潰すというシナリオは、優姫の出現によって狂いが生じた。

潰れるどころか、冬海と優姫の二枚看板が鎬《しのぎ》を削り、フェニックスは日本一の売り上げを誇《ほこ》るキャバクラとなった。

生まれて初めて、誰かの背中をみるという屈辱を味わった。

もちろん、ただ指をくわえてみていただけではない。

常連客を使って冬海に銀座のクラブを出店させるという餌をちらつかせ、彼女をフェニックスから引き抜いた。

店の売り上げの半分を占めていた冬海が抜けた穴は大きく、フェニックスの売り上げは大幅に減少した。

だが、優姫の驚異的な活躍で、フェニックスは窮地を脱した。

冬海の後継者……新女王としての風格さえ漂《ただよ》わせ始めた優姫が、藤堂の次のターゲットだった。

立花を夜の世界から抹殺《まっさつ》するという目的のためなら、手段は選ばなかった。暴漢三人を使って、優姫の顔を崩壊するほどに殴打し、レイプさせた。卑劣だとは思わない。強者だけが生き残り、弱者は餌食にされる。それが、弱肉強食の世界だ。

冬海と優姫という両翼をもがれても、立花は死ななかった。死ぬどころか、起死回生を狙ってきた。

日向《ひゅうが》えりか。立花のウルトラCは、驚くべきことに人気絶頂の若手女優を「役作り」と称して入店させることだった。

テレビ、ドラマ、CMで大活躍している女優が、一万円のセット料金を払えばとなりに座ってくれ、息のかかる距離でいろいろと会話をしてくれるのだ。

日向えりか目当てに、連日、フェニックスは長蛇の列を成した。

対照的に、客を取られたクールビューティーは閑古鳥《かんこどり》が鳴いた。

好事魔多《こうじまおお》し——快進撃を続けていたフェニックスにも、小さな綻《ほころ》びができていた。

藤堂は、自身の映画のPRのための「腰掛け勤務」の日向えりかに不満を募《つの》らせていたキャスト達を焚《た》きつけ、一斉に引き抜いたのだ。

いくら日向えりかが有名な女優といっても、ひとりで店は回せない。

立花は、苦肉の策として四軒の系列店のナンバークラスのキャストを搔《か》き集め、フェニックスに総動員した。

肉を斬らせて骨を断《た》つ——フェニックスを残すために、立花は四軒の系列店を潰した。

そう、フェニックスが営業を続けること即《すなわ》ち、クールビューティーの終焉《しゅうえん》を告《つ》げることを意味した。

藤堂観光が看板店、タチバナカンパニーが系列店四店舗……互いに、傷を負った。

が、藤堂にはわかっていた。

より深い傷を負ったのは、風俗界の聖地からの撤退を余儀《よぎ》なくされた自分のほうであるということを……。

「奴には、五年前にウチの看板店を潰されています」

藤堂は、押し殺した声で言った。

「噂《うわさ》は聞いているよ。だが、野良犬がライオンの足を咬んだところで致命傷を与えることはできん。キャバクラを一軒失ったくらい、それがなんだというのだ？　君は、もっと大きな戦いに眼を向けるべき人間だ」

中井川が、鼻で笑った。

彼はわかってはいない。足を咬まれたライオンは、野良犬を全力で殺しにかかることを……そして、もはや立花は、野良犬ではなく狼だということを。

藤堂が歌舞伎町から離れている五年の間にタチバナカンパニーは、東京都内に五十三店舗、関西に三十四店舗、北海道に二十二店舗、九州に二十六店舗……合計、百三十五店舗のキャバクラを経営するまでになっていた。

日向えりかが体験入店したキャバクラということで、フェニックスは全国に名が轟《とどろ》く有名店となり、沖縄《おきなわ》や札幌《さっぽろ》から足を運ぶ客もいた。

テレビや雑誌の露出も増え、それがまた客足を伸ばした。

一方で、経営難の店に積極的に融資し、傘下《さんか》におさめることでタチバナカンパニーは飛躍的に系列店を増やしていった。

いまや、風俗王の称号は立花のものになりつつあった。

ピットブルもドーベルマンも、血みどろになりながらも互いの脚、首筋、背中に牙を突き立てていた。

「彼ら」は、知っている。いま、目の前の相手を倒さなければ、それ以上に強大な敵が現れたときに勝てはしないということを。

「半年だけ、待ってください」

藤堂は、中井川の眼を直視した。

「半年あれば、やり残したことが解決するのかね？」

「ええ」

藤堂は、中井川の眼から視線を離さずに小さく顎《あご》を引いた。

プライドをかなぐり捨てて、自らの足で日本中の繁華街《はんかがい》を回り、資金力に物を言わせて各地を代表するキャストを引き抜いた。

大阪《おおさか》はミナミのドロシーの舞《まい》は、ビジュアルは並だがマシンガントークと言われる話術でナンバー1の座を勝ち取った。

京都《きょうと》のスロータイムの椿《つばき》は、和風美人のおしとやかさで客を虜《とりこ》にしていた。

札幌のエンジェルハートのキララは、抜けるような白い肌に西欧人並みの日本人離れしたグラマラスボディで客の視線を独り占《ひとじ》めにしていた。

福岡《ふくおか》のラズベリーの桃美《ももみ》は、アイドル顔負けのルックスで客の間でファンクラブができるほどの人気だった。

東京は六本木のハーレムビートの沙羅《さら》は、モデル級の完璧なビジュアルを武器に日本で一、二を争う激戦区で一年間トップを守り続けている。

池袋《いけぶくろ》のカクテルラブのミルキーは、文字通り「体当たり」の枕営業でナンバー1キャストにまで上《のぼ》り詰めた。

渋谷《しぶや》のロリータの萌《もえ》は、徹底した妹キャラでマニアックな客達のハートを鷲摑《わしづか》みにしていた。

藤堂が、五年ぶりに歌舞伎町に出店するトップキャストは、店名の通りにナンバー1キャストばかりで構成されていた。

野球でたとえれば、各チームの四番バッターとエースだけを揃《そろ》えたドリームチームだ。

その中でも、藤堂が五千万の金を積んで引き抜いた銀座《ぎんざ》のゆりなは、大物中の大物だった。

ゆりなが勤《つと》めていたのは、キャバクラではなく政治家や大物芸能人御用達のクラブだった。

水商売歴半年の彼女は、海千山千《うみせんやません》のホステス達が顔を揃える超一流店で、一カ月目からいきなり売り上げ一位を記録するという快挙を達成した。

僅《わず》か十九歳の新人に、藤堂が五千万もの大金を積んだのには理由があった。

ゆりなが働く店のオーナーは、冬海だった。

凄《すご》いホステスが銀座のクラブにいる。

業界で話題になっていたゆりなの店に行ったときに現れたのが、冬海だった。

——どうだ？　キャストからママに転身した気分は？

——あら、ウチの太客《ふときゃく》になってもらえるのかしら？


藤堂の心を見透《みす》かしたように、先制攻撃をかけてくる冬海。

藤堂は、無言でルイ・ヴィトンのアタッシェケースを冬海の鼻先に翳《かざ》した。


——その中に、五千万ある。移籍金として取っておけ。

——お断わりよ。ゆりなは、数億を稼《かせ》ぐコよ。どうしてもあのコがほしいなら、最低でも三億は用意してもらわないとね。

——欲をかかないで、取っておけ。じゃなければ、あとで後悔するぞ。

——どういうこと？

——俺は、欲しいものは必ず手に入れる。どっちみちあの女は俺のもとにくる。金を出すと言ってるうちに、取り引きに応じておいたほうがいい。

——断わるわ。ゆりなは、私が一から水商売のイロハを教え込んできたコなの。もし私が全盛期でも勝てるかどうかわからないわ。

――ほう。なおさら、ゆりなという女を手に入れなければならなくなった。

結局、最後まで冬海は首を縦《たて》に振らなかった。

冬海の店を訪れた翌日、藤堂はゆりなと接触した。

一時間そこそこで、話はついた。

五千万の移籍金を渡す。

冬海にたいしてと同じ条件をゆりなに提示しただけだ。

「半年？　金も権力も手に入れたお前が、いくら夜の世界で頭角《とうかく》を現してきたとはいえ、あの立花という男にそこまで拘《こだわ》る理由はなんだね？」

中井川が、不思議そうな顔で訊《たず》ねてきた。

「プライドです。私の首筋に牙を突き立てた奴の息の根を止めなければ、前に進むことはできません」

「わかった。半年待とう。だが、ひとつだけ約束しろ。その戦いに勝とうが負けようが、半年経《た》ったらすっぱりと夜の世界から足を洗い、私の跡を継ぐことを」

中井川が、有無《うむ》を言わさぬ口調《くちょう》で言うと藤堂を見据《みす》えた。

犬舎内に、甲高《かんだか》い犬の鳴き声が響き渡った。

「ご安心を。所詮《しょせん》、野良犬は狼になれないということを思い知らせてやりますよ」

藤堂は押し殺した声で言うと、視線を中井川から二頭の犬に移した。

生肉を食らうピットブルの足もとで四肢《しし》を痙攣《けいれん》させ横たわるドーベルマンに、藤堂は半年後の立花の姿を重ね合わせた。

［2］

クラシックが低く流れる店内、ロココ調の猫脚《ねこあし》ソファ、マイセンのティーカップ……銀座の月光《げっこう》ホテルのラウンジは、これから同伴するクラブのホステスと客で溢《あふ》れ返っていた。

藤堂は、コーヒーカップを傾けながら「夜の蝶《ちょう》」達を観察した。

同じ水商売でもクラブのホステスとキャバクラのキャストは、陸上というカテゴリにおいての二百メートル走と百メートル走ほどの違いがある。

「速《はや》さ」を競うという点では同じだが、二百メートル走には加えて「持久力」という要素が必要になる。

キャバクラに通う客よりも、クラブの客は年齢層が高く博識である場合が多い。

政治、経済、事件……あらゆる話題について行けるだけの知識が求められる。

指名をコロコロ替えられるキャバクラと違って、銀座のクラブは永久指名制度だ。

つまり、一度席に付いたホステスは、気に入らなくてもチェンジすることはできない。

どうしてもそのホステスがいやならば、別の店に替えるしかないのだった。

二年や三年店に通う客も珍しくなく、ホステスにしても若さとノリだけでは通用しないのだ。

もちろんビジュアルも重要だが、同じくらいに話術と知識がなければすぐに飽《あ》きられてしまう。

それが、銀座の夜の世界だ。

なので、昔ほどではないが、銀座のホステスは勉強家である。

早めに起きて、新聞、ニュース、ワイドショーに眼を通し、どんな客との会話にも対応できるようなスキルを身につける努力が必要だ。

だが、だからといって、銀座の女が新宿《しんじゅく》や六本木のキャストより上かと言えばそうではない。

あくまでも、主役は客だ。

刺激を求めるキャバクラの客を満足させるには、「瞬発力」が必要だ。

どれだけの知識と話術があっても、客を退屈させるのであれば意味がない。

二百メートル走の金メダリストが必ずしも百メートル走でトップになれないのと同じで、銀座でナンバー1だったホステスがキャバクラでまったく通用せずに店を辞《や》めていくというケースは枚挙《まいきょ》にいとまがない。

ようするに、餅《もち》は餅屋ということだ。

藤堂は、左斜め前の席——地味だが高価なスーツを身に着けたロマンスグレイの紳士の向かいで、無邪気な笑顔で相槌《あいづち》を打つ女性に視線を移した。

「佐高《さたか》さんも、絶対に気に入るわよ。冒険するべきだって！　社長さんでしょう？　経営者はさ、自分の好き嫌いじゃなくて、いろんなことを経験しないとだめよ」

三十は上だろう常連客に説教口調で窘《たしな》める女性は、藤堂が五千万もの大金を投資してトップキャストに引き抜いたゆりなだ。

ショートカットの黒髪、ニューヨークブランドのプリント柄《がら》のTシャツ、ローライズのデニムのショートパンツ……髪型といい、服装といい、言動といい、ゆりなのすべてが、つい一週間前まで銀座のクラブでトップを張っていたホステスとは思えないものだった。

「相変わらず、手厳《てきび》しいな。だけど、キャバクラってやつはどうも苦手でね」

「甘えたこと言ってるんじゃないの！　最初から及び腰でどうすんの？　社員がそんなネ

ガティヴオーラを発散してたら注意するでしょう？　ま、佐高さんに会いたいってのもあるんだけどね」

それまでの厳しい調子とは一転し、はにかんでみせるゆりな。

この緩急《かんきゅう》に、たいていの客はやられるのだ。

企業の社長、芸能界の大御所、有名スポーツ選手――ゆりなの勤めていた蘭華《らんか》は、社会的地位と名声が高いＶＩＰ客の集まりだった。

ゆりなが相手をしている常連客も、都内に五十棟のビルを所有する大手不動産会社のオーナーだった。

彼らのような人種は意見をされることがないので、ゆりなのように叱《しか》ってくれる人間が新鮮に映るのだ。

もちろん、ゆりなはそれをわかってそうしているのだ。

歯に衣着《きぬき》せぬ奔放《ほんぽう》な発言、生意気なタメ語、やんちゃな仕草……そのひとつひとつが気ままにやっているのではなく、計算の上のことだった。

「まったく、心にもないことを。そんなことを言ってると、本気にするぞ？　じゃあ、新しい店に行ったら、一日、私とつき合ってくれるか？」

「そういうことが目的なら、きてくれなくてもいいわ。私、佐高さんのことは本当のお父さんみたいに思ってるの。だから、セックスとかそういう関係になるのはいや」

ゆりなが、憤然《ふんぜん》とした口調で言った。

「五千万は、安い買い物だったわね」

藤堂の向かいの席に、孔雀《くじゃく》の刺繡《ししゅう》があしらわれた和服を着た女性……冬海が皮肉っぽい笑みを浮かべながら座った。

「色恋で繫《つな》いだお客は長続きしないってことを知ってるホステスは珍しくないけど、ここまではっきり言っても許されるのは彼女の天性の資質ね」

六年間無敗のままキャストを引退した伝説のカリスマキャストの眼力は、さすがだった。

心理的駆け引き、機転の速さ、空気を読む力……ゆりなの秀《ひい》でている点は多々あるが、彼女の本当の凄さは生まれながらの憎めないそのキャラクターだった。

これは、努力でどうにかなるものではない。

冬海の言うように、天賦《てんぷ》の才だった。

冬海、優姫、ゆりな。藤堂は、「夜の蝶」になるために生まれてきた女を三人知っている。

三人は、誰よりも美しく、誰よりも力強く舞うことができた。

冬海は名声という闇を舞った。

優姫は復讐という闇を舞った。

だが、ゆりなが舞う闇は、名声でも復讐でも、ましてや金でもなかった。

ゆりなには、冬海のドライさも優姫の陰もない。


——愉《たの》しそうだから。


藤堂が、初めてゆりなに会ったときに、水商売を始めた理由を訊《き》いたときの彼女の返答だった。

冬海には、日本一のキャストになるというプライドがあった。

優姫には、藤堂猛《たけし》を潰すという執念があった。

しかし、ゆりなには、彼女達が持っているような確固たる信念はなかった。

好奇心。ただそれだけの理由で、ゆりなは夜の世界に飛び込んだのだ。

「わかってるよ。変なことを言って、悪かった。『父親』として、ゆりなの新しい店に顔を出すからさ」

「だから、佐高さんのこと好きなんだよね！」

ゆりなが弾《はじ》ける笑顔を向けると、佐高の顔がだらしなく弛緩《しかん》した。

この笑顔こそ、ゆりなの最強の武器だった。

「まいったな、本当に、ゆりなには敵《かな》わないよ」

「話は変わるけどさ、佐高さんの会社は大丈夫なの？」

「ん？　藪《やぶ》から棒にどうした？」

「だってさ、この前、銀行が四つも破綻《はたん》したじゃん。一カ月の間に都市銀行が連続で破綻したなんて、前代未聞でしょ？　佐高さんとこのビルに入っているテナントって、銀行とか証券会社が多いから、心配になっちゃってさ」

「イマドキ」の娘の砕《くだ》けた喋《しゃべ》り口調で語る豊富な経済知識。

プロレスラーのようないかつい大男が子猫を可愛がる姿や、いつもクールな女性が感動系の映画に涙するという光景が人々の胸に好印象を残すのと同じで、ゆりなの「ギャップ」は客を虜にするツールのひとつだ。

「大丈夫だよ。私の店子《たなこ》達の経営状態は至って良好だからね。でも、心配してくれてありがとうな」

知識だけでなく、客にたいする「気遣《きづか》い」と「思い遣《や》り」も、ゆりなの人気を不動のものにしていた。

「政治、経済、芸能、スポーツ……あのコの知識は、そこらの評論家やマスコミより豊富よ。博識なコは銀座には多いけど、インターネットや新聞の情報の受け売りばかり。ゆりながほかのコと違うところは、その情報を吸収して発酵《はっこう》させているということね」

「もう自分のものじゃないのに、随分《ずいぶん》と寛大だな」

藤堂は、ナンバー1キャストからすっかり銀座のママへと変貌《へんぼう》を遂《と》げた冬海をみつめた。

天才少女として鳴り物入りでデビューした冬海も、もう三十路《みそじ》を越えていた。

現役キャストのときは黒髪のロングと純白のドレスがトレードマークの冬海だったが、アップの髪に着物姿もよく似合っていた。

一流の女優がどんな役をやってもスクリーンに魅力的な姿を映し出すのと似ているのかもしれない。

「私が手塩《てしお》にかけて育てた宝物だもの。悔《くや》しくないと言ったら、嘘《うそ》になるわ。でも、『里親』があなただってことがせめてもの救いね」

冬海が、自分を納得させるように言った。

無理もない。店の総売り上げの三分の一を稼ぎ出すドル箱を引き抜かれてしまったダメージは相当なものに違いない。

十年前……怨敵《おんてき》立花の店に寝返ったときの自分の気持ちを、いまになって体感することになるとは夢にも思っていなかっただろう。

「お前が現役時代に唯一《ゆいいつ》苦しめられたと言っていい相手は優姫だ。ふたりと間近で接したお前からみて、ゆりなとどっちが上だ？」

優姫とゆりな。時代とタイプは違えど、彼女らが十年にひとりの逸材《いつざい》であるのは間違いない。

千人を超える「夜の蝶」をみてきた藤堂の眼力を以《も》ってしても、勝敗の行方を占うことは不可能に近かった。

「難しい問題ね。ふたりがもし同じ店で争ったら、互角の戦いになるんじゃないかしら。だけど、それは優姫にあなたへの復讐という活力源があったらという前提の上での話よ。私があのコに追い詰められたのも、藤堂猛がいたからよ。キャストとしての純粋な能力なら、ゆりなの足もとにも及ばないでしょうね」

「なるほど。俺も同感だ。なら、もしお前が現役ならナンバー1の座を守れる自信はあるか？」

本当に訊きたかったことを、藤堂は口にした。

冬海が、運ばれてきたミルクティーをスプーンで掻《か》き回しながら沈黙した。

立花に敗れ、歌舞伎町を離れた屈辱の五年間……新規店を出すだけならば、三カ月もあれば十分だった。

が、二度目の敗北は許されなかった。

暗黒の夜空に羽ばたく強大な不死鳥――フェニックスの翼をもぎ取り永遠に舞えないようにするには、一流を揃える必要があった。

新店……トップキャストには、日本全国の有名店でトップを張っていたナンバー1キャストが集結した。

その面子《メンツ》だけでも、「不死鳥」にかなりの深手を負わせることはできたことだろう。

しかし、止《とど》めを刺すまでには至らない。

冬海を超えるかもしれない天才……ゆりなは、藤堂自らの手で作り上げた「元祖天才」のもとにいた。

「ひとつだけ、言えることがあるわ」

冬海が、熟考した末に口を開いた。

そして、絞《しぼ》り出すような声で続けた。

「ゆりなと同じ時代にキャストをやっていたなら……私の記録は生まれなかったでしょうね」

「ほう、お前がそこまで言うとは驚きだな」

藤堂は、冬海の真意を読み取るべく彼女の瞳《ひとみ》の奥を見据えた。

「あなたなくしては、いまの私はなかった。だけど、あのコは違う。私がゆりなに教えたのは、水割りの作りかただけ。接客については、まったくのノータッチよ。入店一カ月で銀座を制したのは、あのコの自己流なの。これであなたに触れたら……考えただけで、恐ろしいわ」

藤堂は、無言でテーブルに一万円札を置くと立ち上がった。

「もうすぐ、話は終わるはずよ。会っていかないの?」

「先に、寄らなければならないところを思い出してね」

逸《はや》る気持ちを抑え、藤堂は言った。

「宣戦布告ね」

「ああ。それに、敵の主役をこの眼でたしかめておかないとな」

「四年間、私の『指定席』に座っている女のこと?」

「冬海の再来。その噂の真偽《しんぎ》を、体験してみたくなってね」

藤堂は言い残し、店をあとにした。

雪乃《ゆきの》——冬海の引退後、四年間、歌舞伎町でナンバー1の椅子に座り続けている「新カリスマキャスト」の実力のほどを肌で感じておきたかった。

確かめたいのは、雪乃だけではない。

「成長振りを、みせてもらおうか」

藤堂は呟《つぶや》き、待機していたロールスロイスのリムジンに乗り込んだ。

新風俗王の冠《かんむり》に相応《ふさわ》しい男になっているかどうかを……。

「歌舞伎町のフェニックスだ」

藤堂は運転手に低く短く告げると、シートに背を預け眼を閉じた。

［3］

改築して二百坪になった広大なフロアを競い合うようにきびきびと立ち回るボーイ、競い合うように場を盛り上げるキャスト……立花は、客席を縫《ぬ》うように歩きながら店内の様子を視察した。

社長がきているから、張り切っているわけではない。

日本一の売り上げを誇るフェニックスは、常に誰かが足を掬《すく》おうとてぐすね引いているので、キャストもボーイも気を抜く暇《ひま》がないのだ。

競争なくして発展はなし。

この十年間で、立花が学んだことだ。

風俗王……藤堂猛とは、憎しみと誇りを賭《か》けて互いに潰し合ってきた。

なんとしてでも消し去りたい相手であると同時に、立花がここまで大きくなれたのは彼が存在したからというのもまた動かしようのない事実であった。

タチバナカンパニーは、東京都内に五十三店舗、関西に三十四店舗、北海道に二十二店舗、九州に二十六店舗……合計、百三十五店舗もの系列店を抱えるまでの大所帯になった。

怨敵、藤堂観光のようにソープやヘルスに手を出していないので事業全体の総利益では及ばないが、キャバクラの売り上げにかぎって言えばタチバナカンパニーの圧勝だ。

勝負は決したか？

否《いな》だ。

たしかに、藤堂観光に一時期の勢いはない。だが、藤堂はこの程度で白旗を上げる男ではない。

王権復活を狙って、虎視眈々《こしたんたん》と牙を研《と》いでいるに違いない。

しかし、彼女のいるフェニックスを倒すのは容易ではない。

立花はフロアの片隅で足を止め、ガラス張りの壁で仕切られたＶＩＰルームに眼をやった。

スーツのポケットに手を入れ、受信機のスイッチをＯＮにした。

ＶＩＰルームには、三口型コンセントを装《よそお》った盗聴器が仕掛けてある。

どこにでもある、いわゆる「タコ足コンセント」なので、盗聴されていると気づかれる恐れはない。

この業界で、最も警戒すべきことは引き抜きだ。

同業者が客に成り済まして仕掛けてくることもあれば、本物の客を抱きこんで接触してくることもある。

じっさい、五年前に、夜の世界で六年間一度たりともトップの座を譲ったことのない伝説のカリスマキャストの冬海を、藤堂の手先となった太客に引き抜かれたことがあった。

同じ過《あやま》ちを繰り返さないために、ＶＩＰルーム以外の全席の近くのプラグにもコンセント型の盗聴器を設置し、受信機をボーイに持たせてキャストと客の会話には十分な注意を払わせていた。

ガラス越しに、立花の野心を満たし、夢を叶《かな》える「女神」……雪乃がいた。

彼女の髪をかき上げる仕草、水割りのマドラーを回す優雅な指先、客をみつめる黒目がちな瞳、微笑《ほほえ》んだときの右の頰《ほお》にだけできる笑窪《えくぼ》、濡れて艶《つや》のある声……エロティック且《か》つ優雅な雪乃に、常連客の小野宏《おのひろし》は完全に魅了されていた。

朝のワイドショーが二本、昼のワイドショーが四本、夜のバラエティが三本……週に九本のレギュラー番組を持つ小野は日本を代表するMC《エムシー》であり、聞くところによれば一時間のギャラは八百万にもなるらしい。

小野は、雪乃の数多い太客の中でも金遣いの荒さは群を抜いており、来店すれば最低でも一本二十五万はするドンペリのゴールドを二本は空《あ》けてゆく。

雪乃の売り上げは月に二千七百万……この数字は、五年前の冬海をも凌《しの》ぐ。

雪乃は週に六日の出勤で冬海は週に五日と、出勤日数も違えば時代と客層も違うので一《いち》概《がい》に比較はできないが、それでも、彼女が不世出《ふせいしゅつ》の天才キャストであることに変わりはない。

「小野さんみたいな男性だったら、私、誰かを不幸にしてもいい……そんな気になるの」

雪乃が、小野の太腿《ふともも》に手を置き、艶っぽい瞳でみつめた。

彼女のこの瞳で射貫《いぬ》かれて理性を保てる男はそういない。

「またまた、そうやって、思わせぶりに気を持たせるようなこと言ったら、本気にしちゃうぞ」

小野が、雪乃の手を握り、陽灼《ひや》けというより焦《こ》げたといったほうがピッタリの黒い顔をニヤつかせた。

五百円の安酒も二十五万の高級酒も、アルコールが理性を弛緩させるのは変わりないようだ。

「アフターにつき合ってくれたら、思わせぶりじゃないってことを証明してあげるわ」

雪乃は言うと、小野の耳朶《みみたぶ》を甘噛《あまが》みした。

彼女と出会ったのは、赤坂《あかさか》のホテルの一室でだった。

――会員制の高級デリヘルに、物凄《ものすご》い上玉がいるって噂です。そのデリヘルは六十分十六万で、客は主に政治家や実業家が多いそうです。タレントの卵やグラビアアイドルが在籍しているハイレベルな店で売り上げはトップだっていうから、相当にいい女だと思います。一度でいいから、そんな極上の女を抱いてみたいもんすね。

情報屋の遠藤《えんどう》の卑《いや》しい含み笑いが、立花の鼓膜《こまく》に蘇《よみがえ》った。

遠藤は、新宿でスカウトの事務所を経営している。

芸能プロ、キャバクラ、風俗、アダルトビデオと、その女の質によって「売り込み先」

を振り分けており、フェニックスにも数人、遠藤の紹介で働いているキャストがいる。

――ルックスとスタイルがどれだけよくても、冬海の穴は埋まらない。

――ルックスとスタイル、あとはトークでしょう？　わかってますって。それは、ご自分でたしかめてください。

意味深《いみしん》な笑みを浮かべながら遠藤が渡してきたのは、ホテルの部屋番号だった。

容姿端麗《ようしたんれい》でも、話術のないキャストは一度で飽きられてしまう。

かといって、どんなに話術に長《た》けていても容姿が悪ければ二度目の指名はない。

三拍子《さんびょうし》揃ってなければ、キャバクラ激戦区の歌舞伎町のナンバー1キャストにはなれないのだ。

だが、冬海クラスのキャストになるには、さらにプラスアルファが必要だ。

枕営業。

客と寝るのは、この業界では珍しいことではない。

ただし、キャバクラには、「色」で落とした客は長続きしないという定説がある。

店で大金を使う客の「終着駅」は、キャストと寝ることだ。

目的を果たした客が、それまでと同じテンションで金を使うことはありえない。「釣《つ》った魚に餌をやらない」というのは、夫婦にかぎった話ではないのだ。

しかし、例外はある。

究極のセックステクニック……つまり、客を性の奴隷にするほどの性戯を持っていれば、肉体関係を結んだあとでも店に通《かよ》い詰めさせることができる。

――私を相手にして、十五分もプレイを続けられた人は初めてです。

立花の上に覆《おお》い被《かぶ》さった雪乃が、耳もとで荒い息とともに言った。

驚きと悔しさの入り混じった彼女の表情がとても印象的で、昨日のことのように思えた。

驚きは、立花も同じだった。

これまで、ベッドインしてから一時間以内に煙草を吸った記憶などなかった。

雪乃に入った瞬間に、体験したことのない強烈なオルガスムスが脊椎《せきつい》を溶かしてしまうのではないかという錯覚に襲われた。

——ウチにこないか？

スーツに袖《そで》を通しながら、立花は単刀直入に切り出した。

——私がキャバクラに？　割に合いません。いまの仕事でいくら貰《もら》ってるか、知っているでしょう？

ヘッドボードに背中を預けた雪乃が、シーツを胸もとまで引き上げ悪戯《いたずら》っぽく笑った。

——店と折半《せっぱん》でひとりの客から八万円。たしかに、いい稼ぎだ。

——本番は、別料金で四万貰ってます。

——一日、何人を相手にして週何日出ている？

——その日によってバラつきはありますけど、平均すると四人くらいかな。週に三回、出勤してます。

——週に百四十四万……月に五百七十六万か。その稼ぎを超えられるなら、店を移る気はあるのか？

——もちろんです。私の最愛の人は福沢諭吉《ふくざわゆきち》さんですからね。

当時、雪乃は二十歳《はたち》。この執着心がどこからくるのか、追及することはしなかった。彼女は、どうしてもフェニックスに必要な存在……唯一無二《むに》の事実の前では、いかなる好奇心も霞《かす》んで消えた。

——私も、キャバクラに勤めようと思ったことがあるんです。エッチしなくてもいいし。だけど、売れっ子のキャストさんでも時給が二万円くらいでしょう？　五時間勤務しても十万……週に五日出てもたったの二百万にしかならないからやめたんです。

雪乃は、あっけらかんと笑った。

——冬海というキャストを知ってるか？

——何年間も一位の記録を破られなかった有名人ですよね？

——彼女は、俺の店で時給六万円で働いていた。週五の出勤で月収は六百万だ。ほかにも、同伴料、指名料、報奨《ほうしょう》金を合わせると月に平均して一千万近い稼ぎがあった。

——一千万？

桁《けた》違いの金額を耳にした雪乃の眼の色が変わった。

——そう、一千万。お前にも、冬海と同じ時給を出してもいい。

——本当ですか!?

——ああ、嘘じゃない。ただし、三つの条件がある。ひとつは、冬海と同じ週五の出勤態勢でやってもらうということ。ふたつ目は、デリヘル時代の客に営業をかけないこと。そして最後に……太客には枕営業をかけろ。

——お客さんと、寝ろってことですか?

雪乃が、眼を見開いた。

彼女のリアクションは、想定内だった。

客を焦《じ》らし、期待を抱《いだ》かせ、しかし、最後の一線を越えさせない——客と寝ずにどう店に呼び続けるかが、キャストの腕のみせどころだった。

また、多くの店は、彼女達にそう教えていた。

千鶴、冬海、優姫……歴代のトップキャスト達は、みな、枕営業をせずに客を繫いでいた。

肉体を開いた瞬間に客から男に変貌《へんぼう》し、憧れのキャストが「所有物」という感覚になる。

男の「性」を知り尽くしているからこそ、彼女達は「最後の聖域」を死守するのだ。

千鶴を凌ぐ話術、冬海を凌ぐスタイル、優姫を凌ぐルックス……枕営業などしなくても、雪乃は十分にナンバー1になれる資質を備《そな》えている。

だが、立花が彼女に求めているのは店で一番になるキャストではなく、全国で……いや、歴史上で一番の伝説のキャストを生み出すことだった。

冬海でさえ絶対に敵《かな》わないだろう武器――「伝説超え」を果たすには、雪乃のセックステクニックが必要だった。

立花の読み通り、雪乃は入店一カ月目にいきなりトップに上り詰め、以降、四年間、ほかのキャストの後塵《こうじん》を拝《はい》することなく走り続け、フェニックスを牽引《けんいん》した。

汚いとは思わない。

ボクシングの試合でキックを放《はな》てば反則負けになるかもしれないが、殺《や》るか殺られるかの戦いには勝利する。

相手を戦闘不能にするためなら、キックどころか肘《ひじ》を使って眼を潰すことも厭《いと》わない。

食うか食われるか――夜の帝王を目指す立花の頭に、卑怯《ひきょう》という二文字はなかった。

生き残るためにほかの動物の命を躊躇《ためら》いなく奪う肉食獣こそが、己《おのれ》が理想とする姿だ。

「じゃあ、チェックしてくれ」

小野が、ギラついた眼で雪乃をみつめ、財布に手を伸ばした。

「私を味わいたいなら、ラストまでもっとお金を使ってくれなきゃいや」

雪乃が、また小野の耳朶を甘噛みしながら囁《ささや》いた。

この直球勝負が肉体を張ってきた女の強みだ。

「参ったな……わかった。仕切り直しの前に、トイレに行ってくるよ」

小野が、苦笑《にがわら》いを浮かべつつ席を立つとＶＩＰルームを出た。

「今月も、トップの座は安泰のようだな」

小野に続きおしぼりを手にＶＩＰルームから出てきた雪乃に、立花は語りかけた。

「記録を塗り替えるまでのあと三年は、誰にも負けられませんからね。それに、まだまだ稼ぎたいし」

雪乃が、貪欲《どんよく》に光る眼で立花を見据えた。

「いまさらだが……」

どうしてそんなに金に執着する？

立花は、言葉の続きを呑《の》み込んだ。

雪乃の原動力は、一にも二にも金だ。

身内の誰かに莫大《ばくだい》な入院費がかかっている。他人、若《も》しくは自分自身に多額の借金がある。質《たち》の悪い男に貢《みつ》いでいる。将来、事業を興《おこ》す計画がある。

これだけの金の亡者《もうじゃ》になるには、きっとそれなりの理由があるはずに違いない。

が、どんな理由であろうと、そこに意味はない。

重要なのは、立花にとって雪乃がフェニックスに欠かせないドル箱キャストだということ――それ以上の理由は必要なかった。

雪乃が首を傾《かし》げ、立花の言葉の続きを待った。

「いや、なんでもない」

「失礼します」

雪乃が、立花に軽く頭を下げて背を向けた。

普通のキャストなら気になって、なんですか？　と質問を重ねてくるのだ。

雪乃の興味があるのは金だけ……彼女がフェニックスで働き続けるのは立花への信頼でも忠誠でもなく、自分を一番稼がせてくれる場所だからだ。

「社長」

店長の風見《かざみ》が、立花のもとに駆け寄ってきた。

ホスト上がりの風見には、部長職になり、フェニックスを離れた鶴本《つるもと》の後釜《あとがま》として、現場のトップを任《まか》せていた。

まだ二十二歳と若いが、常に冷静な判断ができる落ち着きと場の空気を読んで迅速《じんそく》に対応する頭の回転の速さを、立花は高く評価していた。

現在、タチバナカンパニーのナンバー2として全国の系列店を飛び回る鶴本が自分と似たタイプなら、風見は昔藤堂観光の天才チーフマネージャーとして名を馳《は》せ、いまやフェニックスの強力なライバル店として歌舞伎町に城を構えるドンファンの長瀬に近いタイプだった。

「お客様が、みえています」

「誰だ?」

「会えばわかると言って、教えてくれません。いま、一番テーブルに座っています。どうします? 追い返しましょうか?」

風見が、物静かな表情で伺《うかが》いを立てた。

「いや。お前もついてこい」

風見に短く言い残し、立花は一番テーブル……出入り口付近の客席に向かった。

名乗らずとも、久しぶりに燃え滾《たぎ》る血が来訪客の存在を告げていた。

「ご無沙汰《ぶさた》しています。過去の栄光を、懐《なつ》かしみにいらっしゃったんですか?」

立花は、ボックスソファに深く背を預け、煙草の紫煙《しえん》をくゆらせる男にたいし、抑揚《よくよう》のない口調で声をかけた。

「質のいい客層、ヘルプクラスでも他店のナンバークラスになれそうな粒揃《つぶぞろ》いのキャスト、無駄な動きなく己の役割に徹するプロ意識の高いボーイ、怜悧《れいり》で隙のない店長……すべてが、日本一と呼ばれるに相応《ふさわ》しい店だ。そしてオーナーも、昔とは別人のような貫禄《かんろく》とオーラを纏《まと》っている」

「凋落《ちょうらく》したとはいえ、風俗王として夜の世界の頂点に君臨していたあなたに認めてもらえ、感無量です」

立花は、皮肉を交《まじ》えながら言った。

風俗王、と聞いて、背後で風見が緊張するのが伝わってきた。

歌舞伎町から消えて五年経ったいまも、藤堂猛の名前は健在だった。

「お前と違って、いつまでも夜の世界にしがみついているほど、暇じゃなくてな」

藤堂が、立花の挑発的セリフを余裕の表情で受け流した。

内心、はらわたが煮えくり返る思いでも、決して顔には出さない。

帝王だった彼のプライドを、立花は感じた。

「なら、なぜ歌舞伎町に？」

「やり残したことがあってな」

藤堂が、ダウンライトに白い帯を作りながら立ち上る紫煙を視線で追いながら、独《ひと》り言《ごと》のように呟いた。

「やり残したこと？」

「そうだ。預けていた俺の街を、取り戻しにきた」

藤堂が、立花の瞳を射貫くように見据えた。

「いつまで風俗王気取りでいるんだ？　五年前に、巨星は消えた。いま、漆黒《しっこく》の空に輝いている星はひとつだけだ。もう、あなたは俺の視界に入ることさえできない」

立花は、微動だにせず、藤堂を見下ろした。

藤堂が一万円札をテーブルに置くと、ゆっくりと腰を上げ立花と対峙《たいじ》した。

「みくびるな。昔もいまもこれからも、お前の時代は存在しない。来月、歌舞伎町に戻ってくる。勇気があるなら、呑みにこい。客入り、ボーイ、キャスト……すべての面において、お前との次元の違いをみせてやる」

言い残し、藤堂が席を離れた。

「雪乃の噂を、知らないわけじゃないだろう？」

立花の問いかけに、藤堂が足を止めた。

「四年間トップを守り続けるのは、暫定《ざんてい》王者として立派な働きだったと思う。が、ゆりなを知れば、所詮《しょせん》は主役不在の空白を繋ぐ代役に過ぎないということを思い知るだろう」

背を向けたまま言うと、藤堂はフロアをあとにした。

「あれが、風俗界の伝説……藤堂猛ですか？」

風見が、藤堂の背中を見送りながらうわずった声で訊ねてきた。

「よく、その瞳に焼きつけておけ。伝説が終わる瞬間をな」

立花は、風見に、というより、己に言い聞かせた。

第二部

［1］

ピンクの大理石《だいりせき》のフロアの中央……金張りのエンジェルの彫像が立つ噴水の前に整列するドレスアップした五十人の「夜の蝶」達の姿は圧巻だった。

店内には、表に飾りきれない政財界、芸能界からの開店祝いのスタンド花が所狭しと並んでいた。

ついに、ここまで漕《こ》ぎ着けた。

屈辱に塗《まみ》れた、五年間だった。

「トップキャスト」……店名通り、いま、藤堂の口が開くのを待っている五十人のキャスト達は、日本全国の有名店でナンバー1を張っていたドル箱ばかりだ。ギリギリまで人選は修正をくりかえした。

　速射砲のようなマシンガントークが売りの大阪ミナミはドロシーの舞、股下《また》九十センチを超える九頭身パーフェクトボディを持つ札幌はエンジェルハートのキララ、思わず見惚《みと》れてしまう女優顔負けの美貌を持つ京都はスロータイムの椿、視線が釘づけになるFカップのバストが武器の名古屋はアモーレの小春《こはる》、小麦色の肌にエキゾチックな顔立ちが印象的な沖縄はピンクマリーンのイチカ……どのキャストも「四番バッター」ばかりだが、その中でもこの五人のクオリティの高さは群を抜いている。

　さらに、五人の中で大阪の舞と沖縄のイチカは、頭ひとつぶん抜けている。

　舞は、一秒たりとも場を飽きさせないトーク術で大阪では二年連続売り上げトップ、イチカは独特の空気感と人懐《ひとなつ》っこい笑顔で客を魅了し、沖縄で三年連続売り上げトップの座をキープしている。

　だが、そんなふたりも、あくまで大阪と沖縄限定の不動のエースに過ぎず、全国レベルになるとフェニックスの雪乃にはまったく歯が立たない。

　雪乃が横綱、舞とイチカは関脇くらいの開きがある。

「私は、藤堂観光グループの藤堂猛だ。現在、日本で一番の店は同じ歌舞伎町で営業するフェニックスだ。かれこれ、五年はトップの座を守っている怪物店だ。だが、今夜、真の怪物店である我がトップキャストがオープンする。君達は、全国各地でナンバー1を張っていた選《え》りすぐりのキャストばかりだ。フェニックスに負ける要素はなにひとつない。なにより、この私に引き抜かれたということに誇りを持ってほしい。歌舞伎町……いや、夜の世界は私の庭だ。そろそろ、『日本一』の看板を返して貰おうと思っている。私からの言葉はそれだけだ。あとは、ひとりひとり君達の自己紹介と決意を簡潔に聞かせてもらおうか。高木《たかぎ》」

藤堂は手短な挨拶《あいさつ》を済ませボックスソファに腰を下ろすと、店長……高木にバトンを渡した。

腕利《き》きの黒服だった高木も、キャスト同様に「逸材」を求めて全国を回り、引き抜いてきたのだ。

「逸材」は、横浜《よこはま》にいた。

ウィルという十五坪ほどの小箱店で高木と出会ったのは、約一年前のことだった。

客質も、キャストも、幹部スタッフも、六本木や歌舞伎町のキャバクラに比《くら》べてレベルが低過ぎて話にならなかった。

だが、ひとりだけ、常に客とキャストの動きから眼を離さず、機敏に立ち回るボーイがいた。

たしかにそのボーイは優秀だったが、都心の店には普通にいる程度のレベルだった。

が、藤堂が注視したのは、彼の眼光だった。

いまにも飛びかかって喉笛《のどぶえ》を食いちぎらんばかりの獰猛な光を宿した瞳に、藤堂は自身が経営していた店でボーイとして働いていた十九歳の立花の瞳を重ね合わせた。


――藤堂観光の藤堂さん？　俺になんか用ですか？

風俗王の名も知らない十八歳の若者は、店の外に呼び出した藤堂に怪訝《けげん》な眼を向けた。

――夜の世界に働いていながら、藤堂猛の名前を聞いたことがないのか？

――さあ、水商売に興味がないですから……っていうか、嫌いですね。

――なら、どうしてキャバクラで働いている？

――そんなの、金に決まってるじゃないですか。親父がキャバ嬢に入れ揚《あ》げて破産して蒸発……俺、片親なんですよ。掃除の仕事をやってるお袋を、少しでも楽にしてあげたくて。じゃなきゃ、クソみたいな女の世話する仕事なんかやらないですよ。

――キャバ嬢が、嫌いか？

——ああ、反吐《へど》が出ますね。

——その反吐が出るクソみたいな女達の稼ぎで、お前は給料を貰っている。

——なにが言いたいんですか？

——ウチにこい。どうせ嫌な女に仕《つか》えて仕事をするなら、稼げたほうがいいだろう。いまの店の倍の時給を出そうじゃないか。

キャバ嬢は反吐が出る、クソみたいな女……立花も、最初はそうだった。水商売にたいして、激しい嫌悪感を抱いていた。

スナック勤めをしていた立花の母親は、常連客の若い男と蒸発した。そのショックで父親は脳梗塞《こうそく》に倒れ、多額の入院費を工面《くめん》するために立花は夜の世界へと飛び込んだ。

——どいつもこいつも反吐が出やがる！　金、金、金……こんな店、金ができたらやめてやる！

水商売を始めたばかりの立花は、呪文のようにそう繰り返していた。

入院費ができた頃には、やめるどころか夜の世界に……あれほど忌《い》み嫌っていた世界にどっぷりと浸《つ》かっていた。
藤堂には、みえていた。
立花が、黒い太陽を目指して歩き続けるだろうことを。
藤堂には、みえていた。
高木もまた、立花同様に漆黒の海でしか生きられないことを。

――キャストとボーイは、女優とマネージャーの関係によく似ている。女優を高く売れる「商品」にするために、献身的に奉仕する。女優が大きくなるのと同時に、マネージャーも力をつけてゆく。高木。金がほしいなら、反吐が出るくらいに忌み嫌うキャスト達に尽くせ。二十四時間、三百六十五日、彼女達のことを考えろ。そうすれば、彼女達は立派な「商品」に育ち、大金を生み出す。すべては、金と権力を摑《つか》むためだ。目的を達成するための手段と割り切るんだ。

一年間、みっちりと高木に「夜の掟《おきて》」を叩き込んだ。
藤堂の読みどおり、高木はメキメキと頭角を現し、「帝王学の研修」が終わる頃には、店を任せられるまでの存在になった。

「札幌のエンジェルハートのキララです。この店は、ナンバー1キャストばかりを全国から集めたと聞いてます。だから、ここで一番になったコが、真のナンバー1キャストだと思います。私が一番を取ることで、トップキャストを必ず日本一のキャバクラにしてみせます」

エベレスト級に高いプライド——腕組みをしたキララが、これでもかと長い足をみせつけるようにモデル立ちの姿勢でキャスト達を見渡した。

たしかに、非の打ち所のないプロポーションであり会話もそこそこできるのだが、自分に自信があり過ぎるが故《ゆえ》に無意識のうちに客にたいして上から目線になっているのが欠点だ。

「まあ、たいそうな自信やな」

椿が、京都女特有の皮肉っぽい口調でキララに語りかけた。

「ええ、私はそれだけのいい女ですもの」

キララが、余裕の微笑みを湛《たた》えた。

「たしかにスタイルはいいけど、顔はそうでもあらへんわねぇ」

なおも、「追撃」する椿。

「整形女に、顔のこと言われたくないわ」

気色《けしき》ばみ、「反撃」するキララ。

「誰が整形ですって!?」

「まあまあ、椿さん、抑《おさ》えて抑えて。そのエネルギーを、心意気として表現してくださ
い」

一触即発《いっしょくそくはつ》のふたりの間に割って入った高木が、椿に自己紹介を促《うなが》した。

「京都のスロータイムからきました椿です。天から授《さず》かったこの美貌を武器に、ナンバー
1を頂《いただ》きます。少なくとも、どこかの勘《かん》違い女には負けません」

キララを睨《にら》みつけながら、椿が言った。

キララもまた、視線を逸《そ》らすことをしなかった。

「はいはいはい、では、次行きましょうか！」

高木が、ふたりの険悪な雰囲気が再燃するのを断《た》ち切るように、小春を促した。

「名古屋のアモーレってお店からきました、小春で〜す。私はぁ、キララさんや椿さんみ
たいに美しくないのでぇ、愛嬌《あいきょう》とこのおっぱいで勝負しまぁ〜す」

舌足らずの口調で言うと小春は、両腕でメロンがふたつくっついているような乳房を寄
せて、小首を傾げてみせた。

突然、拍手が起こった。

「二十二にもなって、十六、七みたいなブリッこ挨拶、最高やな。下品なでか乳とのアンバランスさもええ感じやし」

拍手の主《ぬし》……舞が、人を小馬鹿にしたような関西弁で言いながら歩《あゆ》み出てきた。

「なに!? あんた、私に喧嘩《けんか》売ってんの!」

それまでと一転した口調になった小春の顔は、般若《はんにゃ》のようだった。

「本性《ほんしょう》が出たな。そっちのほうが、あんたによう似合っとるで。大阪、ドロシーでトップを張ってた舞や」

舞は小春を軽くいなし、キャスト達を見渡した。

真紅のスパンコールがちりばめられたドレスに身を包んだ彼女の全身からは、いままでの三人とは違う「プロの香り」が漂っていた。

眼も鼻も口も、ひとつひとつのパーツが大きく爬虫類《はちゅうるい》顔の舞は決して美人ではないが、どこか男好きのする顔立ちをしていた。

「まず、最初に言っとくけどな、ここに集まってるキャストは、たしかに一流どころばっかりや。でもな、一流の上には超一流っていうのがおってな。それが私や。あんたらはそれぞれの店でトップやったかもしれんけどな、私がおった店が一軍ならしょせん二軍レベルや。二軍の四番バッターも、一軍ではええとこ七、八番や。ようするに、私とあんたらは格が違うんよ」

歯に衣《きぬ》を着せぬ舞の挑発的発言に、キャスト達が色めき立った。

根拠のない自信とは違う。

彼女の言う通り大阪のキャバクラ界はレベルが高く、その兵《つわもの》揃いの激戦区で二年連続売り上げトップを守り続けるというのは、大変な快挙だ。

キャスト達を攻撃しているときの歯切れとテンポのよさは、「ナニワのマシンガントーク娘」の異名に違《たが》わない。

じっさい、これだけの侮辱《ぶじょく》発言を投げかけられながらも、反論するどころかキャスト達は舞の勢いに圧倒されて怒りを押し殺すのが精一杯《せいいっぱい》だった。

ただひとりを除いては……。

藤堂は、最前列の中央で大きな欠伸《あくび》をするイチカをみた。

余裕をみせるためのポーズではなく、南国娘独特ののんびりとしたおおらかなイチカは、舞とは対照的なタイプのキャストだ。

舞もまた、イチカを最も警戒しているだろうことは、ちらちらと気にする視線を送っている様子が証明していた。

「私の戦うべき相手は、フェニックスの雪乃、ただひとりや。伝説のカリスマキャスト、冬海の再来やなんや言われて天狗《てんぐ》になっとる鼻をへし折ってやらなあかん。藤堂社長、私が東京を制したら、ボーンとボーナス弾《はず》んでくださいな!」

舞が、藤堂に向かって片目を瞑《つぶ》り胸を叩いた。

藤堂は無表情に頷《うなず》き、腕時計に視線を落とした。

もうそろそろだ。

彼女には、新規開店の全体ミーティングよりも「同伴」を特別に許可していた。

プライドの高いキャスト達からは不満が出るのを覚悟の上で、特例を認めたのにはわけがあった。

「いやいや、舞さん、頼もしいかぎりです! さあ、最後のキャスト……イチカさん、前にどうぞ!」

名を呼ばれたイチカが、まるで浜辺を散歩しているかのようなゆったりとした足取りで歩み出てきた。

こんがりと灼けた肌とゆるくウェーブのかかった黒髪に、鎖骨のあたりまでざっくりと開いた純白のドレスが見事なコントラストを成《な》していた。

「沖縄からきたイチカです。東京は、どこに行っても人が多くてびっくりです。あ、空が灰色にくすんでいるのがもっとびっくりでした」

それまで出てきたキャストと違い、成績云々《うんぬん》のことには一切《いっさい》触れずに、東京に出てきたときの感想だけをのんびりとした口調《くちょう》で伝えるイチカ。

エキゾチックな顔立ちと対照的なその天然ぶりが、彼女の人気の秘密だった。

が、彼女が売り上げに興味がないかと言えば、それは違う。

それが客にウケると知っているからこそ、「天然」を演じているのだ。

その意味では、イチカのしたたかさはトップキャストのキャストの中でも一、二を争うと言えよう。

「東京のペースに一日でも早く慣れて、お店の売り上げに貢献できるよう頑張り……」

あくまでも、「イチカ」のイメージを崩さないまま挨拶を終えようとしたそのとき、いきなりドアが開いた。

「ごめんなさい。遅くなりました！」

デニムのショートパンツに体のラインがくっきりと浮き出たTシャツ姿の少女が、息を切らしながら駆け込んできた。

百の瞳が、一斉《いっせい》に少女に集まった。

「誰よ、あのコ？　ウチに入るの？」

「どこかでみたことがあるわ」

「なになに？　誰？」

「歌舞伎町ではみかけないわね」

口々に、キャスト達がざわめいた。

無理もない。藤堂は、みなに彼女の存在を話してはいなかった。

「あなた、誰？」

イチカが、穏《おだ》やかな口調で話しかけた。

だが、彼女の黒豹《くろひょう》のような眼は笑っていなかった。

「銀座の蘭華に勤めていました、ゆりなです。オープン前の大事なミーティングだというのに遅刻してしまって、本当にごめんなさい」

ゆりなが、ペロリと舌を出した。

彼女がやると、いわゆるカマトトにはみえないのが不思議だ。

ショートカットのヘアスタイルにノーメイクに近い肌……めかし込んでいるわけでも着飾っているわけでもないが、ゆりなの全身からは桁違いのオーラが発せられていた。

「蘭華のゆりな……」

イチカが絶句するのを合図に、キャスト達がざわめき始めた。

蘭華のゆりな——入店一カ月目で銀座を制した怪物ルーキーの噂は、日本全国のキャバクラにまで響き渡っていた。

「あんた、キャバクラに転向するん!?」

舞が、血相を変えて訊ねてきた。

「トップキャストに入店するの!?」

「蘭華を辞めてウチに!?」

「銀座で一位だったのに、どうして!?」

キララ、椿、小春も、我れ先にとゆりなを質問責めにした。

「ちょっと、待ってください。いまはお客様がいるので、あとにしましょう。佐々岡《ささおか》ちゃん！　いいよ！」

ゆりなは言うと、玄関に向かって誰かの名を呼んだ。

ほどなくしてフロアに現れた老紳士をみて、イチカと舞が息を呑んだ。

「まだ開店前じゃないのかね？」

「いいからいいから、こっちにきて」

ゆりなに手を引かれＶＩＰルームに連れて行かれているのは、民事党の幹事長である佐々岡倉之助《くらのすけ》だった。

「あ、ボーイさん！　佐々岡ちゃんが、ロマネ・コンティを入れてくれました！」

「ロ……ロマネ……コンティ……ですか⁉」

高木が、うわずった声で訊ね返した。

全体ミーティング中に連れてきた同伴客が与党の幹事長で、しかも、いきなり百四十万のボトルオーダーが入ったのだから、高木がしどろもどろになるのも仕方のないことだ。

ほかのキャスト達も、目の前で繰り広げられている光景は夢か幻《まぼろし》だとでもいうように、ぽっかりと口を開けて放心状態で佇《たたず》んでいた。

「役者が違うな」

藤堂は満足げに呟《つぶや》き、席を立った——「帝王復活」にたしかな手ごたえを感じながら、店をあとにした。

［2］

御影石《みかげいし》の壁でできたビルのエントランス——軽く百台は超えるだろう豪華なスタンド花が並ぶ様《さま》は、圧巻だった。

スタンド花の贈り主は、政財界からスポーツ選手まで著名人の名が連《つら》なっていた。

彼らのような立場ある人種は、たとえ店の常連であってもオーナーと懇意《こんい》にしていても、世間体《てい》を考えて水商売の開店祝いに花など出さないものだ。

それをさせるのが藤堂猛という人間の凄さだ。

ボーイひとりさえも呼び込みに出ていないということは、かなり客が立て込んでいるという証《あかし》だ。

「私のいない店でトップキャストだなんて、笑わせるわね」

雪乃が、闇の中できらびやかな光を放つ電飾看板を見上げて鼻を鳴らした。

午前二時。本当はひとりでくるはずだったが、今夜の雪乃は既《すで》に百万を売り上げていたので、一時間はやく切り上げて同行させたのだ。

立花は雪乃を促し、ピンクの大理石で作った地下へ続く階段を下りた。

女性のシルエットが描かれた白革張りの観音《かんのん》開きのドアを開けると、ジャズピアノのメロディが鼓膜に流れ込んできた。

キャバクラでよく使われがちなアップテンポのダンスミュージックではなく、しっとりとしたBGMはクラブの趣《おもむき》があった。

店内は、フェニックスと同じくらいの広さがあった。

フロア一面は、階段同様にピンクの大理石が使われていた。

「いらっしゃいま……」

応対に出てきたボーイが、立花と雪乃の姿をみて声を呑み込んだ。

「あ、ちょ……困りますっ」

客席へ足を踏み出した立花の前を、慌《あわ》ててボーイが遮《さえぎ》った。

「開店祝いにきてやったんだ。どけ」

「お、お帰りくだ……」

「社長が、ご招待したんだ。お通ししろ」

泡を食うボーイの背後から、長身で精悍《せいかん》な顔つきの若い男が現れた。

「さすがは、評判の切れ者店長だな。物分かりがいい」

立花は、手を前に組み佇む若い男……高木を見据えた。

「ありがとうございます。新風俗王の名をほしいままにしている立花様に褒《ほ》めて頂けるなんて光栄です」

高木が、慇懃《いんぎん》に頭を下げた。

「噂とは、ずいぶん違う印象だな」

「噂と言いますと?」

「藤堂観光に、俺の若い頃に生き写しの男が入ったと聞いた」

「私が立花様に似てるなんて、とんでもない」

高木は、あくまでも慇懃な態度に終始していた。

「あたりまえだ。お前のような若造が、俺と同じ土俵に立てるわけないだろう」

「私が生き写しと言われているのは、いまの立花様ではありません。十年前、『野良犬』と呼ばれていたあなたです。それにしても……」

「なんだ?」

「偉くなられたんですね。その物言い。昔のあなたが聞いたら、虫唾《むしず》が走るでしょうね」

「なにが言いたい? 小僧が」

「てめえは『野良犬』なんかじゃねえ。丸々と肥《ふと》ったダックスフントだよ」

高木が、それまでとは打って変わった言葉遣いになり立花を睨みつけた。

「本性が出たな。だが、そっちのほうがお前らしい」

「失礼しました。お席にご案内致します」

高木が急に冷静さを取り戻し、踵《きびす》を返した。

客席を縫い歩きながら、立花はキャストを観察した。

キャスト達のほうも、立花と雪乃に興味の視線を集めていた。

それも、仕方がないことだ。

ライバル店の社長とドル箱キャストが自分の庭に乗り込んできたのだから……。

「ご指名は……」

「ナンバー1のコを付けてちょうだい」

ボーイの言葉を遮り、雪乃が言った。

「申し訳ございませんが、今夜がオープン初日でして、まだ、順位が出ておりません」

「馬鹿ね。あなたがナンバー1になると思うコを付ければいいのよ」

呆《あき》れたように、雪乃が言った。

「そう言われましても、その……」

「俺達がナンバー1になると認めたキャストには、開店祝いとしてドンペリ・ゴールドを三本開けてやる。その代わり、無理だと思ったキャストはすぐにチェンジする」

立花は、各々《おのおの》の客を相手にしながらもちらちらと様子を窺《うかが》っている周囲のキャスト達を挑発的な笑みを浮かべつつ見渡した。

「お、お客様……そ、そのようなことは……」

「そういう話なら、私がこの席に付くべきね」

しどろもどろになるボーイを押し退《の》け、背後から現れたのは長身のモデル体型のキャストだった。

「キララと申します。よろしく」

立花には会釈《えしゃく》をしたキララも、雪乃にたいしてはニコリともしなかった。

ファッション雑誌から飛び出したような、長い手足に均整の取れたプロポーションは眼を見張るものがあった。

「ゴールドを開けるまでは、ハウスボトルで構《かま》いませんね？」

キララが、言い終わらないうちにウイスキーのボトルを手に取り水割りを作り始めた。

「あら、もう、トップになったような言いかたね」

雪乃が、まずは軽いジャブを放った。キララの力量を量《はか》ろうとしているのだ。

キャバクラには、いろんなタイプの客が訪れる。

愛想《あいそ》のいい客、無愛想な客、冗談好きの客、怖《こわ》い客、しつこい客、気障《きざ》な客、気取らない客、プライドの高い客、シモネタ好きな客、人のいい客、意地悪な客……挙《あ》げたらキリがないが、大別するとスポット客と常連客のふた通りに分かれる。

無能なキャストが付くと、スポット客はスポット客のままで常連客を逃してしまう。

並のキャストが付くと、スポット客はスポット客のままで常連客は常連客のままだ。

だが、長期間ナンバー1の座に居座り続けるような優秀なキャストが付くと、スポット客を常連客にし、常連客は来店するたびに「枝」……連れの客を連れてくるようになる。

つまり、月に二万しか使わない客に二十万使わせ、二十万使う客に二百万使わせる——客をどっぷりと嵌《は》めて自分に貢《みつ》がせる話術と魅力を兼ね備えているものだ。

「ナンバー1になるのは私よ。この店だけでなく、フェニックスも含めて」

キララが、水割りをマドラーで掻《か》き回しつつ雪乃を睨《ね》めつけた。

「あなた、いいスタイルしてるわ」

雪乃が、キララの全身に視線を這《は》わせた。

「ありがとう。でも、言われ慣れてるからそこを褒められても嬉《うれ》しくないわ。キャストをいい気持ちにさせたいなら、もっと、変化球を投げるべきでしょう？　四年間無敗の凄腕《すごうで》キャストも、案外たいしたことないのね」

キララが立花に水割りを差し出しつつ、勝ち誇ったように言った。

「なにか勘違《かん》いしてない？　私は、別にあなたをいい気持ちにさせようとしてそう言ったんじゃないの。でも、スタイルだけね、って言葉を続けたかっただけよ」

「なんですって⁉」

キララの目尻が吊《つ》り上がった。

「ほら、そういうとこ。ちょっと否定されただけですぐにムキになる。あなたは、プライドが高過ぎるのよ。ひとつ、教えといてあげるわ。キャバクラは、キャストでなくてお客さんをいい気持ちにさせる場よ」

「なに様のつもりよっ。あんたなんかに……」

「別のキャストを付けてくれ」

熱《いき》り立ち雪乃に食ってかかろうとするキララの怒声に被せるように、立花は告げた。

近くの席の客の何人かが、何事があったのかという驚いた顔でキララをみた。

冬海や雪乃クラスのキャストなら、どんなに腹立たしい事があっても絶対に客の前で感情を表すことなどしない。

「ほら、ゲームオーバーや。はようどいてや」

勝ち気そうな顔をしたキャストが、屈辱に唇を噛むキララの肩を叩いた。

憮然《ぶぜん》とした表情で席を立つキララ。

「舞です。口から生まれた女やよう言われます」

舞が、キララと入れ替わるように席に座った。

「東京でも、関西弁を続けるの？」

舞が一番誇りに思い、また、武器にしているだろう方言を話題にし、出方を窺うつもりなのだろう。

「当然です。関西弁あっての私やと思ってますから。関西弁やない私なんか、炭酸の抜けたコーラ、コシのないうどんみたいなもんですから」

「たしかに、関西弁は目立つから戦略ではあるわね。あと、マシンガントークを売りにしてるんですって？　それも戦略？」

雪乃が、敢《あ》えて挑発的に言った。

「戦略？　ああ、私、頭馬鹿やから、そんな計算できません。将棋も、二手先も読めないんですぐに負けるんです。この前も、友達とオセロやったんやけど十分で真っ黒けにされてしもうて。雪乃さんは頭がよさそうやから、それこそ戦略とか立ててるんと違いますの？」

キララとは違い、舞はなかなかしたたかだった。

自分を低く落としてみせながらも、しっかりと皮肉を込めた反撃をしていた。

「ええ、立ててるわよ。あなたみたいに、中途半端な『おバカキャスト』を演じても万年二位止まりになってしまうのが関の山だから」

「『おバカキャスト』なんて、私、演じてへんよ。そんなん、キャラが違うし」

雪乃の心理を抉《えぐ》るような言葉に、舞が強張《こわば》りかけた顔を必死に綻《ほころ》ばせた。

「ほら、もう敬語が崩れてる。それに、キャラって言ってる時点で、戦略を立ててる証拠よ。あなた、すべてが中途半端なのよね」

追い討ちをかける雪乃——屈辱と恥辱に塗《まみ》れた舞の顔がみるみる紅潮《こうちょう》した。

「社長さんとこのキャストさん言うこときついわぁ。関西人も顔負けの毒舌攻撃やないの。私、こうみえてもガラスのハートやねん。社長さんからも、舞をあんまりいじめんといてって頼んでくださいよ」

青息吐息《あおいきといき》の平常心で、舞は笑顔を作り立花に助け舟を求めた。

「あなた、この店では絶対にトップになれないタイプね。頼みの綱はマシンガントークかもしれないけど、私から言わせればピストルトークよ。自信のなさと知識不足を、闇雲《やみくも》なハイテンションでごまかしてるだけ」

雪乃の「侮辱」は容赦《ようしゃ》がなかった。

キャストの真価は、客が怒り出したとき、セクハラをしかけてきたとき、味噌《みそ》クソにけなしてきたときに問われる。

怒らず、それ以上つけ上がらせず、どうやってかわすかが重要なポイントだ。

「雪乃さん、もしかして毒舌キャラやの？　てっきり私、枕専門かと思ってたわ」

舞が、憤激を強烈な皮肉のオブラートに包み込み反撃を開始した。

雪乃にとって最上級の侮辱を、どう切り返すかに興味があった。

「安っぽいお喋りしか武器がなくて色気ゼロのあなたじゃ、枕は無理でしょうね。ひとつ、訊いてもいいかしら？　万が一にでも、私を抜こうなんて夢をみたりしてないわよね？」

雪乃が含み笑いとともに、馬鹿にしたように舞に問いかけた。

枕をしていること自体を否定せずに、その侮辱を利用してさらなる侮辱を浴びせかける。

さすがは、四年間、トップを守り続けただけのことはある。

舞が、水のグラスを手にした。

「チェンジだ」

立花は、雪乃にグラスの水をかけようとする舞の手首を摑みながら言った。

「なんでチェンジやの！」

「お客様に水をかけるキャストがトップになれるとは思えない」

「この女が私を侮辱した……」

「舞さん。お客さんがみてるよ。笑って」

熱り立つ舞の耳もとで、エキゾチックな顔立ちをしたキャストが囁いた。

数人の客が注《そそ》ぐ好奇の視線に気づいた舞が、強引に唇に弧《こ》を描いた。

「あかんあかん。短気は損気。ちっちゃい頃から、いつもおばあちゃんに注意されてたわ。ほな、ごゆっくり」

「うん。よくできました」

なんとか場を取り繕《つくろ》った舞に、エキゾチックなキャストが幼子《おさなご》にそうするような口調で言った。

「はじめまして。イチカです。今日は、蒸《む》し暑いですね。東京の夏は苦手です」

舞と入れ替わりに席に付いたキャスト……イチカが、何事もなかったように氷の溶けた立花の水割りを作り直した。

「雪乃さんですよね？　新宿のキャストさんは、ほんとにきれいですね。沖縄では、みたことありません」

イチカが、のんびりとした口調で言った。

演技か？　それとも素《す》か？

どちらにしても、この剣呑《けんのん》な空気が流れる中、マイペースを貫《つらぬ》けるのは相当な強心臓《きょうしんぞう》だ。

それだけではない。

雪乃のことを褒めてはいるが、イチカもかなりのビジュアルの持ち主だった。

強い光を宿す黒真珠のような瞳をみていると、思わず吸い込まれてしまいそうになる。

トップキャストだけが持つことのできる、「選ばれし者」の瞳だ。

もしかしたなら、この女がナンバー1の座に就《つ》くのかもしれない。

少なくとも、前のふたりよりは明らかに素材が上だ。

「あたりまえじゃない。田舎《いなか》の野猿みたいな女のコ達と一緒にしないで……」

突然、雪乃の顔に水が浴びせかけられた。

店内が、ざわめきに包まれた。

立花は弾《はじ》かれたように、イチカの横で腰に手を当て仁王《におう》立ちをしているショートカットのキャストに顔を向けた。

「意地悪ばっかり、いい加減にしなさい！」

「こらっ、お前、なんてことを……」

「邪魔しないでっ」

ショートカットのキャストが、慌てて止めに入ろうとするボーイの頭をはたいた。

「お前、名前は？」

想定外の展開、想定外のキャストの出現に、立花は反射的に訊ねていた。

「ゆりなです。ここはお客さんが高いお金を払って愉しむところなんだから！　意地悪目的なら帰って！」

子供のようにストレートな物言いで怒りをぶつけてくるゆりなに、立花は二の句が継げなかった。

恐ろしいのは、彼女のやった行為を、少しも責める気にならないということ。

他店のナンバー1キャストが顔に水をかけられたというのに、スタッフも客も凍《い》てつくどころか、どこか微笑ましい雰囲気さえ漂わせていた。

それは、立花も同じだった。

不思議と、ゆりなを怒る気にはなれなかった。

立花は、判断を覆《くつがえ》した。

トップキャストの「華《はな》」は、イチカではない。

イチカとゆりなでは、スケールの次元が違い過ぎる。

雪乃と比べたら……。

立花の全身を、かつて感じたことのない衝撃が貫いた。

［3］

無言――鉄粉を含んだような重々しい空気が車内にどんよりと広がっていた。

メルセデスのリアシートに並んで座る立花と雪乃は、トップキャストを出てからひと言も口を開かなかった。

——あなた、お客さんに向かってそのやり方はないでしょう? キャストとして失格よ。

それまでナンバークラスのキャストにたいして皮肉や侮辱を織り交ぜながら相手の技量を量っていた雪乃の余裕は、突然現れグラスの水をかけてきたゆりなという女の登場にすっかり奪われていた。

なんの捻《ひね》りもない至極《しごく》真っ当な切り返ししかできなかったという事実が、雪乃の動揺を表していた。

——自分の言いたいことも言えない上辺《うわべ》だけのつき合いしかできないなら、キャストなんて辞めるわっ。だいたいね、お客さんだからってなにしてもいいわけ⁉

——おいおい、ゆりなちゃん、もうそのへんにして……。

——佐々岡ちゃんは黙ってて！

ゆりなが一喝《いっかつ》した老紳士をみて、立花は眼を疑った。

立花だけでなく、隣で雪乃もぽっかりと口を開いて老紳士をみつめていた。

無理もない。

ゆりなが「ちゃん」づけし、怒鳴《どな》りつけているのは民事党の幹事長である佐々岡倉之助だ。

——キャストである前に私達は人間なの！　お母さんに習わなかった!?　キララさんと舞さんとイチカさんに謝《あやま》って！

ゆりなは強情な少女のように、唇を真一文字《まいちもんじ》に引き結んで雪乃を睨みつけ詰め寄った。

——ど、どうして私が……謝らなければならないのよ……。

百戦錬磨《ひゃくせんれんま》の雪乃も、そう返すのが精一杯だった。

——どうしてって、そんなこともわからないの!?

——あんた、謝ったほうがいいよ。このコは一度言い出したら梃子《てこ》でも動かないからね。

あの豪腕幹事長として名高い佐々岡が、たったひとりの少女の顔色を窺いながら雪乃に言った。

——じょ……冗談じゃないわっ。私、帰るわ。

雪乃は白っぽく染まった唇を震わせ、席を立った。

あんなに屈辱的かつ狼狽《ろうばい》した彼女の姿をみるのは初めてのことだった。

「ゆりなという女に、勝てるのか?」

立花は、単刀直入に切り込んだ。

「私を、誰だと思ってるんですか?　もし、私と対等に戦える女性がいるとすれば、冬海さんだけです」

無表情を装《よそお》ってはいるが、雪乃の感情は暴風雨さながらに荒れ狂っているに違いない。

「そうか。ならいいが……」

立花は、これ以上深追いはしなかった。

雪乃が負けないと言っているのだから、その言葉を信じるしかない。

また、そうでなければ困る。

冬海が引き抜かれたあと、フェニックスを支えてきたのは雪乃だ。

彼女がいなければ、いまの隆盛《りゆうせい》はない。

四年間、トップの座を守り続けるというのは並大抵《なみたいてい》のことではない。

立花の眼からみて、雪乃は冬海の域に近づいている。

自信を持って任せることのできる大エースだ。

客を長く繋ぎとめておくことができないと悪評高い「枕営業」も、雪乃の場合は抜群の性戯で業界のジンクスを打ち破ってきた。

大丈夫。雪乃が負けるはずがない。

立花は、自分にそう言い聞かせた。

メルセデスが、どこかの大使館と見紛《みまが》うような豪華なマンションの前に横付けした。

家賃二百万の超高級マンション――雪乃が実力で勝ち取った「戦利品」だ。

「お疲れ様でした」

「雪乃」

立花は、雪乃に続き後部座席から降りた。

「はい？」

立ち止まり、雪乃が振り返った。

「女王はお前だ」

「わかってます」

口もとに弧を描き、雪乃が身を翻《ひるがえ》してエントランスへと吸い込まれた。

クラクションが鳴らされた。

首を横に巡《めぐ》らせた立花の視線の先には、真紅のジャガーが停車していた。

「久し振りね」

ジャガーの運転席から降り立った和服姿の女――冬海が、昔と変わらぬ美しく妖艶《ようえん》な微笑みを湛えながら言った。

冬海とは、彼女がフェニックスを辞めて以来会っていないので、およそ五年ぶりだった。

「初めてみたわ。彼女が、私の跡継ぎと言われている雪乃ちゃんね」

「どうしてここを？」

「ゆりなの様子をみようとトップキャストに寄ったら、あなた達が出てくるのがみえて、あとをつけたってわけ」

冬海が、悪戯《いたずら》っ子のように舌を出し首を竦《すく》めた。

どこからみても立派なママなのに、こういう幼い仕草も似合うところが冬海の魅力だ。

「なんの用だ？」

立花は、突き放すように訊ねた。

「あら、久し振りの再会だっていうのに、冷たいじゃない。私は、フェニックスの大功労者なのよ」

「昔話をする気はない。俺が興味があるのは、いまだけだ」

「どんどん似てくるわね。彼と。いまや、新風俗王だものね。以前の立花君を知っているから、嘘みたいだわ」

「用がないなら行くぞ」

「ゆりなは、私が育てたの」

冬海に背を向けメルセデスの後部座席に乗り込もうとした立花は、動きを止めた。

「五千万を積まれたけど、引き抜かれたのと同じよ。あのコの情報、知りたくない?」

「藤堂への恨みか?」

立花は振り返り、問いかけた。

「ウチのドル箱だったコよ。五千万なんかじゃ、穴埋めなんてできないわ」

「なにを、教えてくれるんだ?」

「あの雪乃ってコ、さすがに私の跡継ぎって言われるだけのことはあるわね。そこらのキャストとは次元が違うっていうのがひと目でわかったわ」

「それは、どうも。だが、俺が聞きたいのは雪乃のことじゃなくてゆりなのことだ」

「そのゆりなのことなんだけど、なに不自由のない幸せな家庭に育って、両親との仲も凄くいいの」

「そんな情報を、知りたいわけじゃないんだがな」

言いながらも、立花は冬海の真意を量っていた。

藤堂に「宝」を引き抜かれたことに腹を立ててるのかもしれない。

だが、割に合わないとはいえ、あの藤堂が五千万もの金を積んだのだ。

冷徹非情な彼にしては、最大級の誠意をみせたといえよう。

それなのに、五年ぶりにわざわざ現れて教え子の敵になる自分に協力しようとする行為が、単なる「復讐」とは思えなかった。

「普通、この世界で名を残すコには、なにかの理由があるの。複雑な家庭環境だとか、ブランド狂いだとか、将来店を持ちたいとか、借金返済のためだとか……目標のために自分を殺し、嫌な客にも笑顔で接する。だけど、ゆりなには理由も目標もないの」

立花は、煙草をくわえて火をつけた。

一本吸い終えるくらいまでは、話につき合う価値はある。

「ほう。ならどうしてキャバ嬢なんてやっている？」

「愉《たの》しそうだから。それが彼女の言った言葉よ」

訳《わけ》あり入店で水商売で生計を立てている者が聞けば、怒り心頭《しんとう》に発するに違いない。

興味本位の軽い気持ちでこの仕事を始める者も、いるにはいる。

しかし、そのほとんどが腰掛け気分で、二、三カ月で辞めてゆく者ばかりだ。

「そんなふざけた理由で入った彼女に、銀座の海千山千のホステス達もまったく歯が立たなかったわ」

「天才ルーキーってわけか」

「そう、彼女は天才よ。でも、夜の世界で働くために生まれてきたって感じのタイプじゃないわ。あのコなら、なにをやっても成功するでしょうね。政治、経済、芸能、スポーツ……ゆりなはどんな会話にでもついて行ける。それだけの努力を毎日続けているのよ。天才が努力をしたら、誰も敵わないわ」

「伝説のカリスマキャストの帝王学を伝授されれば、鬼に金棒だな」

「それが、私が教えたのは水割りの作りかただけなのよ」

誇らしさ以外の感情が、冬海の表情から読み取れた。

どうやら、この感情が彼女の行動のヒントのような気がした。

「雪乃さんは、凄いキャストだと思うわ。私が引退したあとのキャバクラ界では、日本一でしょうね。ただし、ゆりながクラブからキャバクラに転身してくるまでの話だけどね」

「なにがいいたい？」

「彼女では、ゆりなには勝てないわ」

「雪乃の接客をみたら、そういうことを言えないと思うがな」

「同じよ」

冬海が、きっぱりと言った。

「なぜ？」

「雪乃さんは、私と同時期に同じ店にいたらナンバー1にはなれない。それが理由よ」

「ゆりなが一緒だったら?」

立花の問いかけに、冬海が沈黙した。

「ほう、これは驚きだな。伝説のカリスマキャストが、すぐに返答できない。負けを口にしないまでも、認めたのと同じだ」

「さっきも言ったでしょう? ゆりなは天才よ。トークとかビジュアルとか、そういう二次的なものでなく、そこにいるだけで周囲が華やぐ。あのコが口を開けばみなが耳を傾け、あのコが笑えばみなの視線が吸い寄せられる。存在自体が『華』なの。ゆりなは、芸能界に行っても成功するでしょうね」

冬海の言葉に、納得する自分がいた。

あのとき、ゆりなが現れた瞬間、その場の空気が変わった。

「つまり、全盛期のお前でも敵わない相手に雪乃が太刀《たち》打ちできるわけがないと言いたいのか?」

冬海は、微笑むだけで立花の問いには答えなかった。

ゆりなには勝てない。

そのひと言を口にしないことが、冬海のプライドなのだろう。

が、否定しないことは認めたのも同じだ。

七十二カ月の間、ただの一カ月も誰かに売り上げを抜かれたことのない「絶対女王」が敗北を認めるゆりなとは、いったい……。

「天才も人間。弱点はあるわ」

「聞いても、なにも返すものはない」

「ゆりなに土をつける。それだけで十分よ」

「なら、教えてもらおうか。天才の弱点というやつをな」

立花は、二本目の煙草に火をつけた。

「ゆりなには、結婚まで考えた恋人がいたの。あのコが気紛《きまぐ》れでクラブに勤め始めた頃から、彼氏との関係がおかしくなっちゃってね」

「別れたのか？」

「ゆりなのほうから、別れを告げたそうよ。でも、まだ彼のことを好きなのはみててわかったわ」

「たとえそうだとして、別れた彼氏をどう利用する？」

「トップキャストに通わせて、ゆりなを指名させるのよ。彼女は、この世界の女のコにしては珍しく感情に素直なコよ。もともと、水商売に執着があるわけじゃないから、縒《よ》りが戻ればあっさりと辞めると思うわ」

「なるほどな」

立花は、意味ありげな顔で頷いた。

「なにが?」

「自分を超える存在が許せない。お前がゆりなの情報を売る理由は、嫉妬《しっと》だと思っていた。いや、嫉妬もあるだろう。だが、それだけじゃなかった。自分の手から離れた子供は、容赦《ようしゃ》なく抹殺する。恐ろしい女だ」

「好きに推理探偵を気取ってればいいわ。ただ、ひとつだけ教えておいてあげる。ゆりなに勝つには、あのコを辞めさせるしか方法はないってことを」

冬海は言い残し、立花に名刺を手渡すとジャガーの運転席に戻った。

重厚だが品のある排気音を轟《とどろ》かせながら遠ざかるテイルランプがみえなくなると、立花は名刺に視線を落とした。

ゆりなの「弱点」の名前の書かれた名刺をポケットにしまい、立花はメルセデスの後部座席に滑り込んだ。

［4］

渋谷の街並みが見下ろせる五十階のバーラウンジで、藤堂はウォッカトニックのグラスを傾けていた。

夏の陽《ひ》は長い。午後七時になろうとしているのに、窓の外はまだ陽の光が存在を主張していた。

藤堂が、約束の時間より早くくることはいままでになかったことだ。

今日の待ち人は、それだけする価値のある相手だ。

藤堂は、さっき届いたばかりの売上表を手にした。

売上表には、トップキャストがオープンして二週間の各キャストのベスト5が記載されていた。

一位　ゆりな　　一二、二三五、〇〇〇
二位　イチカ　　六、五八四、〇〇〇
三位　舞　　　　四、八三七、〇〇〇

四位　キララ　　三、七九二、〇〇〇
五位　小春　　　三、一五三、〇〇〇

予想していたとはいえ、ゆりなの快進撃は凄《すさ》まじいのひと言だった。

普通のキャバクラなら、五位の小春の数字でも文句なしのトップを取れる。

二位のイチカに至っては、六本木の一流店でもぶっちぎりの一位は間違いなく、大物キャストとして話題になったことだろう。

ただし、時代が悪かった。

ゆりなという天才と同じ時期に同じ店で働いている不運が、イチカを並のキャストに成り下げていた。

不意に、携帯電話がテーブルの上で震えた。

「わかったか?」

液晶ディスプレイに浮く名前で相手の用件がわかっていたので、前振りなしに藤堂は訊ねた。

『細《こま》かいところまではわかりませんが、フェニックスのトータルは二千三百万前後です。やりましたね!』

高木が、弾《はず》んだ声で言った。

二週間で二千万ということは、月曜から土曜の週六日の営業として十二日間……二百万近くの日計、悪くはない数字だ。

だが、トップキャストの現時点での総売り上げの五千万には遠く及ばない。

新規店という有利な状況もあるが、それだけではない。

店名通り全国からナンバー1クラスのキャストを集めた甲斐《かい》があり、トップ5の売り上げだけでフェニックスの総売り上げを上回っていた。

「気を抜くな。俺が経験した五年間の屈辱は、こんなものじゃない。微塵《みじん》の跡形《あとかた》も残らないほどに、叩き潰してやる」

藤堂は、低く押し殺した声を送話口に送り込んだ。

『わかりました。二度と歯向かえないように、心を折ってやりましょう』

「心を折る？　そんなものは生温《なまぬる》い。立花篤《あつし》という存在自体を消してやる」

剣呑《けんのん》な声音《こわね》で言い残し、藤堂は電話を切った。

十年前……一介《いっかい》のボーイとして出会った男に、まさかここまで熱くなるとは思ってもみなかった。

あの頃、ふたりの間にあったライオンと野良犬ほどの差は、ライオンと狼……いや、もしかしたなら、ライオンと虎の関係にまでなったのかもしれない。

歯牙《しが》にもかけていなかった相手が、年月を経《へ》て強大な敵へと成長した。

正直、いまの立花は、余裕残しで勝てる存在ではなくなった。

全力でかからなければ潰せない生涯のライバルとなったことを受け入れざるを得なかった。

「どうしたんです？　そんなに怖い顔してたら、眉間《みけん》の皺《しわ》が深くなりますよ」

声がした。

ゆりなが、好奇心に瞳を輝かせながら藤堂の向かいの席に腰を下ろした。

たしかに、険《けわ》しい表情をしていたに違いない。

並の女なら声さえかけられないところを、茶化しながら話しかけてくる。

そこが、ゆりなの天然な魅力だ。

「いろいろと、面倒なことがあってな」

「あ、わかりました！　あの、立花さんって人のことでしょう!?」

ゆりなが、手を叩きながらはしゃぐように言った。

これも、察しがついていても口には出せないことだ。

それをゆりなは、子供がナゾナゾを当てるように無邪気に訊ねてくる。

彼女の凄いところは、すべての言動が計算のない計算になっているということだ。

無鉄砲な発言をしているというのとは違う。

だからといって、天然を装っているわけでもない。

ゆりなは知っているのだ。

計算なき「純粋」からくるストレートな発言のたいていのことは許されるということを。

が、それを知っているのといないのとでは大違いだ。

無知なる者の言動が相手を激怒させるのは、なにも考えていないからだ。

だが、ゆりなのようなタイプが稀《まれ》であり、したたかな女はどこまでもしたたかで、無知な女はどこまでも無知だというのが普通である。

藤堂がゆりなを天才だと思うのは、一切《いっさい》の言動の裏の綿密な計算を無意識のうちに行っているというところだ。

「まあ、そんなところだ」

「あの人、パッと見の印象は社長に似てるけど全然似てませんね」

ゆりながカルアミルクを頼みながら唐突に言った。

「そうか」

素《そ》っ気《け》ない返事をしたが、内心、藤堂は軽い驚きを覚えていた。

自分と立花が似ている、と言う者は多い。

自分自身、立花が日に日に似てきていると感じていた。

が、ふたりには決定的に違うところがあった。

「たとえば？」

藤堂はゆりなを促した。

「立花さんも社長も、氷みたいに冷たい印象があるけど本当は違う」

本来の立花は炎のように熱い男だった。

ゆりなは、たった一回会っただけなのにそれを見抜いてしまったようだ。

「立花さんはどこまでも冷たく、社長は心の温かい人だと思います」

「俺が冷たく、立花が……じゃないのか？」

想定外のゆりなの言葉に、藤堂は思わず訊ね返していた。

「いいえ、違います。立花さんは、自分の目的のためならすべてを犠牲にできる人だと思います」

「そうかな？　あいつは植物状態となった親父のために夜の世界に飛び込み、千鶴というキャストのために客を殴《なぐ》るような熱い男だった」

「でも、結局は自分を選んでいる。お父さんのことも、千鶴さんって人のことも、あの人の中では選択肢《せんたくし》のひとつにしか過ぎなかった。過去のこととして、すっかり割り切れている。立花さんにとって重要なのは、藤堂猛という男を乗り越えることだけ……それ以外の物事は、彼の中で少しの価値もないんです」

「俺も、そうだと思うがな」

藤堂は煙草に火をつけ、窓の外に眼をやった。

——絵が好きなんだね。

マンションの近くの公園で、スケッチブックに絵を描いている少女に藤堂は声をかけた。

公園の花壇には季節ごとの花々が咲き乱れていた。

少女が、藤堂の父親が経営する横浜のマンションに引っ越してきてから一週間ほどだが、公園のベンチに座り空の絵を描いている姿をみかけるのは二回目だった。

藤堂は、少女が越してくる以前から、趣味の読書のために公園を訪れるのを日課にしていたのだった。

——好きじゃないけど、ほかにやることないもん。

みた感じから小学生には違いないが、哀《かな》しげな眼差《まなざ》しといい、陰影深い横顔といい、彼女が醸《かも》し出す雰囲気はとてもおとなびていた。

——お母さんは？

——お仕事でいない。

——友達とかとは遊ばないの？

——友達いない。

素っ気ない受け答えをする少女をみて、当時高校生だった藤堂にも彼女が平穏な家庭に育った子ではないだろうということが容易に想像がついた。

——こんなに一杯咲いているのに、花の絵とかは描かないの？

藤堂は話題を変え、率直な疑問を口にした。

少女の目の前には、迷うほどの色とりどりの「題材」が揃《そろ》っていた。

——お花は、好きじゃない。

花が嫌いという予想外の返答に、藤堂の少女にたいしての興味が深まった。

——どうして?

——だって、お花は枯れるでしょ? 空はなくならないから。

なにげない返答のように聞こえるが、その言葉の中には深い意味が込められているような気がした。

それっきり、会話は続かなかった。

というより、もう話しかけてほしくないというオーラを少女が発していたので声をかけづらくなったのだ。

――里中《さとなか》さんに、出て行って貰《もら》いますか？

――入居したばかりなのに、そんなこと言えるわけないじゃないか。

その日の夜、トイレに行こうとした藤堂は、居間で父と母が交わしている会話をドア越しに偶然に耳にしてしまった。

里中……話し合われているのが少女の家のこととわかった藤堂は足を止め、ドアに耳を当てた。

――だって、あんなおかしな人達にうろつかれたら、そのうち入居者からクレームが出ますよ。それに、変な噂が広まったらマンションに誰も入居したがらなくなります。

――まあ、幼い子もいるんだし、もう少し様子をみてみようじゃないか。

翌日も、その翌日も藤堂は公園に足を延ばした。

読書にかこつけて、少女に会うことが目的だった。

少女は、藤堂が現れても気づかないふりをして一心不乱に絵を描き、藤堂もまた話しかけることをしなかった。

少女の家は借金取りに追われている。
両親の会話で、それは察することができた。
ただ、見守っていてあげたかった。
九歳離れた少女のことを、妹のように思う自分がいた。

——できたよ。ほら、みて！

それまでの一週間、藤堂は存在しないとでもいうようにひたすらスケッチブックに向かっていた少女が自分から話しかけてきた。

——とても上手に描けてるね。驚いたよ。

木々の梢《こずえ》の合間の向こう側に広がる青空……お世辞《せじ》ではなく、少女の絵は本当に空を見上げているような錯覚に襲われる。

——お嬢ちゃんの名前は、なんて言うの？

——千鶴。千羽鶴のように願い事が叶いますように、って、ママがつけてくれたの。

——いい名前だ。千鶴ちゃん、明日、お兄ちゃんと遊園地に行こうか？

——ほんと⁉


少女……千鶴の瞳が輝いた。

藤堂は、優しく微笑み頷いた。

初めてみせた千鶴の笑顔に、藤堂は真美《まみ》の笑顔を重ね合わせた。

この日を境に、千鶴は別人のように明るくなり、藤堂に懐《なつ》いた。


——猛、あんた、こんな遅くまで千鶴ちゃんを連れてどこに行ってたのよ⁉

千鶴を連れて行くと約束した遊園地から帰ってきた藤堂を、母が険しい表情で問い詰めてきた。

——ごめん。遊園地に行ってた。

——遊園地って……猛、千鶴ちゃんは他所様《よそさま》の子なのよ⁉　勝手に連れ出して、ご両親が凄く心配していたんだからっ。

——千鶴ちゃんは、いつもひとりで寂しい思いをしているんだ。たまには愉しいことがないと、かわいそうだろ。

藤堂には、千鶴と同い年の妹がいた。

事業に忙殺され深夜の帰宅が珍しくない両親の代わりに、藤堂が妹……真美の父となり母となった。

一緒に押し花を作り、あやとりをし、宿題を手伝い、ご飯を作ってやった。

風の強い夜は添い寝をし、童話を読んで聞かせた。

学校でイジめられて帰ってきたときは、敵討《かたきう》ちに向かった。

一日の大半を、真美のために費《つい》やした。

ある日の朝、真美が体調の異変を訴えた。

風邪を引いたのかもしれないと思い、藤堂は学校を休み、妹を病院へと連れて行った。

——お父さんかお母さんのどちらかに、すぐにきて貰えるかい？

診察した医師の切迫《せっぱく》した表情に、藤堂は胸騒《むな》ぎを覚えた。

──お嬢様は、末期の肝臓癌《がん》を患《わずら》っています。三カ月……持つかどうか……。肝移植しか、救われる道はありません。

突然に降りかかった悲劇……真美の祖母も、同じ病《やまい》でこの世を去っていた。

──国内のドナーを待っていたら、どんなに早くても二年はかかるそうだ。海外だとドナーがみつかりやすいらしいが、渡航費用や滞在費を含めると四千万はかかる……。いまのウチには、そんな金はない……。

悪いことは重なるもので、父の会社は取り引き先から大口の不渡り手形を摑《つか》まされ、連鎖倒産の危機に襲われていた。

──ふざけんなよ！　真美が死んでもいいのかよ！　あんたらが無理っていうなら、俺が働くよ！

そんな時、家を出ていた父親が交通事故死した。

新聞配達、レストランの皿洗い、工事現場……藤堂は高校を中退し、早朝から深夜まで
なにかに憑《つ》かれたように働いた。

睡眠が二時間という生活が、二カ月続いた。

苦にはならなかった。

真美の命を救うためなら、身代わりに自分の生を捧《ささ》げてもよかった。

——お兄ちゃん、痩せたね……ご飯……ちゃんと……食べてる?

兄を気遣う妹のほうこそ、日に日に血色《けっしょく》が悪くなり痩せ衰えていった。

——ああ、食べてるよ。今日も、カツ丼《どん》の大盛りを食ってきたよ。お兄ちゃんの心配より、真美は自分の病気を退治することを考えろよ。ジェットコースター、乗りたがってただろ? 遊園地に行くために、早く退院しないとな。

溢《あふ》れる涙を、懸命に堪《こら》えた。

いてしまったら、真美の命の灯火《ともしび》が消えてしまいそうで怖かった。

どれだけ働いても、十七歳の少年のアルバイト代などたかが知れていた。

四千万どころか、四十万を貯《た》めるのが精一杯だった。

そうしている間にも、時は無情にも過ぎていった。

――生まれ変わっても……真美……お兄ちゃんの妹がいいな……。

末期肝臓癌を宣告されて二カ月半……真美の最期の言葉は二十三年経ったいまでも鼓膜にこびりついて離れなかった。

「いいえ、社長は、本当に愛する人を『道具』にはできない人です。だから、愛そのものを捨てた。立花さんは過去の哀しみを糧《かて》にして成長し、社長は過去の哀しみと戦いながら成長した。立花さんの胸にいるのは『最愛だった人達』だけど、社長の胸にいるのはいまでも『最愛な人達』なんです」

――生まれ変わっても……真美……お兄ちゃんの妹がいいな……。

ゆりなの声が、真美の声に掻《か》き消された。

そうかもな……。

藤堂は、深い闇に包まれた心で呟いた。

［5］

「俺の話はこのくらいにして……。売り上げ、ぶっちぎりじゃないか」

藤堂は、話題を変えた。

「うん、自分でもびっくりです。お客様に、感謝ですね」

他人事《ひとごと》のように言うと、ゆりなは片目を瞑《つぶ》りカルアミルクのグラスを傾けた。

「嬉しくないのか?」

「嬉しいですよ。でも、売り上げに興味ないですから」

あっけらかんと、ゆりなが言った。

げに血眼《ちまなこ》になっているキャストが聞いたら、許せないに違いない。

「なら、なにに興味があるんだ?」

「う～ん、なんだろう。いまは、いろんな人と話すことが愉しいかな」

ゆりなが、鼻の上にきゅっと小皺を作った。

「今夜は、大事な話がある」

藤堂は、真剣な瞳でゆりなを見据えた。

「なんだか怖いな」

そう言いながらも、ゆりなの顔は興味津々《しんしん》だった。

「接客態度、実績……お前は、ほぼ完璧に仕事をこなしている。だが、ひとつだけ心配なことがある」

「なんですか?」

「お前が、いつ店を辞めると言い出すかだ」

藤堂は、ストレートに切り出した。

「なんだ、そんなことですか。安心してください。まだ、しばらくは辞めませんから」

屈託《くったく》なく笑うゆりな。

「しばらくじゃ困る。一年はいてもらわないとな」

たったひとつだけ、ゆりなに不安な点があるとすれば、それは気紛れが故にいつ店を辞めるかわからないということだ。

本当は二年でも三年でもいてもらいたいところだが、猫のように気ままなゆりなにそれは望めない。

が、ゆりなが一年いてくれれば、フェニックスが追いつけないほどに水をあけることができる。

「一年かぁ……。さあ、どうだろう」

ゆりなが、呑気《のんき》な口調で首を傾げた。

「いまのウチには、お前の力が必要だ」

誰かに、こんなふうに頼み込んだのは初めてのことだった。

人に、弱みをみせたことなどなかった。

あの冬海にたいしても、懇願したことはない。

「もちろん、長く勤める気ではいますよ。三年いるかもしれないし、三カ月かもしれない。でも、約束でいつまでいなきゃならないとか縛《しば》られるのはいやです」

ゆりなが、あっけらかんと、しかし、きっぱりとした口調で言った。

ゆりならしくもあり、また、このなにものにも囚《とら》われない性格が彼女をコントロールする上で難しいところだった。

そもそもゆりなの魅力は、奔放《ほんぽう》さだった。

仕事という認識ではなく、自然体――換言《かんげん》すれば興味で客と接しているからこそ数字が上がっているのだ。

冬海から五千万で「買い取った」ことを盾《たて》にし、契約で無理やり縛るという手もある。

だが、ゆりななら、五千万など三カ月もあれば払ってしまうだろう。

支払い義務を終えたゆりなは、嫌気《いやけ》がさして店を辞めるに違いない。

彼女は、五千万どころか軽く数億は稼ぎ出す逸材だ。

なにより、押さえつけて能力を発揮《はっき》するタイプの女ではない。

かといって、放っておけば気が変わっていついなくなるかわからないという危《あや》うさがある。

かつて、これほどまでに自分を悩ませたキャストはいないし、また、悩むだけの価値のあるキャストだった。

「それがお前の魅力だということはわかっているし、尊重しようとは思う。だが、最低限の確約がほしい」

藤堂は、本音《ほんね》で語った。

ゆりなは、小手先が通用する女ではない。まっすぐに思いをぶつけるのがベストな相手だ。

「なぜ、私が必要なんです？」

ゆりなが、心の奥底まで見通すような透き通った瞳でみつめてきた。

「立花を倒すには、お前の力が必要だ」

藤堂は、ゆりなの視線を受け止めながら言った。

「どうして？」

ゆりなが、幼子《おさなご》のように首を傾げた。

「なにがだ？」

「どうして、立花さんを倒さなければならないんですか？」

無垢《むく》な表情で訊ねるゆりな。

あまりにも初歩的な質問に、藤堂はすぐに言葉を返すことができなかった。

どうして立花を倒さなければならないのか？

元子飼いの従業員だったから。

恩師である自分に牙を剝《む》いたから。

〝風俗王〟と呼ばれた自分を一敗地に塗《まみ》れさせたから。

立花を倒さなければならない理由は、枚挙にいとまがない。

どれも理由のひとつではある反面、どれも決定打ではないことが藤堂にはわかってい
た。

「簡単な話だ」

藤堂は、心に思い浮かんだ理由の数々をゆりなに告げた。

「それでも、立花さんを目の仇《かたき》にする理由がわかりません」

ゆりなの「千里眼」が、苦しかった。

一切《いっさい》のごまかしの通じない、不純物のない瞳から藤堂は視線を逸《そ》らした。

誰かを相手に先に視線を逸らすのも、初めてのことだった。

一番大きな理由……わかっていた。

わかってはいたが、そこに焦点を当てたくはなかった。

「絶対的な金と力。それを守るためだ」

——ふざけんなよ！　真美が死んでもいいのかよ！　あんたらが無理っていうなら、俺
が働くよ！

高校生のときの己の叫びが痛みとともに胸を抉《えぐ》った。

あのとき、金があれば真美を救えた。

あのとき、力があれば真美を救えた。

最愛の妹の幼き命の灯火を消してしまったのは、無力な父母……そして無力な自分のせいだ。

「お金も権力も、もう、十分に手にしているでしょう？」

二十近くも年下のゆりなが、まるで母親のような口調で藤堂を諭《さと》した。

藤堂猛に諭し聞かせることができる存在は、ごく僅《わず》かだった。

それは遥《はる》か目上の権力者ばかりであり、少なくともゆりなのような小娘《こむすめ》など論外だった。

しかし、不思議と腹は立たなかった。

彼女には、やんちゃな言動からは想像のできない聖母の慈愛を感じさせるなにかがある。

その「なにか」が、政財界や芸能界の大物をも子供のように手懐《てなず》けることのできる魅力なのかもしれない。

「なにを基準に十分かを決めるのは、俺自身だ」

藤堂は、表情を変えずに言った。

「千鶴さんって、どんな人だったんですか?」

不意に、ゆりなの口から出た名前に藤堂は動揺した。

平静を装いウォッカトニックのグラスを傾け、煙草に火をつけた。

「冬海か?」

接点のないゆりなが千鶴のことを知っているはずもなく、冬海しか考えられなかった。

「はい。千鶴さんのこと、いろいろと話してくれました。冬海ママが、現役時代に唯一勝てなかった女性だってことも」

藤堂は、空のウォッカトニックのグラスの底で、キャンドルの緋色《ひいろ》に染まる氷をみつめた。

――六年間、ずっとナンバー1キャストだった私が、あんな女に負けるなんて屈辱です!

六年前。閉店後の無人のフロアで、冬海が珍しく感情を爆発させた。

――誰のことを言っている?

——千鶴のことです。

——千鶴が、いつ、お前以上の売り上げを上げた？

——惚《とぼ》けないでくださいっ。私が言っているのは、そういう意味じゃありません。女として、千鶴に負けたと言ってるんです！　藤堂猛が一番指名したのは、私じゃなく千鶴だということが許せないんですっ。


くだらない。

そのひと言を残し、藤堂はフロアをあとにした。

一週間後、冬海は藤堂のもとを離れフェニックスに移籍した。

「どうでもいい話だ」

藤堂は冷《さ》めた口調で言い、ボーイに向けて空のグラスを振った。

「そのどうでもいい話に、冬海ママは拘っています」

「あいつにしては珍しく……」

「社長も、そうじゃないですか？」

藤堂の言葉を遮り、ゆりなが悪戯っぽい顔で覗《のぞ》き込んできた。

「どういう意味だ？」

「社長が立花さんを目の仇にする一番の理由は、千鶴さんだと思います」

一転した真剣な眼差《まなざ》しで、ゆりなが藤堂を見据えた。

「馬鹿馬鹿しい」

藤堂は鼻で笑ってみせた。

心のざわめきを、悟《さと》られたくなかった。

記憶の扉が、音を立てて開いてゆく……。


——あいつだけは、やめておけ。


およそ十年前。ミントキャンディの更衣室。衣装から着替え終わり、立花のもとに行こうとする千鶴を、藤堂は引き止めた。

当時十九歳の立花は、若き風俗王の号令のもと、飛ぶ鳥を落とす勢いで店舗拡張をしていた藤堂観光の系列店の一介のボーイに過ぎなかった。

——あなたに、私が誰とつき合おうと、あれこれ言われる筋合いはないわ。

——立花だけは、やめろと言ってるんだ。

——なぜ？　彼は、まっすぐで優しい人よ。高校生のときの、私が好きだったあなたのように。

千鶴の瞳が、哀《かな》しげに揺れた。

——俺は、小さいときからのお前を知っている。お前に、あの男は相応《ふさわ》しくない。

——立花君が、あなたのように変わるとでも？　目的を達成するためなら人を人とも思わずに道具として利用する、冷酷なあなたみたいに……。

——ああ。あいつは俺と同じだ。お前を幸せにできる男じゃない。

——たとえそうだとしても、私が変えてみせる。小学生の私にはあなたを変えることはできなかったけど、いまの私にならできるわ。

「最愛の女性を奪われた。社長が立花さんを許せない理由はそれだと思います」

ゆりなの声が、藤堂を現実に引き戻した。

「憶測で物を言うのはやめろ」

藤堂は、掠《かす》れ声で言った。

「訂正します。許せないのは奪われたからじゃなくて、千鶴さんを不幸にしたから。社長の優しさが、藤堂猛という冷酷な怪物を作った……どうです？　なかなかいい推理でしょう？」

真顔から急におどけた表情になったゆりなが、無邪気に破顔《はがん》した。

「お前のカウンセリングにつき合っている暇《ひま》はない。とにかく、一年は頑張ってくれ」

逃げるように言い残し、藤堂は一万円札をテーブルに置き、席を立った。

これ以上ゆりなと向かい合っていると、高校生以降封印していた「もうひとりの自分」が顔を覗かせてしまいそうだった。

第三部

【1】

新宿西口の高層ビルの一室——タチバナカンパニーの社長室には、重々しい空気が立ち込めていた。

立花は、デスクで開いたノートパソコンのディスプレイに浮かぶ数字を険しい表情で睨みつけていた。

九月度の半月が経過した時点での全国のキャバクラの売り上げベスト5の一位は、歌舞伎町のトップキャストで五千二十七万三千円、たいする二位のフェニックスは二千三百六十二万八千円……不安が、現実のものとなった。

三位の店とは一千万近くの差をつけてはいるが、トップキャストとは倍以上の差をつけられている。

　この五年間、フェニックスはずっとトップの座を守ってきた。たとえ中間報告時点であっても、どこかの店の背中をみることはなかった。

「先月の中間報告の数字は？」

　立花はディスプレイから眼を離し、直立不動の姿勢で立ち尽《つ》くす風見に視線を移すと、押し殺した声で訊ねた。

「三千五百万を超えていました」

　風見が、強張った声で言った。

「およそ千二百万のマイナスの原因は？」

　訊かずともわかっていたが、風見の脳裏《のうり》にしっかりと刻み込まなければならない。

「トップキャストに、客を食われたのが原因かと……」

「店に新しいホストが入った。お前の売り上げが半減した。そのときお前は、どうする？」

「離れた客を取り戻すために、いろんな策を練ります」

「フェニックスの売り上げは九月の初日の日計から大幅ダウンしていた。どう考えても、トップキャストがオープンした影響だというのは誰の眼にも明らかだ。なのにお前は、店長という立場にありながら、ただ黙って手をこまねいてみていたのか？」

風見に向けた言葉は、同時に自分にも向けられた言葉だった。

正直、藤堂を甘くみていた。

不動の一位の座を守り続けたフェニックスの牙城《がじょう》が、崩されることなどありえないと過信していた。

ゆりなの売り上げは、二週間で一千二百万……ただ者ではないと警戒していたが、まさか、ここまでとは思っていなかった。

この数字は全盛期の冬海に匹敵《ひってき》するか、もしくはそれ以上だった。

――ゆりなは天才よ。トークとかビジュアルとか、そういう二次的なものでなく、そこにいるだけで周囲が華やぐ。あのコが口を開けばみなが耳を傾け、あのコが笑えばみなの視線が吸い寄せられる。存在自体が『華』なの。ゆりなは、芸能界に行っても成功するでしょうね。

伝説のカリスマキャストが認めた「逸材《いつざい》」は、本物だった。

トップキャストの強みは、スターがゆりなだけではないということだ。

イチカ、舞、キララ、小春……四人で、一千八百万以上も上げている。

ゆりなという「不世出《ふせいしゅつ》の天才」の陰に隠れてはいるが、イチカの売り上げは雪乃とほぼ同じだ。

フェニックスで不動のナンバー1である雪乃が、トップキャストでは二位……それが、現在のフェニックスとトップキャストの差となってそのまま現れている。

「申し訳ございません」

「謝ることは、子供にだってできる。万が一、フェニックスの連勝記録を途絶《とだ》えさせたら、来月からお前の居場所はない。所詮《しょせん》は女をたらし込むしか能がないと言われたくなかったら、トップキャストを潰せ」

立花は、無表情に言った。

風見は、立花からみても頭のキレる男であり、将来は鶴本とともにタチバナカンパニーを支えてゆく幹部候補生だ。

だが、藤堂にトップの座を奪回《だっかい》されるような屈辱だけは、許せない。

どんなに有能な男であっても、免罪符《めんざいふ》になりはしない。

「わかりました」

風見が、切迫した表情で頷いた。

「鶴本、この状況はお前の責任でもある。残り半月《はんつき》、どうやって引っくり返す？」

風見の隣に立っている鶴本に、立花は視線を移して話を詰めた。

「これからすぐに主力キャスト全員に招集をかけて、顧客に電話攻勢をかけさせます」

「半月で二千数百万の差を埋められるのか？」

「ただ、お店にきてくれじゃ無理だと思います。来月はこなくていいから、そのぶんを今月前倒ししてほしいと頼むしかないでしょうね。とりあえずは今月を乗り切り、来月までに雪乃以外のキャストの底上げを達成するしかありません」

目先の窮地《きゅうち》を乗り切るためには手段を選ばない。

さすがに、長年、自分とともに藤堂観光と熾烈《しれつ》な戦いを繰り広げてきただけのことはある。

だが、まだ甘い。

顧客の前倒しをすれば確実に売り上げは伸びるが、ゆりながいるかぎりトップキャストを倒すことはできない。

「それでいけ」

立花は低く短く言うと、指を払いふたりに退室を命じた。

鶴本と風見の姿が部屋から消えるのを待ち、立花は携帯電話を手にして番号ボタンをプッシュした。

『はい……もしもし？』

三回目のコールで、気《け》だるげな男の声が流れてきた。

「ゆりな……いや、藤間《ふじま》杏子《きようこ》を知ってるか？」

『あなた、誰ですか？』

一転して、警戒した声音《こわね》になる男に、立花は名を告げ時間と場所を指定した。

☆　　☆

待ち合わせ場所の赤坂のホテルのラウンジは、ほぼ満席に近かった。

立花は、巡らせていた首を止めた。

ラウンジの中央の席で、きょろきょろとあたりを落ち着きなく見渡す若い男のもとへまっすぐに歩を進めた立花は、断わりもせずに席に腰を下ろした。

「あなたが、立花さんですか？」

男……稲井浩市《いないこういち》が、怪訝《けげん》そうな顔で訊ねてきた。

ダメージデニムに洗いざらしのTシャツ……稲井は、拍子《ひようし》抜けするほどに普通の青年だった。

冬海から貰った名刺から、稲井が居酒屋チェーン店で店長をやっているということがわかった。

歳《とし》の頃は、ゆりなと同じ二十歳《はたち》そこそこという感じだった。

その若さで店長を任されているのだから、そこそこ出世していると言えるだろう。

しかし、不世出の天才キャストであるゆりなが惚れ抜いた男という意味では正直物足りなさを感じる。

ならばビジュアルが飛び抜けているかと言えばそうでもなく、可もなく不可もなく、というレベルだった。

ならば、ゆりながこの男のどの部分に惹《ひ》かれたのかわからないかと言えば、それはノーだ。

澄んだ瞳と柔和《にゅうわ》に下がった目尻……稲井は、とても優しそうな顔立ちをしていた。

平凡だが穏《おだ》やかな好青年。それが、稲井の印象だった。

もしかしたなら、ゆりならしい選択だったのかもしれない。

「藤間杏子のことを、まだ好きか?」

立花は答えずに、自己紹介も前振りもなく単刀直入に稲井に訊ねた。

「はい」

素直に、稲井が頷いた。

「杏子は、立花さんのお店で働いているんですか？」

「いいや。だが、彼女がどこで働いているかは知っている。好きなら、どうして別れた？」

立花は、率直《そっちょく》な疑問を口にした。

「別れましょう、と、ある日、突然、告げられました」

稲井は、哀しげな瞳を立花に向けた。

「なぜ？」

「僕が、だめになるからです」

稲井は物静かな口調で言うと、コーヒーカップを口もとに運んだ。

「杏子とつき合っているときの僕は、まだ、いまの店でアルバイトをしていました。将来、自分の居酒屋を持つというのが僕の夢でした。だけど、彼女との結婚を意識してゆくのと比例するように、自分の人生に疑問と不安を抱き始めました。居酒屋のバイトなんかしてて、彼女を幸せにできるのか？　って。僕は居酒屋を辞め、就職活動を開始しました。『夢』よりも、『現実』を選んだんです。それが、結果的に杏子と別れる引き金になりました……」

稲井は唇を噛《か》み、眼を伏せた。

彼の持つコーヒーカップの中の褐色《かっしょく》の液体が小さく波打っていた。

——愉しそうだから。

夜の世界に足を踏み入れたときに、ゆりなはそう言ったらしい。

気まぐれな女だと、思っていた。

奔放《ほんぽう》な女だと、思っていた。

違った。

ゆりなが「夜の蝶」になったのは、気まぐれでも好奇心でもなく、ちゃんとした理由が存在したのだ。

「お前に、『夢』を追ってほしかったってわけか?」

立花の問いに、稲井が神妙な顔で頷いた。

「『夢』を叶える自信がつくまでは、私の前に現れないで。そう言い残して、杏子は僕の前から消えました。共通の友人から、彼女が銀座のクラブで働いているって噂を聞いたんです」

「会いに行こうとは、思わなかったのか?」

「杏子は、一度言い出したら聞かない性格ですから。僕がそれなりの男になるまでは、会ってくれないとわかっていますし……。もう一度、以前に勤めていた居酒屋に戻り、がむしゃらに働きました。先月、店長に昇格した僕は、ふたりの共通の友人に頼んで、名刺を杏子の働くお店に持って行ってもらったんです」

——ゆりなのほうから、別れを告げたそうよ。でも、まだ彼のことを好きなのはみててわかったわ。

冬海の言葉が、立花の脳裏に蘇《よみがえ》った。

——トップキャストに通わせて、ゆりなを指名させるのよ。彼女は、この世界の女のコにしては珍しく感情に素直なコよ。もともと、水商売に執着があるわけじゃないから、縒りが戻ればあっさりと辞めると思うわ。

記憶の中の冬海の声に、頷く自分がいた。

待っている。ゆりなは、稲井が迎えにくるのを心待ちにしているのだ。

そして、冬海さえも予想しなかった真実に、立花は気づいた。

なぜ、ゆりなが夜の世界に足を踏み入れたのか？

気まぐれどころか、綿密《めんみつ》な計算の上での決意……そう、ゆりなは、稲井がふたたび「夢」を追い始めたときに備えて、金を貯めているのだ。

稲井と自分の店を持つ金を……。

「この店に、行くがいい」

立花は、トップキャストの住所を書いたメモをテーブルに置くと席を立った。

「立花さん、いったいどうして……」

稲井の質問を遮《さえぎ》るように背を向け、立花はラウンジをあとにした。

［2］

武蔵小金井《むさしこがねい》の商店街は、商店主達が競うようにシャッターを下ろしていた。

藤堂は煙草屋の角を曲がり、路地に足を踏み入れた。

一転して、暗闇に怪《あや》しげな原色の光を放つネオン看板が視界に入ってきた。

とはいえ、飲み屋街のその空気は、歌舞伎町や六本木に比べてうら寂れた感は否《いな》めなかった。

お付きも車もなく、藤堂はひとりで目的の地へと向かっていた。

噂が本当なら、あと数十メートルも歩けばあの店があるはずだ。

インターネットにも引っかからないようなスナックを、藤堂は目指していた。

五年ぶり……感傷的な気分よりも、むしろ、不安のほうが募《つの》っていた。

どんな顔で、自分を迎え入れてくれるのか……それとも、拒絶するのか？

遠目に、白っぽい光がぼんやりと滲《にじ》んでいた。

「Crane Bird」……クレーン・バードの看板は、周囲の派手派手しく下品な光を放つだけのものとは違い、また、店名も、マリアやペパーミントなどのベタで古臭いものと一線を画《かく》していた。

藤堂は、看板の前で立ち止まり、深く息を吸った。

誰かを訪ねるのに深呼吸をするのは、高校生のとき以来だった。

白いペンキ塗りのドアを開けた。

「いらっしゃいま……」

ボックス席で客の相手をしていた女性が、酌《しやく》をする手を止めて微《かす》かに眼を見開いた。

「ひさしぶりだな、千鶴」

藤堂は、薄く微笑んだ。

☆　☆

十坪程度のフロアには、L字型のカウンターテーブルと四つのボックスソファがあるだけだった。

まだ二十歳そこそこの垢《あか》抜けないホステスに最奥《さいおう》のソファに促された藤堂は、ビールのグラスを傾けながら、常連客らしい作業着姿のふたり連れの中年男性と談笑する千鶴の横顔を眺めていた。

三十路を迎えた千鶴は、五年前より少しふくよかになったが、透明感は失われていなかった。

成熟した女の艶っぽさが、藤堂の知っている彼女にはなかった魅力を演出していた。

「お客さん、ウチの店、初めてですよね？　なんのお仕事をやってらっしゃるんですか？」

鈴美《すずみ》と名乗るホステスは、興味深そうに藤堂の顔をみつめつつ訊ねた。

東京の外《はず》れのスナックのホステスが、風俗王と畏怖《いふ》されている自分の顔を知らなくても不思議ではなかった。

同じ水商売とはいえ、歌舞伎町の店とこの店では、東京ドームと市民球場くらいの差がある。

「飲食店だ」

藤堂は、素《そ》っ気《け》無く言った。

「あら、じゃあ、同業ですね。お店は、このへんですか？」

「いいや」

藤堂観光の系列店は、日本全国至るところにある。

それを、口にする気はなかった。

「この店、長いのか？」

それ以上、自分のことを詮索《せんさく》されぬよう、藤堂は逆質問した。

「まだ、二カ月くらいなんです。夜のお仕事は初めてで不安だったんですけど、ママがとても優しい方で、本当にこの店を選んでよかったです」

「ママは、そんなに優しいか？」

「ええ。水割りの作りかたもなにもわからない私に、ママは根気よく親切にいろいろと教えてくださって……。一番感動したのは面接のときに、この仕事に染まっちゃだめよ、と言ってくださったことです」

鈴美が、尊敬の眼差しを千鶴に送った。

千鶴らしい、と藤堂は思った。

彼女がキャバクラ時代にナンバー1でいられたのも、素人《しろうと》っぽさを失わない純朴《じゅんぼく》さにあった。

「お久しぶりです」

客を送り出した千鶴が藤堂の席へ歩み寄り、頭を下げた。

「お知り合いだったんですか?」

鈴美が、眼を白黒させて藤堂と千鶴の顔を交互にみた。

「藤堂さんは、私の恩師であり、お兄ちゃんのような人よ」

千鶴は鈴美に言いながら、藤堂の隣に腰を下ろした。

「心にもないお世辞《せじ》を言えるようになったか」

藤堂は、ビールのグラスを宙に掲《かか》げながら言った。

「恩師に、そう仕込まれましたから。改めて、お久しぶりです」

千鶴が、微笑みつつグラスを触れ合わせてきた。

「いまでも恩師だと思ってくれているなら、光栄だな」

「びっくりしました。よく、ここがわかりましたね」

「ウチのスタッフが、偶然、この近くで飲んでいるときにお前が近所でスナックをやっているらしいって噂を聞きつけてな」

「それで訪ねてきてくれたなんて、光栄です。でも、どういう風の吹き回しですか？」

「なにが？」

藤堂がビールを飲み干すと、すかさず千鶴が二杯目を注《つ》ぎ足した。

風俗王と呼ばれる前の若き日の自分にとって、仕事が終わったあとにビールをちびちびと飲みながら夜の世界の頂点に立つ自分を想像するのがなによりの愉しみだった。

当時の藤堂は稼ぎもなく、切り詰めた生活の中でビールは唯一の贅沢《ぜいたく》だった。

いまとなっては、一本数十万のワインを好きなときに好きなだけ飲める立場になった。

喉を湿らせる程度にビールを嗜《たしな》むことはあったが、二杯目からは別の酒に切り替えた。

今夜は、最後までビールで通すつもりだった。

あの頃を、取り戻したかった。

金も地位もないが、野心だけは持て余すほどにあったあの頃の荒々しさを……。

「私の知っている藤堂さんは、辞めたキャストに会うために自分から足を運ぶような人じゃありませんでした」

千鶴が、カウンター席の客のもとに鈴美が移動するのを待ち、静かな口調で切り出した。

「たしかに、そうかもな。だが、俺にだって特別な相手もいる」

「そういうことも、軽々しく口に出すような人じゃなかった」

なにかを測《はか》るような眼を、千鶴が向けてきた。

「幻滅か？」

冗談めかして訊ね、藤堂は二杯目のビールをひと息に空《あ》けると手酌で三杯目を注いだ。

「幻滅なら、藤堂さんが優しいお兄ちゃんから風俗王と呼ばれるようになったときに経験しました。立花君と、なにかあったんですか？」

「立花、立花、立花……最近じゃ、誰もが奴の名前を口にする。野良犬と比較されるようになったなんて、俺も堕《お》ちたものだな」

藤堂は自嘲《じちょう》的に笑うと、三杯目のビールも飲み干した。

喉を焼く苦味は昔と変わらない。

だが、違った。

あの頃の自分なら、こんなところにきて酒など飲む気にはなれなかった。

富を欲していた。力に飢《う》えていた——頂点に立つためならば、誰彼構わず咬《か》みついた。

なりふり構わず、勝ちを取りに行った。

この落ち着きぶりはなんだ？

立花に勢いがあると言っても、グループ会社の規模も、年商も、実績も、地位も、知名度も、すべてにおいて自分が勝っていた。

唯一、後塵《こうじん》を拝していたフェニックスも、ゆりなという天才が加入したトップキャストによって抜き去り、圧倒していた。

いまの自分は、昔と違ってチャレンジャーの立場ではない。

王者の余裕か？

しかし、この焦燥《しょうそう》感は？　この屈辱感は？　この敗北感は？

勝っているはずなのに、精神的余裕などまったくなかった。

なんとかしなければならない……本能が、藤堂を焚《た》きつけた。

ここで一気に、立花を叩き潰すチャンス——わかっていたが、奮《ふる》い立つものがなかった。

「愚痴《ぐち》を言うなんて、藤堂さんらしくありませんね」

「俺らしいって……なんだ？」

藤堂は、誰にともなく呟いた。

「え……？」

首を傾げる千鶴。

「立花は氷のように冷たい心の持ち主で、俺は温かく優しい心の持ち主だそうだ」

唐突に、藤堂は切り出した。

「誰に言われたんです？」

「ゆりなという、ウチのナンバー1キャストだ」

――社長は、本当に愛する人を『道具』にはできない人です。だから、愛そのものを捨てた。立花さんは過去の哀しみを糧《かて》にして成長し、社長は過去の哀しみと戦いながら成長した。立花さんの胸にいるのは『最愛だった人達』だけど、社長の胸にいるのはいまでも『最愛な人達』なんです。

ゆりなの言葉が、藤堂の記憶に蘇る。

こうして千鶴のもとを訪れていることが、彼女の推測の正しさを立証しているのかもしれない。

「そうですか」

「驚かないのか？」

「驚いてますよ。ただ、その驚きは、ゆりなさんっていう人は風俗王としてのあなたしかみていないのに、よくわかったな、っていう意味です」

藤堂は無言で、泡が付着するグラスをみつめた。

——生まれ変わっても……真美……お兄ちゃんの妹がいいな……。

病魔で幼い命を落とした妹の最期《さいご》の願いが、藤堂の胸を掻《か》き毟《むし》る。

いつしか、千鶴に妹の面影《おもかげ》を重ね合わせている自分がいた。

最愛の妹である真美を救えなかったことで、藤堂は無力は死人と同じだということを悟《さと》った。

蘇った「妹」である千鶴を立花に奪われ、捨てられたことで藤堂は、愛情だけでは最愛の人を守れないということを悟った。

——立花さんを許せないのは奪われたからじゃなくて、千鶴さんを不幸にしたから。社長の優しさが、藤堂猛という冷酷な怪物を作った……どうです？　なかなかいい推理でしょう？


ふたたび、ゆりなの声がした。

「お前も、そう思うのか？」

「私は、『お兄ちゃん』の優しさを知っているけど、立花君のことは……よく、わかりません」

千鶴が、瞬間、少しだけ寂しそうな眼をした。

「まだ、奴のことを……」

藤堂の言葉を、電子音が遮《さえぎ》った。

携帯電話を上着のポケットから取り出した藤堂は、液晶ディスプレイに浮かぶ名前を確認してから通話ボタンを押した。

『社長！　大変です！』

いつもは冷静な高木の動転した声が受話口から溢れ出してきた。

「なんだ？　そんなに慌てて？」

『ゆりなが……』

「ゆりながどうした?」

激しく騒ぎ立てる不吉《ふきつ》な予感に動揺しないよう、藤堂は故意にゆっくりとした口調で訊ねた。

『店を辞めました……』

高木の声が、藤堂の脳内を漆黒に塗り潰した。

［3］

これは、現実なんかではない。そう、とびきり悪い夢に違いない。

ゆりなが店を辞めた……。

現実なんかで、あるはずがない……あってはならないことだった。

『社長?　社長……?　社長!?』

高木の声が、遠くなったり近くなったりしていた。いや、自分の手が震え、携帯電話が揺れているのだ。

「いま……なんと言った?」

ようやく、声を発することができた。

だが、その声は滑稽《こっけい》なほどに震えていた。

『いや……ですから……ゆりなが店を辞めたと……』

恐る恐る、高木が同じ言葉を繰り返した。

「……なにが……起こった?」

自分でも聞き取れないほどの薄い声しか出なかった。

『え?』

「なにが起こったと……訊いてるんだ」

震えは声や手だけでなく、足にまで及んだ。

千鶴が、心配そうに顔を覗き込んできた。

『それが、わからないんです……。さっき、いきなり電話がかかってきて、今夜かぎりで店を辞めますと言ってきて……今月分の給料は迷惑をかけたからいらないと……』

まだ月半ばとはいえ、ゆりなの給料は既《すで》に五百万を超えている。

サラリーマンの平均年収をも上回るような大金をあっさりと放棄するとは信じられないが、金銭への執着がないところがゆりならしいとも言えた。

彼女の執着心のなさは、金銭にたいしてだけではなかった。

地位、名声……ひと握りの選ばれし者しか摑むことのできない「夢」に、ゆりなはまったく興味を示さなかった。

——愉しそうだから。


それが、ゆりなが夜の世界に足を踏み入れた理由だと聞いていた。

言葉を飾っているとも、心を偽《いつわ》っているとも思わない。

それは、本音に違いない。

しかし、ほかにも理由があるような気がしてならなかった。

気紛れなだけでは、あそこまでの驚異的な売り上げを記録することはできない。

ゆりなは、疑いようもなく天才だ。

だが、天才であっても、積極的にならなければ月に数百万もの給料を取れるほどの売り上げを上げることはできない。

天才打者が適当に打席に入って首位打者を取れないのと同じだ。

ならば、ゆりなが「積極的」になる原動力は、なんなのか？

「連絡は？」

『もう、何十回もかけているんですが、電源を切られて繋がらないんです……』

「いまから、すぐに家に行け。すぐにだ！」

一方的に言うと、藤堂は電話を切った。

「どうしたの？」

遠慮がちに訊ねてくる千鶴を無視して、冬海の携帯番号を押した。

一回、二回、三回……。

右足が、貧乏揺すりのリズムを取った。

四回、五回、六回……。

右足の動きが激しくなる――藤堂は煙草をパッケージから唇で引き抜いた。

すかさず、千鶴がライターの炎を差し出した。

肺に深く吸い込んだ紫煙《しえん》を、荒々しく吐き出した。

七回、八回、九回……。

指先をいらついたように煙草に叩きつけたが、落ちるほど灰は長くなっていなかった。

『いま、営業中よ』

電話を切ってかけなおそうとした矢先に、冬海の憎らしいほどに落ち着いた声が流れてきた。

「ゆりなが店を辞めた」

『あら、そう』

「ほう、ずいぶんと、冷静だな」

藤堂は、皮肉交じりの言葉を投げた。

『だって、ウチのコじゃないんですもの』

「だが、ゆりなを買い取るのに五千万を払っている。それが、一カ月も経たないうちに辞めた。お前にも、責任はあると思うがな」

『契約書には、元を取る前に辞めたら返金するという項目はなかったはずよ。まあ、でも、私も別にお金に困っているわけじゃないから、返してもよくてよ』

冬海の余裕の言葉に、藤堂の中で疑念が膨張《ぼうちょう》した。

「お前、なにか知ってるな」

『さあ、なんのことかしら』

はぐらかす冬海の声音《こわね》は、愉しんでいるようにも聞こえた。

まるで、仕掛けた落とし穴に誰かが落ちてしまったのを息を潜《ひそ》めて眺《なが》めている子供のように……。

「惚《とぼ》けるな。お前、絵図を描《か》いたな」

『だから、なんのことかしら？　私には、さっぱり意味がわからないわ』

「誰と話しているか、わかっているのか？」

藤堂は、低く押し殺した声で言った。

『恫喝《どうかつ》？　だとしたら、あなたらしくないわね。ライオンが女狐《めぎつね》を前にして、牙をみせる必要があるのかしら？』

「最上級の餌を横取りされたら、狐どころか鼠《ねずみ》さえも食い殺す。ライオンだからこそ、そうするものだ」

『どっちにしろ、平常心じゃいられないほどの精神的ダメージを受けたってわけね』

相変わらず、冬海の声は歌っているように弾《はず》んでいた。

彼女の瞳には、あの藤堂猛が落とし穴に落下して泥塗れになりもがいている姿がみえているに違いない。

「あの野良犬と、手を組んだってわけか？」

『どうとでも、お好きに考えて』

「そんなに、怖いのか？」

『そうね。怖くないと言ったら、嘘になるわね。あなたは唯一、私が尊敬に値《あたい》すると感じた人だもの』

「怖いかと訊いたのは、俺のことじゃない」

短くなった煙草の火が、藤堂の指先を焼いた。

『え……?』

「ゆりなのことだ。カリスマキャストを超えるかもしれない存在に、お前は初めて出会った。自分の手の内にいる間は、鼻差届かない程度の成長で止めるというコントロールも利《き》く。もし、計算ミスで抜かれたとしても、自分の店のキャストなら、育ての親としての評価を得られる。だが、それがよその店のキャストとなったら話は別だ。六年間無敗の冬海が、藤堂の店のキャストに抜かれた。その噂は、ゆりなが八年の歳月をかけずとも広めることができる。今月、ゆりなはお前が一カ月かけて稼いだ売り上げに半月で届きそうな勢いだった。順調に行けば、一カ月終わった時点で倍の売り上げを記録したことだろう。向こう十年間は破られないと思われた09秒58の百メートルの記録も、次の年、08秒台で走る選手が現れたら一気に霞《かす》んでしまう。誰しもが、08秒台で走破した選手を賞賛し、歴代ナンバーワンスプリンターの称号を与えるだろう。二番手の評価として名前を出されることが、お前にとってなによりの屈辱だ。一度逆転されてしまえば、現役を退《しりぞ》いたお前は二度と引っくり返すことはできない。だから、立花を使ってゆりなを競技場から引き摺《ず》り出した。このままレースを続けられると、いつか、自分の記録を抜かれるという恐怖に襲われた。違うか?」

藤堂が喋っている間、冬海はひと言も発しなかった……いや、発せなかったというのが正しい表現だろう。

受話口を通じて、冬海の息が荒くなっているのが伝わった。

さっきまで心配げな様子だった千鶴も、いまは無表情に事の成り行きを見守っている。

喋り過ぎている。

それが、かつて感じたことのない危機感と焦燥感の表れだということはわかっていた。

獅子《しし》が衰《おとろ》えたのか? それとも、猛追《もうつい》する若虎が力をつけたのか?

答えはみつからない。

しかし、はっきりしているのは、二頭の力の差が縮まったということだ。

『そう、怖かった……。夜の世界でしか生きられない私が、昼の世界でもトップを取れるコに抜かれるのは許せなかった。あのコの成長を誰よりも願い、そして呪《のろ》った。あのコの素質を誰よりも見抜き、そして恐れた。あのコを誰よりも愛し……そして、憎んだ。千鶴、卑弥呼、優姫……どんな時代にどんな強敵が現れても、脅威《きょうい》に思うことなんてなかった。七割の力でも、並ばせない自信があった……。面接にきたゆりなをみたとき、勝てないと思った。自分自身、負けを認める相手が存在するなんて、信じられなかった……。

ゆりなは、ナンバークラスだとか、十年にひとりとか、天才キャストとか、そんなレベルで語れるコじゃなかった……憎かった……羨《うらや》ましかった……片手間《かたてま》で誰もなし得なかったカリスマキャストの記録を塗り替えることのできる異次元の素質が……』

藤堂は、耳を疑った。

啜《すす》り泣きが、漏《も》れ聞こえてきた。

あの冬海が、泣いているというのか？

気高《けだか》く、圧倒的な成績で他を寄せ付けなかった伝説の夜の蝶が、己が足もとにさえ及ばない怪物に太刀打ちできないという事実に、涙しているというのか？

「その程度の、女だったのか？」

藤堂の声は、震えていた。

冬海への怒り……だが、それは裏切られたことへの怒りではない。

自分が育て上げた「最高傑作」が、自分とともに漆黒の世界に伝説を築き上げてきた「女王」が、時代の波に呑み込まれることを受け入れたことに……。

冬海が新しい力に屈するということは、自分が屈するも同じ——認めはしない。

たとえ冬海が諦《あきら》めようとも、自分は受け入れはしない。

「復活しろ」

藤堂は、絞り出すような声で言った。

『え……』

「トップキャストに、キャストとして復帰するんだ」

藤堂が言うと、びっくりしたように千鶴が顔を上げた。

『なにを……言ってるの⁉』

冬海と同じ言葉が、藤堂の脳内に響き渡った。

「現役に戻って、ゆりなを叩き潰せ」

藤堂の掌の中で、携帯電話が軋《きし》みを上げた。

『正気なの⁉　私は、もう、三十路を過ぎてるのよ⁉　それに、ゆりなは……』

「ゆりなの居場所を教えろ。俺が説得する」

藤堂は、冬海を遮り訊ねた。

『説得するって……まさか、トップキャストで私とゆりなを競い合わせようというの⁉』

「そうだ。正面からぶつかって、ゆりなを潰せ。ただし、あいつが働くのはウチじゃない」

『どういう……こと？』

「ゆりなの新しい働き先はフェニックスだ。今月の残り半月、お前には勘《かん》を取り戻してもらう。来月一カ月、駆け引き抜きの真っ向勝負だ。負けたほうが、店を畳み夜の世界から足を洗う」

自分で、自分がなにを言っているのかわけがわからなかった。

現役から引退して五年も経つ三十を越えた冬海を復帰させ、ゆりなと売り上げを競わせる。

しかも、ゆりなの復帰場所は怨敵フェニックス。

普通に考えれば、正気の沙汰《さた》ではなかった。

全盛期同士のときでさえ勝てるかどうかわからないゆりなを相手に、現役から遠ざかっている冬海で太刀打ちできるのか？

ただ単に立花を倒すためなら、ゆりなを説得してトップキャストに復帰させるほうが早道で確実だ。

しかし、それでは意味がない。

本当の意味で立花を潰すには、若き風俗王として夜の世界に君臨していたあのときの自分に戻らなければならない。

藤堂観光の血肉であり心臓だったカリスマキャストの冬海の完全復活こそ、藤堂自身の再臨でもあった。

『そんな話、立花君が納得するわけないじゃない。もし納得しても、約束を守るはずがないわ。現に五年前も……』

「少なくとも、俺は約束を守る。お前がゆりなに負けたら、ともに俺はこの世界から消える。これは、十年前の自分との誇りを賭《か》けた戦いだ」

触《ふ》れるものすべてを凍りつかせるような藤堂の氷の瞳には、「十年前の彼」が映っていた。

十年前の彼……それは、若き風俗王時代の自分と瓜《うり》ふたつの、現在の立花篤だった。

［4］

「やりましたね！　社長！」

客の引けたフェニックスのフロア——ボックスソファで向き合う格好で座っていた風見が上気した顔で、立花のハイボールのグラスに己のグラスを触れ合わせてきた。

「ああ、うまくいったな」

立花は、にこりともせずに言うとグラスを傾けた。

「しかし、あっさりと落ちましたね。あんな男の、どこがいいんですかね？」

風見が、端正な甘いマスクを崩し隣に座っている鶴本に顔を向けた。

「まったくだ。俺も、稲井って男をみたときに、あまりの地味さに拍子抜けしたよ。どう考えても、ゆりなと釣り合わないってな。社長も、そう思いませんでした？」

ピスタチオの殻《から》を割りつつ立花に訊ねる鶴本も、これ以上ないほどに表情を弛緩《しかん》させていた。

ふたりとも、二日前にタチバナカンパニーの社長室で立花に絞り上げられていたときとは別人のような明るい顔をしている。

それもそのはず、奇跡の天才キャストのゆりなが、昨日、トップキャストを辞めた。

――ゆりなのほうから、別れを告げたそうよ。でも、まだ彼のことを好きなのはみててわかったわ。

冬海の情報で得たゆりな攻略の切り札は、稲井浩市という小さな居酒屋の店長をしている冴えない青年だった。

――『夢』を叶える自信がつくまでは、私の前に現れないで。

ゆりなは、稲井にそう言い残して彼の前から消えた。

稲井とゆりなは、婚約している間柄だった。

当時居酒屋でフリーターをしていた稲井は、彼女との結婚を考え将来に不安を感じ、居酒屋を辞めて就職活動を始めた。

稲井の夢は、自分の店を持つことだった。

そう、彼は夢を諦めたのだ。

ゆりなは、稲井を心底愛していた。

だからこそ、別れたのだ。

「あの男に、俺らにはわからないいいところがあるんだろう」

立花は興味なさそうに言うとハイボールを呷《あお》った。

「でも、社長はやっぱ凄いですね。一瞬にしてトップキャストの片翼をもぎ取っちゃったんですからね」

風見が、弾んだ声音で言った。

「俺は、なにもやっちゃいない」

立花は、素っ気なく言った。

謙遜《けんそん》でも、照れ隠しでもない。

本当のことだ。

自分は、なにもしていない。

やったことと言えば、稲井の背中を押しただけだ。

ゆりなは、稲井の迎えを待っていた。

ただ、それだけのことだ。

「社長は、嬉しくないんですか？　ゆりな離脱は、藤堂にとって大ダメージです。九月度の残り約半月……二千数百万の差なんて、あっという間に引っくり返せますよ」

鶴本が、立花の顔色を窺いながら言った。

「甘くみるな。ゆりながいなくてもトップキャストにはイチカや舞のナンバークラスのキャストがゴロゴロしている」

藤堂が、このままおとなしく引き下がるとは思えない。

立花の知っている藤堂猛は、やられたら三倍返しにしてくる男だ。

「たしかに、レベルは高いと思います。ですが、ゆりな以外なら雪乃で十分に勝負になります。それに、藤堂に昔の勢いはありません。いまの社長の敵じゃありませんよ」

鶴本が、見下したように言った。

不快な感情が、立花の胃壁を焼いた。

「そうですよね。奴の時代が終わったってことを、思い知らせてやりますか？　土下座して許しを乞《こ》うたら、ウチのボーイにでもしてやりましょうよ」

酒が回り悪乗りした風見が、腹を抱えて笑った。

「ボーイじゃもったいなさ過ぎるだろ？　ビラ配りで雇ってやるか？」

風見の悪乗りに、鶴本が乗った。

ふたりの高笑いが、立花の感情をささくれ立たせた——グラスを持つ五指に力が入った。

「首を取った気でいるのか？」

立花は、腹の底から押し殺した声を絞り出した。

「え？」

鶴本と風見の笑顔が、ただならぬ気配にさっと消えた。

「俺がさんざん辛酸《しんさん》を嘗《な》めさせられ、踏み躙《にじ》られ、十年間、ずっと追い続けてきた男が、そんなにヤワだと思っているのか？　お前らみたいな半端《はんぱ》者が馬鹿にできるような、情《なさ》けない男だと思っているのか？」

「あ、いえ……そんなつもりでは……」

氷結《ひょうけつ》した顔で、鶴本がしどろもどろに舌を縺《もつ》れさせた。

あの男が、このくらいで潰れるはずがない。

圧倒的な自信に満ち溢れ、常に何手も先の動きを読み、豊富な資金と強力な人脈を駆使して夜の世界に君臨してきた男……絶対的に高く大きな壁だからこそ、人生を賭けて追い続けてきた。

藤堂を恨んだ。同時に、無意識のうちに認めていた。

好敵手として……ひとりの男として。

彼がいなければ、いまの自分はない。

もしかしたなら、恵まれぬ環境を呪《のろ》い無力な自分を晒《さら》しながら負け犬の人生を送っていたのかもしれない。

よくも悪くも、藤堂は自分にとって強烈なカンフル剤であるのは間違いなかった。

彼がいたからこそ、周囲から畏怖《いふ》され「新風俗王」とまで呼ばれるようになった立花篤がいる。

きっと、なにかを仕掛けてくるはずだ。

こちらの想像を絶するなにかを……。

そうでなければ、漆黒の住人達に羨望《せんぼう》の眼差しを送られ畏《おそ》れられていた藤堂猛ではない。

「二十年近くも風俗業界を支配してきた男の実力を、ナメるんじゃない。フェニックスが個別売り上げ一位を取ってから、たかが五年だ。それも、キャバクラ一部門に関してだ。現にいまも、風俗全般においては藤堂観光の独《ひと》り舞台だ。自分達の力を、過信するな。まだまだウチは、狼に過ぎない。狼が、獅子を倒すには、一秒も気を抜かず挑《いど》まなければならない。それを肝《きも》に銘《めい》じておけ」

「すみませんでした……」

鶴本と風見が立ち上がり、深々と頭を下げた。

「もういい。車を回せ」

立花は、風見に命じた。

これ以上、ふたりと酒を酌《く》み交わす理由が見当たらなかった。

素早く外へ出た風見が、困惑した表情でフロアに戻ってきた。

「どうしたん……」

風見に問いかけようとした鶴本が、出入り口へ視線を向けたまま言葉の続きを呑み込んだ。

鶴本の視線を追った立花は、思わず腰を上げていた。

「ウチの店に、なにか用か？」

立花は、風見の背後で佇むゆりなに声をかけた。

「この店で、働きたいんですけど」

あっけらかんとした表情で、ゆりなが言った。

瞬間、立花は耳を疑った。

「いま、なんて言った？」

「フェニックスで働きたいんです」

笑顔で、ゆりなが繰り返した。

「お前、トップキャストを彼氏のために辞めたばかりだろう？　どういう風の吹き回しだ？」

「だから、ずっとじゃありません。十月度から一カ月だけ、期間限定で使ってください」

「一カ月の期間限定だと？　言っている意味が、わからない」

立花は、身構えた。

藤堂の仕掛けた画策《かくさく》の匂いがする。

「藤堂社長への恩返しです。私も、いきなり店を辞めちゃって迷惑をかけたわけだしね」

ゆりなが、お茶目な感じで片目を瞑《つむ》った。

この女は、なにを言っている？

立花の頭の中で、警報信号が音量を増した。

「藤堂への恩返しなら、トップキャストで働くべきだろう？　悪いが、冗談につき合っている暇《ひま》は……」

「トップキャストには、冬海さんが復帰するそうです」

立花の言葉を、ゆりなが遮った。

「なんだって⁉」

鶴本と風見が揃って驚きの声を発した。

立花も、ゆりなが口にした意味をすぐには受け入れることができなかった。

「冬海がトップキャストに復帰するだと？」

「はい。私と同じ、期間限定の復帰です。十月度の一カ月間、私と勝負させたい……藤堂さんは、そう言ってました」

内容とは反比例するように、ゆりなの口調は陽気だった。

「お前と冬海の勝負……いったい、なんのことだか、俺にはさっぱりわからない」

駆け引きではなく、本音だった。

たしかに、冬海は六年間、誰にも負けたことのない伝説のカリスマキャストだ。

しかし、現役から退《しりぞ》き五年の歳月が流れ、三十路を迎えている彼女をいまさら自身の店に復帰させ、しかも、現役のドル箱キャストをライバル店に復帰させて競い合わせようとする藤堂の考えが、まったく理解できなかった。

ゆりなという大エースを失ったショックで、焼きが回ったというのか？

「藤堂さんから、伝言があります。私が負けたら立花さんが、冬海さんが負けたら藤堂さんが夜の世界から引退する。この挑戦を受ける勇気があるか？　そう伝えてくれと言ってましたよ」

相変わらず、ハッピーエンドの映画を観《み》ているとでもいうように、ゆりなは満面に笑みを湛えていた。

絶句――想定外過ぎる藤堂からの伝言に、立花は絶句した。

ゆりなをトップキャストに、冬海をフェニックスにならまだわかる。

偉大なる無敗のボクシングチャンピオンでも、引退して五年のブランクを経て現役のチャンピオンと戦い勝てるはずがない。

それに、ゆりなは並の王者ではない。

もしかしたなら、現役時代に戦っても冬海に勝つかもしれない才能の持ち主なのだ。

なぜに、藤堂は、そんな不利な条件の戦いを自ら選んだのか？

ありえるのは、藤堂とゆりながグルになっているということ……つまり、ゆりなに本気を出させずにわざと負けるように仕込んでいる可能性があるということだ。

そう考えれば、この不可思議な「挑戦状」も納得できる。

「藤堂に、五割の力で接客しろと命じられたか？」

「ううん。そんなこと、言われてません」

ゆりなが、あっさりと否定した。

「ありえないな。奴は、一パーセントでもリスクのある戦いはしない男だ。今回の申し出は、一パーセントどころか九十パーセント以上のリスクが伴《ともな》う。画策と謀略がスーツを着たような男が、なんの策もなくこんな馬鹿な勝負を仕掛けるはずがない」

獅子が目の前のシマウマには見向きもせずに草を食《は》むなどという話を、どうすれば信じられるというのか？

「そのスーツを脱いでも倒したい相手が彼の前に現れた。立花さん、あなたのことですよ」

ゆりなが、にっこりと微笑んだ。

「ほう、それは、どういうことかな？」

立花は、なにかを測るようにゆりなの眼をじっと見据えた。

その茶色がかった瞳からは、疚《やま》しさや偽《いつわ》りは窺えなかった。

が、騙《だま》されはしない。

多くの客を手玉に取る彼女にとって、本心を隠すことくらい朝飯前のはずだ。

「純白過ぎるから、何色にも染まる。藤堂社長は、漆黒に染まることを選んだ。お金と権力を摑むことで、彼は大切な人を守ろうとした。千鶴さんという共通の愛する女性がいる立花さんなら、なぜ、彼が黒いスーツを脱ぎ捨て白いワイシャツ姿で戦おうとしているか、わかるんじゃないんですか？」

悪戯っぽい表情で、ゆりなは立花の顔を覗き込んだ。

千鶴……懐かしさが、胸に込み上げた。

藤堂はまだ、彼女を愛しているというのか？

あの冷徹な男が初恋の女性を想《おも》い続けるなど、信じられなかった。

「わからないな」

立花は言い捨て、煙草をくわえた。ライターを差し出す風見の手を払い、自分で火をつけた。

「ですよね。千鶴さんは立花さんの中では思い出の女性でも、藤堂社長は違います。彼の瞳には、いつだって千鶴さんが映っています。あなたは、誰かのために黒いスーツを脱いだりはしない。だけど藤堂社長は、千鶴さんを守っていた頃の……若き風俗王と呼ばれていた頃の強い自分を取り戻すことに決めた。だから、一緒に戦うのは私じゃないんです。立花さんを倒すのは、冬海さんとじゃなきゃだめなんです」

ゆりなにしては珍しく、熱っぽい口調で訴えた。

「くだらない」

身体の奥で燃え上がろうとする赤々とした火種《ひだね》に抗《あらが》うように、立花は素っ気なく吐き捨てた。

「それで、お前の話を信じて賭けに乗ったとして、俺は藤堂に勝てるのか?」

「さあ、どうだろう。あんまり、そういうの興味ないし、わかんないです」

ゆりなは、どこまで行ってもゆりなだ。

彼女が真剣になる姿など、想像できはしない。

普通に考えれば、ゆりなが少しでも肩入れしているのは自分よりも藤堂のほうだ。

藤堂が仕込んでなくても、彼女の意思で手を抜きわざと負ける可能性がある。

「そんな無責任なキャストに、俺の人生を賭けるわけにはいかない。話は終わりだ」

立花は、つけたばかりの煙草を呑みかけのハイボールのグラスに放り込み、出入り口に向かった。

「初めて冬海さんに土をつけることが、育てて貰った恩返しかな、とも思うな」

歌うようなゆりなの声が、立花の足を止めた——ゆっくりと、振り返った。

束《つか》の間《ま》、立花とゆりなの視線が交錯《こうさく》した。

「なーんてね」

ゆりなは頰の横で両掌《てのひら》を開き、いきなり変な顔を作った。

藤堂の息の根を、今度こそ止められるかもしれないという思いが、不意に立花の胸を過《よぎ》った。

そしてもうひとつ……一番勢いのある頃に戻った藤堂と真正面からぶつかり踏み越えてゆきたいという思いもあった。

ゆりなに乗るか？　それとも否《いな》か？

「最後の聖戦」の幕を切って落とすかどうか——立花は眼を閉じ、心の声に耳を傾けた。

［5］

藤堂が腰を打ちつけるたびに、白い尻肉が上下に揺れた。

艶《なま》めかしい喘《あえ》ぎ声が、室内の空気を甘美《かんび》に震わせた。

背中全体が紅潮し、喘ぎ声がいままでより高くなったのを確認すると藤堂はペニスを抜き、隣の女の膣に押し入れた。

「やめないで……」

行為を中断された女が、鼻声で不満を訴えた。

藤堂は構わず、腰を振り続けた。

ほどなくして、ふたり目の女の呼吸も荒く短くなると、藤堂はペニスを抜いて三人目の女の膣に硬く熱《いき》り立っているものを挿入した。

藤堂は、垂れ落ちる汗に眼を細め、腕時計に眼をやった。

午前二時……酒池肉林《しゅちにくりん》の宴《うたげ》を始めて、二時間が過ぎようとしている。

女が達しそうになる寸前にふたり目に移り、ふたり目が達しそうになる寸前に三人目に移り、三人目が達しそうになるとひとり目に戻り、ということを何度も繰り返していた。

「お願い……意地悪しないで……」

「もっとちょうだい！」

「いやっ、抜かないで！」

自宅のある六本木の高層マンションのペントハウスの寝室……キングサイズのベッドに

尻を向けて四《よ》つん這《ば》いになる三人の女が、弛緩しきった顔で振り返った。

「雌豚《めすぶた》どもが」

藤堂は冷え冷えとした眼で三人を見渡し、嘲《あざけ》るような声で吐き捨てた。

こうやって、複数の女を相手にするのは二十代のとき以来だ。

そのときも、欲望を満たすためというよりも、千鶴への思いを吹っ切るために手当たり次第に女を弄《もてあそ》んだ。

センチメンタリズムに浸《ひた》っているようでは、海千山千の曲者《くせもの》が群雄割拠《ぐんゆうかっきょ》する夜の世界で天下を取ることはできない。

愛する人を守るためには金と力が必要だということを、誰よりも非情に……誰よりも冷徹に生きることが、金と力を得る近道ということを悟《さと》った。

愛する人を守るために、愛する人から嫌われる男になった。


――ウチの店で働けば、親父の借金を肩代わりしてやろう。

高校を卒業したばかりの千鶴に、藤堂はそう持ちかけた。

親の借金のカタに、娘を風俗で働かせる。

端《はた》からみたら、誰もがそう思ったことだろう。

また、藤堂自身、そう思い込もうとしていた。

違った。

莫大《ばくだい》な親の借金を返すために、どの道千鶴が夜の世界で働く可能性は高かった。

それならば、自分の眼の届くところに置いておきたい……という思いがあった。

強くあるために、優しさは封印した。

大きくなるために、「弱者」を喰《く》らい、「強者」を叩き潰した。

強く、大きくあろうとするほどに、千鶴に慕《した》われていた「お兄ちゃん」から懸《か》け離れた人間性になった。

最愛の女性に嫌悪された、軽蔑《けいべつ》された、憎悪《ぞうお》された。

構わなかった。

千鶴に好かれる男であるよりも、千鶴を守れる男でありたかった。

弱者である「お兄ちゃん」を抹殺《まっさつ》するために、冷血漢《れいけつかん》になることを誓った。

女は金蔓《かねづる》であり性の捌《は》け口《ぐち》。男は奴隷《どれい》であり忠実な犬――利用価値があるかないか？

藤堂の中では、自分以外の人間にはふた通りのタイプしか存在しなかった。

ひとり目の女の臀部《でんぶ》に血が滲《にじ》むほどに爪を立て、骨盤《こつばん》が砕《くだ》けんばかりに腰を打ちつけた。

突いて、突いて、突きまくった。

獣《けもの》の血を取り戻したかった――猛々《たけだけ》しい若き日の風俗王と呼ばれ畏怖《いふ》されていた頃の自分を取り戻したかった。

女がベッドにうつ伏せになり、手足を痙攣《けいれん》させながら果てた。

藤堂が次の女に移ったとき、ヘッドボードの携帯電話の着信音が鳴った。

「ようやく、かかってきたか」

藤堂には、この電話の主《ぬし》が誰かのおおよその見当はついていた。

腰の動きを止めず、藤堂は携帯電話を手に取り通話ボタンを押した。

『ビッグサプライズが趣味だったとは、知らなかったよ』

立花の平板《へいばん》な声が、受話口から流れてきた。

「最高のプレゼント、受け取ってくれるんだろうな?」

藤堂は、よがり狂う女を冷たい眼で見下ろしつつ、挑戦的に訊ねた。

『二十年にひとり出るか出ないかの天才に、現役を退いて何年も経つロートルで勝負をかけるなんて、あんたもとうとうヤキが回ったんじゃないか?』

侮蔑《ぶべつ》的な言葉を投げかけているわりには、立花の声に余裕が感じられなかった。

予期せぬ角度から飛んできたパンチに、困惑しているに違いない。

「怖いのか？」

藤堂は、ふたり目の女を失神させ、三人目に挿入した。

体内を熱く煮え滾《たぎ》る血潮が駆け巡り、細胞の隅々《すみずみ》にまでエネルギーが行き渡るようだった。

抑えきれない感情……忘れていた。

この感覚――この昂《たかぶ》りは、何年ぶり、いや、十数年ぶりだ。

『怖い？　冗談だろう。ゆりなの凄さは、あんたが一番、よくわかっているはずだ。どういうつもりか知らないが、やめておくのならいまのうちだ。こんなハンデを貰ってあんたに勝っても嬉しくはないからな』

「強がるな」

女の恥骨《ちこつ》を砕くほどに強く腰を打ちつける藤堂の声が、微《かす》かにうわずった。

『あんたのほうこそ、強がらないほうがいい。声が、震えているんじゃないか？』

「たしかに、そうだな。三人の女を相手にしながらだと、さすがに息が切れる」

『なに？』

立花の声が、低く剣呑《けんのん》なものになった。

「わからないのか？　お前如《ごと》きを相手にするのは、女を抱きながらで十分だ」

『あんた、俺をナメてるのか？』

「その言葉、そっくりお前に返してやろう。冬海を、甘くみないほうがいい。最高級の宝石の輝きは、何年経っても色褪《あ》せたりはしない」

束の間の沈黙。立花の息遣い……獣の息遣いが聞こえる。

いや、立花の息遣いではない。

藤堂の鼓膜《こまく》に荒々しく、そして猛々しく響き渡っているのは、己の「咆哮」だった。

牙を剝いて、向かってくるがいい。

その喉笛《のどぶえ》を、逆に咬み裂いてやろう。

もっと、ギラつけ。そして、野獣の如く襲いかかってくるがいい。

食物連鎖の頂点にいるのが自分であるということを、思い知らせてやろう。

三人目の女が果てると、藤堂は仁王《におう》立ちで煙草をくわえた。

「この勝負、受けるか？　それとも逃げるか？」

荒い息とともに紫煙を吐き出し、藤堂は二者択一《にしゃたくいつ》を迫った。

『藤堂。なにか、勘違いしていないか？』

『ああ。チャレンジャーはあんたのほうだ。俺と勝負をしたいなら、お願いするんだな』

立花の挑発に、胃液が沸騰《ふっとう》し、嚙《か》み締めた奥歯が軋《きし》みを上げた。

怒りとともに、歓喜に血肉が沸き躍《おど》った。

間違いなく、昔を取り戻しつつあった。

頂点を極《きわ》めてから、知らず知らずのうちに守りに入っていた。

地位と名誉が、藤堂から鋭い牙を奪い去っていた。

「勘違い?」

――立花さんはどこまでも冷たく、社長は心の温かい人だと思います。

苦々《にがにが》しく蘇ったゆりなの言葉が、藤堂の胸に疑問を生じさせた。

昔を取り戻せば、立花を潰せるのか?

立花こそ、真の意味で冷酷な牙を持っているのではないだろうか?

――社長は、本当に愛する人を「道具」にはできない人です。だから、愛そのものを捨てた。立花さんは過去の哀しみを糧にして成長し、社長は過去の哀しみと戦いながら成長した。立花さんの胸にいるのは「最愛だった人達」だけど、社長の胸にいるのはいまでも「最愛な人達」なんです。


ゆりなの言葉をシャットアウトするとでもいうように、藤堂は眼を閉じた。

瞼《まぶた》の裏に、千鶴の顔が浮かんだ。

つまり、究極のところで自分は「情《なさ》け」に負けてしまうというのか？

「野良犬が、そこらの雑魚《ざこ》犬との戦いを制したくらいで獅子にでもなったつもりか？」

藤堂は眼を開け、吐き捨てるような侮蔑のセリフを立花に浴びせた。

「受けて立とうじゃないか」

藤堂は、つけ加えた。

『藤堂、後悔するなよ』

立花が、自信満々な声音で言った。

「いや、後悔している」

『なに？』

「貴様《きさま》のような野良犬を調子づかせてしまった自分の甘さに、後悔している。立花。よく聞け。この一カ月ですべてを終わらせる。十年間、お前が見続けてきた『夢』が幻《まぼろし》であるということを思い知らせてやる」

藤堂は、一方的に言うと電話を切った。

さよならだ。

もう一度眼を閉じ、藤堂は呟《つぶや》いた。

立花に、そして、千鶴に……。

第四部

〔1〕

王朝宮殿を模した煌《きら》びやかな二百坪《つぼ》のフロアに、六十人のキャストが座っていた。月頭のミーティング。いつもは店長の風見が立つ場所に立花がいるということで、どの顔も緊張に強張っていた。

「先月、フェニックスは四年間守り通した単独店舗売り上げ一位の座を明け渡してしまった。それも、よりによって、藤堂率《ひき》いるトップキャストにだ。俺にとって、これ以上の屈辱はない」

押し殺した立花の声に、キャスト達の緊張感が最高潮に達した。

「鈴香《すずか》、多恵子《たえこ》、ミレイ、ルシア、冴《さえ》……お前ら五人は、今夜から池袋のプリウスで働いて貰《もら》う」

立花の「宣告」に、五人が青褪《あおざ》め絶句した。

ほかのキャスト達も、水を打ったように静まり返っていた。

それも、無理のない話だ。

池袋のプリウスは、都内に五十三店舗あるタチバナカンパニーの店の中で売り上げ最下位のお荷物店だ。

フェニックスとプリウスでは、野球でたとえればプロと高校野球くらいの開きがある。

「明日から代わりに、売り上げ二番から六番めの店のナンバー1が加入する。プリウスに行くのが不満なら、辞めても構わない」

立花は、冷淡に言い放った。

「ほかのみんなも、他人事と思わないほうがいい。ノルマを達成しない者は、どんどん二軍に落としてゆく。フェニックスの足手纏《あしでまと》いになるキャストはいらない」

ほとんどのキャストが凍りついていた。

過去最高の売り上げで、自身の記録を更新した雪乃も屈辱に顔を歪《ゆが》ませていた。

彼女もまた、四年間連続トップの座を、ゆりなに奪われたのだ。

フェニックスは、ゆりなひとりにやられたと言ってもいい。

しかし、それも昨日までの話だ。

「もう、二度とトップキャストの背中をみるのはごめんだ。なので、今夜から強力な助っ人を迎え入れることにした。連れてこい」

立花は、出入り口に立つ風見に命じた。

しばしの間《ま》を置き、風見がゆりなを連れて現れるとフロアにざわめきが起こった。

「ゆりなです。今日から、なんと、フェニックスでお世話になることになりました。みなさん、驚きですよね？　私が一番、驚いてますから」

あんぐりと口を開ける者、弱々しく眼を伏せる者、敵意に満ちた視線で睨みつける者、ミーハーに瞳を輝かせる者……相変わらず、マイペースで飄々《ひょうひょう》としたゆりなの挨拶《あいさつ》にキャスト達は様々なリアクションをみせた。

「社長、ライバル店のキャストを入れるなんて、どういうおつもりですか？」

雪乃が、うわずる声で訊ねてきた。

「わからないのか？　引き抜きだ」

「私が言いたいのはそういう意味ではなく、ライバル店のキャストの力を借りて勝って、それで嬉しいんですか⁉︎　そんなの、私は嫌ですっ」

気色《けしき》ばむ雪乃が、席を立ち上がり抗議した。

自分の大記録を阻《はば》まれた憎き相手が同じ店で働くことになるのだから、雪乃が取り乱すのは当然だ。

「嬉しい嬉しくないの問題じゃない。二度と、トップキャストには負けられない。それだけのことだ」

立花は、にべもなく言った。

「お言葉ですが、彼女の力を借りてトップキャストに勝ったとしても、私のプライドが許しません」

「お前のプライドなんか、どうだっていい。それに、わかってないから教えてやるが、フェニックス敗北のA級戦犯はお前だ」

立花は、雪乃を見据えつつ指差した。

ドル箱キャストの吊るし上げに、キャスト達はみな氷の剣《つるぎ》で心臓を貫《つらぬ》かれたように表情を氷結させた。

「A級戦犯ですって!? たしかに、私は彼女に負けました。だけど、売り上げは過去最高ですし、フェニックスに一番貢献していますっ。それを……ひどいじゃないですか!」

雪乃の眼には、涙が溜《た》まっていた。

「過去最高の売り上げだろうが、一位でなければ意味がない。お前がトップを守っていれば、フェニックスが負けることはなかった」

　正論の自信があった。

　藤堂観光のクールビューティーが栄光を築いたのは冬海の存在があったからだ。

　そして、トップの座から陥落《かんらく》したのは、その冬海が抜けてからだ。

　フェニックスも、雪乃という絶対女王が常勝キャストでいたからこそ、「日本一のキャバクラ」の称号を得ることができたのだ。

「プライドだなんだという能書きは、ゆりなを倒してから言え。それとも、勝てる気がしないから、グダグダ文句を並べてるのか?」

　立花は、わざと挑発的に言った。

　雪乃の顔に、秋を迎えた椛《もみじ》のような赤味が差した。

　今回の戦いは、ただ勝てばいいという問題ではなかった。

　たとえフェニックスが単独店舗一位の座を奪還したとしても、ゆりなが冬海に負けたらすべてが終わりだ。

　六年間無敗の伝説のカリスマキャストの冬海であっても、五年のブランクは大きい。

　冬海が現役でも敗れていたかもしれないとまで言われている天才、ゆりながよもや負けるとは思えない。

だが、勝負は下駄《げた》を履《は》くまでわからない。銀座のクラブで開拓した新しい人脈は脅威であり、なにより、ゆりなの気紛れが心配だ。

だからこそ、雪乃が強敵になる必要があった。

ゆりなの視界に入る力があるのは、雪乃しかいない。

いくらマイペースのゆりなであっても、猛烈に追い上げられたなら本気を出さざるを得ない。

ゆりなに気を抜かせないためには、雪乃には先月をさらに上回る記録を出してもらわなければならないのだ。

「私が、こんな小娘に負けるとでも？　先月は、単なるまぐれです」

腕組みをした雪乃が、ゆりなを睨みつけた。

「小娘って、ひどいです。年齢より落ち着いてるね、って、よく言われるんですよぉ」

ゆりなが、頬を膨らませた。

雪乃をカリカリさせようとしているのではなく、本当に彼女は膨れているに違いない。

ゆりなが、鈍感だというわけではない。

感覚が、ほかのキャストと違うのだ。

これを天然と呼ぶ人間もいるかもしれないが、立花はそうは思わない。

ゆりなは、計算ができる女性だ。

ただ、確信犯的な計算ではなく……つまり、どういうふうに接すれば客が喜ぶか、どういうふうに接すれば客が嫌がるかを無意識のうちに計算している、ということだ。

「あんた、私を馬鹿にしてるの⁉」

案の定、雪乃が気色ばんだ。

「馬鹿になんてしていませんよ。どうして、そういうふうに思うんですか？」

首を傾げ、幼児さながらの無垢《むく》な瞳を向けるゆりな。

「ふざけるんじゃないわよ！」

ゆりなに殴《なぐ》りかかろうとする雪乃の手首を、立花は摑んだ。

「やめろ」

「止めないで……」

「ゆりなを潰したいのなら、売り上げで勝負しろっ」

一喝《いっかつ》したものの、立花は内心でほくそ笑んでいた。

肉体を張ってトップまで上り詰めた女と、天真爛漫《てんしんらんまん》に振る舞い天下を取った女。

ふたりは、水と油のように対照的なタイプであり、ぶつからないはずがないということも立花には計算済みだった。

「雪乃さん。私がどうして、この店に移籍してきたかわかりますか?」

ゆりながゆっくりと雪乃に歩み寄りながら訊ねた。

「どうせ、お金でしょ!?」

「ううん、違います。だって、私、別れた彼氏と縒りを戻して、夜の仕事を辞めたんです」

「なら、どうしてウチにきたのよ!?」

雪乃は、あくまでも喧嘩腰の姿勢を崩《くず》さなかった。

「冬海ママに、恩返しをするためです」

「冬海ママって、あの、冬海さん?」

「はい。私、トップキャストに入る前は、銀座の冬海ママのお店で働いていたんです」

「ふーん、それで、恩返しとウチの店に移籍してくることがなんの関係があるのよ?」

「藤堂社長と立花さんが、賭《か》けをしたんです。私が冬海さんに勝てば藤堂社長が夜の世界から引退する……冬海さんが私に勝てば立花さんが引退するって」

キャスト達が、蜂《はち》の巣を突《つつ》いたように騒ぎ始めた。

「なんですって!? 社長っ、この女の言ってることは、本当ですか!?」

雪乃が、弾かれたように振り返った。

立花は、無言で頷いた。

「私ね、冬海ママには楽になってもらいたいんです」

「楽に？」

思わず、立花が訊ねていた。

なぜ、一度夜の世界から足を洗ったゆりなが、ふたたびキャストになることを納得したのかが、ずっと疑問だったのだ。

「ええ。冬海ママにとって生涯無敗のまま引退というのが、いつまでも現役に未練を残す理由だと思うんです。私以上のキャストがいるわけないって……私、冬海ママにはもう現場に戻ってきてほしくないんです。だって、藤堂社長や立花さんが、店長としてホールに復帰したらおかしいでしょう？　このままだと、四十になっても私ならって……冬海ママはキャスト目線でいるかもしれない。皺を隠すために厚化粧して……そんなの惨《みじ》めです。水商売なんて、人生のほんの一ページだと、冬海ママには思ってもらいたいんです。だから、私が引導《いんどう》を渡すことにしました。もう、ここはあなたのいる場所じゃないって……なーんて、ちょっと、感傷チックになり過ぎちゃいました？」

哀切な表情で思いの丈《たけ》を吐露《とろ》していたゆりなが、一転して明るい口調になり自分の頭を叩くと舌を出しておどけてみせた。

最後にはおちゃらけにするあたりが、ゆりならしい。

だが、いま語ったことは紛《まぎ》れもない彼女の本音に違いなかった。

「だから私、冬海ママに勝たなきゃならないんです。雪乃さん、私を応援してくださいね」

ゆりなが、曇りなき瞳で雪乃をみつめ、右手を差し出した。

自分の記録をストップされ、敵愾心《てきがいしん》の塊《かたまり》になっている相手に応援要請する……これもまたゆりならしかった。

「ば、馬鹿じゃないの……誰があんたなんか……」

言葉とは裏腹に、さっきまで雪乃の全身から発せられていた剣呑《けんのん》なオーラは影を潜《ひそ》めていた。

「みなさんも、私にパワーをください！　来月から、仕事場がなくなったら嫌でしょう？　正直、勝っても負けても私は今月だけでキャストを辞めます。フェニックスが存続しても潰れても、私には関係ありません。だけど、私の個人的な願いを叶えるための戦いであっても、勝負に勝てばこの店は残ります。個人個人の欲望のためでいいので、ゆりなに協力してください！」

あまりにもストレート且《か》つ突飛《とっぴ》な発言に、雪乃をはじめとするキャスト全員が呆気《あっけ》に取られていた。

「つまり、あんたは、私達の指名客を回してほしいっていうわけ?」

我を取り戻した雪乃が、ゆりなの真意を窺うように訊ねた。

「いいえ、とんでもない。私の接客を妨害しないと約束してくれるだけでいいんです」

あっけらかんと言うと、ゆりなは雪乃ににっこりと微笑みかけた。

「あ、そう……」

拍子抜けしたように、雪乃が呟いた。

驚くべきことに、ゆりなが登場したときに歓迎ムードでなかったキャストひとりひとりの彼女に注がれる眼差しが好意的なものになっていた。

僅《わず》か十五分かそこらで、ゆりなは「敵地」であるはずのキャスト全員の心を摑んだ。

これが、ゆりなが天才と言われる所以《ゆえん》だ。

「私、頑張るから!　一カ月だけだけど、よろしくね!」

ゆりなが、握り拳《こぶし》を宙に翳《かざ》しながらフロアを見渡した。

その潑剌《はつらつ》とした笑顔をみて、立花は底知れぬ恐怖に襲われた。

［2］

午後九時ちょうど——開店して一時間そこそこで、トップキャストの店内はほぼ満席だった。

藤堂はＶＩＰルームに陣取り、ハイボールのグラスを片手にガラス越しにフロアを見渡した。

ボーイに呼ばれたイチカがエキゾチックな微笑みを指名客に残し、次のテーブルに向かった。

イチカは、既に三人の指名を受けていた。

沖縄県民特有のくっきりとした目鼻立ち、小麦色の肌、豹《ひょう》のような強い目力《めぢから》、捉《とら》えどころのないアンニュイな雰囲気……もともと彼女は、どこの店に行ってもナンバー１になれるだけの魅力があるキャストだった。

もちろん、トップキャストでもだ。

ただし、ゆりなという天才がいたので二番手に甘んじていた。

しかし、そのゆりなはもういない。

速射砲のようなマシンガントークを武器にナンバー3の座をキープしている舞も、股下九十センチを超える九頭身パーフェクトボディで引っ張りだこのナンバー4のキララも、Fカップのバストが熱視線を集めているナンバー5の小春も、イチカには勝てない。

「『怪物』がいなくなったら、みな、活《い》き活きとしてますね。イチカなんて、この感じでいけば先月の記録を上回るんじゃないでしょうか?」

藤堂の脇に立つ高木が、イチカを視線で追いながら訊ねてきた。

「だといいがな」

藤堂は、適当に受け流し、ハイボールのグラスを傾けた。

「あの人、現れますよね?」

「心配はいらん」

不安そうに伺いを立てる高木のほうを向かず、顔をイチカに向けたまま藤堂は言った。

「考えてみたらイチカも、不運なキャストですね。ようやく『怪物』がいなくなったら、別の『怪物』が現れるわけですから……」

今度は答えずに、無言で氷だけになったグラスを高木に差し出した。

「あの人……ゆりなに勝てますかね?」

藤堂のグラスを琥珀色に染めながら、高木が恐る恐る切り出した。

そう、高木は、この質問をずっとしたかったに違いない。

高木は、現役時代の冬海を知らない。

彼女の接客を目《ま》の当たりにすれば、ゆりなは勝てますか？　となっても不思議ではない。

しかし、彼女が現役だったのは、もう、五年も前の話だ。

「ひとつの判断基準は、冬海がイチカに勝てるかどうかだ」

藤堂は、表情を変えずに言った。

「え？　イチカが力のあるキャストだというのはわかりますが、そこは間違いなくクリアするでしょう？　私は冬海さんの全盛期は知りませんが、イチカクラスのキャストとは次元が違うことくらいはわかりますよ」

「冬海が全盛期の力を取り戻せていないとしたら、ゆりなはもちろんのこと、イチカにも負けるだろう」

藤堂はにべもなく言うと煙草をくわえた。なにか言いかけた高木が言葉を呑みこみ、ライターの火で穂先を炙《あぶ》った。

これが一カ月限定の短期決戦でなければ、冬海勝利にもっと自信を持てた。

二カ月、三カ月と接客していれば、昔の勘は蘇ってくるはずだ。

だが、僅か一カ月では、ブランクを取り戻しかけたときに終わりになる可能性があった。

むろん、仕事勘を取り戻せたとしても、三十路越えの冬海に全盛期の数字を求めるのは酷《こく》というものだ。

「社長は、全盛期の冬海さんとゆりなは、どっちが凄いと思われますか？」

高木が、興味津々の表情で訊ねてきた。

「完璧な美貌と話術、百戦錬磨のキャリアを持つ冬海にたいし、ゆりなは飛び抜けた美貌があるわけでも卓越した話術があるわけでもないし、キャリアも浅い」

藤堂は、紫煙を口の中で弄《もてあそ》びながら言った。

「やっぱり、冬海さんですか？」

「だが、ゆりなには、努力とか経験とかそういったものとは無縁の天性の才能がある。ようするに天才というやつだ」

「完璧対天才か……どっちが勝つんでしょうね」

高木が、他人事のように言った。

そう、他人事だ。

冬海とゆりなの新旧カリスマキャストの戦いは、換言すれば自分と立花の新旧風俗王の代理戦争だ。

冬海の敗北は、藤堂猛の時代が終焉《しゅうえん》したことを意味する。

いきなり、ＶＩＰルームのドアが開いた。

「お客様、困ります……」

制止する黒服の声など聞こえないとでも言うように、ひとりの男が現れた。

「このボックスは、いま、使用中なんですがね」

高木が、男の前に立ちはだかった。

「青二才に用はない。どいてくれないかな？」

男が、見下《みくだ》したように言った。

「あんた、俺をナメて……」

「高木、下がってろ。珍しいじゃないか、お前が俺の前に現れるなんてな」

藤堂は、男──長瀬に冷え冷えとした視線を向けた。

「聞きました。冬海さんとフェニックスのゆりなを競わせて負けたら引退するっていう噂は、本当なんですか？」

長瀬が、藤堂の表情を窺った。

「わざわざ、そんなことを確認するためにきたのか？」

「答えてくださいっ」

長瀬は、思い詰めたような瞳をしていた。

「なにをそんなに熱くなっている？　クールが売りのお前らしくないな」

藤堂は、皮肉っぽい笑みを片頬《かたほお》に貼りつけた。

「らしくないのは、あなたのほうでしょう？」

「こうやってゆったり酒を呑んでいるようにみえても、お前と自分らしさを語るほど暇じゃない」

「あなたに引導を渡すのは私の役目です。こんな形でいなくなられるのは困ります」

長瀬の眼光に、鋭さが増した。

「お前、いつから占い師になった？」

「五年も現場を離れた三十女が現役トップのキャストに勝てるほど甘くないことくらい、おわかりでしょう？」

茶化《ちゃか》す藤堂につき合う気は、長瀬にはなさそうだった。

「冬海の伝説を目の前でみてきた男とは思えない発言だな」

「ゆりなは希代《きたい》の天才です」

「お前と同じじゃないか」

藤堂は鼻で笑い、煙草を灰皿で捻《ねじ》り消した。

「はい？」

「お前もゆりなも、天才タイプだと言ってるのさ」

「これは、どうも、お褒めの言葉、ありがとうございます」

長瀬が、慇懃《いんぎん》に頭を下げた。

「勘違いするな。俺は天才と言っただけで、褒めてはいない」

「え？」

「わからんか？　天才だからと言って、必ずトップに立てると決まっているわけじゃない。それなら、東大卒が経営したらすべて成功するということだろう？　経営は、そんなに甘いものじゃない。とくに、夜の世界はな。天才が野良犬に負け続ける。それが現実だ」

「なにを、おっしゃりたいんですか？」

長瀬が、イラだったように訊ねてきた。

「お前は、これまでに一度も立花に勝っていない」

藤堂は、対照的に涼しげな表情で長瀬を凝視《ぎょうし》した。

「これまでは、の話です」

屈辱に耳を赤らめながらも、長瀬はなんとか冷静を保とうとしている様子が窺えた。

「そうかな？　天才は、労せず結果を出せる。だから、結果を出すまでの過程に執着《しゅうちゃく》がない。が、立花のような野良犬は、労せず結果を出す術《すべ》を知らない。どうしたら結果を出せるか、貪欲《どんよく》にすべてを吸収しようと必死にもがく。互いの命を賭けた戦いのときに、最後に物を言うのはどれだけ踏ん張ることができるかだ。お前もゆりなも、もともと才能が備わっているが故に、ギリギリの戦いになったときの踏ん張りが利《き》かない。立花も冬海も俺も同類だ。トップを取るためなら、どんな卑怯《ひきょう》な手を使ってでもライバル達を叩き潰してきた。力に卑怯もくそもない。金にきれいも汚いもない。それを、誰よりも知っている。どっちの名が消えるかの今回の戦い……命を賭けた戦いで、ゆりなは冬海の真の恐ろしさを知ることになる」

突然、長瀬が藤堂の足もとに跪《ひざまず》いた。

「なんの真似だ？」

「お願いです。今回の約束、なかったことにしてくださいっ。立花とは、俺が話をつけますから」

長瀬が、額《ひたい》を床に擦《こす》りつけるようにして懇願《こんがん》した。

「なんの真似だと、言ってるんだ！」

藤堂は、思わず声を荒らげた。

わかっていた。

なぜ、長瀬がこんな無様《ぶざま》な姿をさらしてまで自分を翻意《ほんい》させようとしているのかを。

わかっていた。

なぜ、自分が感情的になっているかを……。

「天才だとかなんだとか、ゆりながそんな次元のキャストじゃないことはわかっているはずですっ。いえ、彼女は天才なんかじゃない……怪物です」

「ならば、冬海も怪物だ。過去に、数々の強敵達が彼女に挑んでは打ちひしがれた。お前も、その眼に焼きつけているはずだが？」

自分の言葉が、ふわふわと浮いていた。

こんなに不安な気持ちになるのは初めてのことだった。

「ええ、焼きつけてますとも。千鶴さん、卑弥呼、優姫……冬海さんに挑んだその誰もが、超一流のキャストでした。でも……わかっているはずです。ゆりなというキャストに比べれば、彼女達が並のキャストにしかならないということを……」

額を床に擦りつけたままの長瀬の肩が……声が震えていた。

藤堂は奥歯を噛み締め、拳をきつく握った。

「あなたほどの人が……キャスト頼みのこんな馬鹿げた戦いで引退するなんて……納得できないんですっ。藤堂社長……お願いですっ。思い止まってください！　ここで立花との約束を反故《ほご》にしても、逃げたことにはなりませんから！」

顔を上げた長瀬の瞳は、涙で濡れていた。

「貴様《きさま》……この俺を、侮辱する気か！」

藤堂は席を蹴り、怒声《どせい》を浴びせた。

「俺は誰にも背を向けはしないし、屈しもしない。正面から立花と組み合い、力で捩《ね》じ伏せてやる！」

赤く充血し、カッと見開かれた眼――藤堂は、鬼の形相《ぎょうそう》で長瀬を睨みつけた。

「その通りよ」

首を巡らせた。真冬の新雪をちりばめたような純白のドレスを纏《まと》った冬海が、腕組みをしてドア口に立っていた。

「みっともないわね、長瀬君。涙を拭きなさい。藤堂さんの選択が正しかったということを、あのコを相手に証明してあげるわ。僅差《きんさ》ではなく、圧倒的な差でね」

気高く、自信に満ち溢《あふ》れた冬海のその姿からは、五年前の光は少しも失われていなかった。

彼女なら、自分の全プライドを賭けても悔いはない。

冬海の誇り高き姿が、藤堂の表皮を鳥肌で埋め尽くした。

［3］

「草食系って、最近話題になってるけど、やっぱり私は逞《たくま》しい男性のほうがいいわ。畑《はた》野《の》さんは、私のタイプよ」

雪乃が、隆起《りゅうき》した大胸筋を強調するように開襟《かいきん》シャツの胸《むな》もとを開けている四十代前半にみえる男性客……畑野の太腿に手を置いていた。

豊満な胸を畑野の肘《ひじ》に押しつけ、艶っぽい視線を送っている。

「俺は単純だから、そんなふうに言われると舞い上がっちゃうぜ。よっしゃ！　おい、兄ちゃん！　とりあえず、ゴールドを入れてくれ！」

畑野が、下品な濁声《だみごえ》で近くにいたボーイに告げた。

畑野は池袋で小さな工務店を経営している。

週に二、三回ほど顔を出し、平均、二十万ほど落としてゆくが、太客というほどでもなく、少なくとも雪乃が過剰《かじょう》なサービスをするランクではない。

「ありがとう！　嬉しい！」

雪乃が、畑野に抱きつき、頬《ほお》にキスをした。

もともと、売り上げのためなら「枕」をも厭《いと》わないキャストではあるが、今夜は、少々飛ばし気味だ。

立花は、視線を雪乃の刺激の原因に移した。

「だからさ、そういう決めつけはやめたほうがいいって。その部長さんだって、なにか事情があったかもしれないでしょう？　どうして、松《まつ》ちゃんは自分のフィルターでしか物をみようとしないの？」

雪乃のテーブルの斜向《はすむ》かいのボックスソファでは、ゆりなが初老の紳士を厳しい口調で諭していた。

「だけどね、彼は前にも子供の三者面談があるだなんだという理由で、大事な会議を欠席してるんだよ」

「子供さんの三者面談を優先するなんて、人間として素敵な人じゃない？　だいたいね、先進国で仕事を理由にして家庭を顧《かえり》みない国は日本だけよ？　それに、会議をすっぽかしたわけじゃなくて、きちんと事前に報告してきてるんだからさ。そんなんでその部長さんを降格させたりしたら、もう、二度と松ちゃんの席に付かないからね！」

ゆりなに叱責《しっせき》されうなだれている松ちゃんこと松嶋公明《まつしまきみあき》は、大手飲食産業、「餃子帝《ぎょうざ》国」の創業者である。

「餃子帝国」は全国に直営店三百三十店、フランチャイズ店二百十四店の合計五百四十四店舗を持ち、年商は六百億を超える。

大阪の老舗鮨店《しにせすし》の次男として生まれた松嶋は、高校を卒業後実家を飛び出し、上京すると有名中華料理店の厨房《ちゅうぼう》に皿洗いで入り、その貪欲な精神でメキメキと頭角《とうかく》を現し、二十五歳のときには副料理長にまで出世した。

しかし、このままではせいぜい料理長止まりと判断した松嶋は、突然、辞表を出し、新《しん》橋《ばし》で小さな餃子専門店を始めた。

自分には、何十種類の料理で一位を取る器量も資金もない。だが、餃子一本に絞《しぼ》れば日本一になれる自信がある。

これが、松嶋が「餃子帝国」のルーツとなる小さな餃子専門店を新橋に開業した理由だった。

一代でここまでの大成功を収《おさ》め、財を成《な》したバイタリティ溢れる名物社長も、ゆりなの前では借りてきた猫と同じ状態だった。

「わかった、わかったから、そんなこと言わないでくれ。もう一度、よく、彼の話を聞いてみるよ。さあ、辛気臭《しんきくさ》い話はここまでだ。ロマネ・コンティを頼むよ」

松嶋が、ゆりなに笑顔を向けた。

「はい、ただいま」

ボーイが緊張した面持《おもも》ちで駆けつけた。

フェニックスに置いてあるロマネ・コンティは二〇〇四年物で、市場価格は約六十万だが、店内価格では百四十万に跳ね上がる。

そんな高価な酒を、まるで焼　酎《しようちゆう》のボトルをキープするとでも言うように頼むのだから、ボーイが面食らうのも無理はない。

雪乃が、ゆりなのテーブルに運ばれるボトルに気づき、眼を剝いた。

雪乃だけではない。フロア中のキャストが次々と、ロマネ・コンティを手に移動するボーイに視線を奪われた。

「ショックでしょうね。あれだけ身体を張ってようやく二十五万のボトルを入れさせたのに、ゆりなはあっさりロマネ・コンティですから」

フロアの片隅から「戦場」を見渡していた立花の横に並び立った鶴本が、憐《あわ》れみの眼を雪乃に向けながら言った。

「いずれ、ショックとも感じなくなる」

立花は、ゆりなのテーブルを気にしているイタリアンスーツで身を固めた褐色の肌をした男性客に視線を移した。

「それは、どういう意味ですか?」

「あの男、誰だかわかるか?」

「え……ああ、あれは雪乃の客で、たしか、鴨居《かもい》とかいう青年社長でしたよね?」

鶴本の言うように、鴨居は弱冠《じやっかん》二十八歳で十代の少女達に大人気の「ショッキングブルー」というブランドを立ち上げた青年実業家だ。

「ショッキングブルー」は斬新《ざんしん》なデザインとカリスマファッションモデルのCM起用で人気が大爆発し、年商百億を上げるまでの企業に成長した。

ビジュアルも俳優並みの鴨居は情報バラエティ番組でファッションチェックのコーナーを持ち、茶の間での知名度も急上昇している。

「彼が、どうしたんです?」

「みてればわかる」

立花は、意味深《いみしん》な笑いを口もとに貼りつけた。

ほどなくすると、鴨居がボーイを呼び寄せなにやら耳打ちをした。

驚いた表情をみせたボーイが、鴨居になにかを確認している。

鴨居が頷くと、ボーイが厨房に走り、出てきたときにはロマネ・コンティを手にしていた。

そのまま、ゆりなが付いている松嶋のテーブルへと向かった。

「なにしてんだ、あいつ……」

足を踏み出そうとした鶴本の腕を、立花は摑《つか》んだ。

「好きにさせろ」

「しかし、彼は雪乃の……」

「滅多《めった》にみられないショーが始まる」

立花は、瞳を輝かせて事の成り行きを見守った。

「あちらのお客様が、このボトルを差し上げてくれとおっしゃってます」

強張りながらゆりなへの伝言を口にするボーイに、雪乃が弾かれたように立ち上がった。

松嶋が、困惑の表情で鴨居を振り返った。

異常事態を察知した周囲のキャスト達が、ざわめき始めた。

そんな中、鴨居がゆっくりとゆりなのテーブルに歩み寄った。

「社長っ、止めなければ……」

「いいから」

立花は、鶴本の進言を遮った。

「こんな高価なお酒、指名客でもない方に入れて貰うわけにはいきません」

ゆりなは、毅然《きぜん》とした表情で言った。

「噂の天才キャストにしては、常識的なリアクションじゃないか?」

「あたりまえでしょう? そんなの、常識とか非常識の問題じゃないわ」

「なら、お前を指名する。それでどうだ?」

鴨居が、自信に満ち溢れた高圧的な口調で言った。

「おい、君、下品なお金の使いかたはやめたまえ。それに、ゆりなは私のテーブルに付いている。失礼じゃないか」

松嶋が憮然《ぶぜん》とした表情で諭し、抗議した。

「金に上品も下品もないだろう? 格好つけても、所詮、餃子屋の親父だろうが?」

「なんだと!」

「松ちゃん、やめて」

血相を変えて腰を上げかけた松嶋を、ゆりなが制止した。

「ご指名、ありがとうございます」

一転して、柔和《にゅうわ》な物腰でゆりなは鴨居に頭を下げた。

「ゆりな！　なにを言ってるんだ！」

松嶋が、眼を剝き、ゆりなを問い詰めた。

「ただし、いまは松嶋さんの席に付いているので、ご自分の席にお戻りください」

ゆりなは、松嶋を無視して鴨居を見据えた。

「はいはい、わかったよ。なるべく、早く付いてくれよな」

「鴨居さん、待ってください」

「ん？」

踵を返そうとした鴨居が、呼び止めるゆりなのほうを怪訝そうな顔で振り返った。

「もうひとつ。松嶋さんに、所詮、餃子屋の親父だろうが、と言ったことを謝ってください。じゃなきゃ、ご指名を拒否します」

松嶋があんぐりと口を開け、鴨居が眼を白黒させた。

ふたりのやり取りを遠巻きにみていた風見に至っては、貧血患者のように顔色を失っていた。

「社長、いくらなんでも、まずいと思います。鴨居さんは、ウチの太客ですし……それに、雪乃の指名客ですからね」

鶴本が切迫《せっぱく》するのもわかる。

鴨居は、雪乃の指名客の中でも三本指に入る極太客《ごくぶときゃく》だ。

それがゆりなが原因で店にこなくなったとなれば、揉《も》め事になるのは必至だ。

ただでさえ、雪乃はゆりなに敵意を剝き出しにしている。

たとえゆりなが冬海を倒してこの勝負に勝っても、彼女はその後のフェニックスにはいない——雪乃に頼らなければならない。

その雪乃が鴨居の件でゆりなと揉めてフェニックスを辞めることになったならば……。

藤堂との戦いが、終着駅ではない。

真の「風俗王」となってから、立花篤とフェニックスの第二章が始まるのだ。

だが、立花にはわかっていた。

鶴本の危惧が杞憂《きゆう》に終わるだろうことが。

ゆりなが不世出の「天才」と言われる所以を、すぐに眼にすることになる。

「いやいや、さっきの言葉は訂正する。お前を、甘くみていたようだ。さすがは、伝説のカリスマキャストと言われた冬海以来の怪物と呼ばれるだけのことはあるな。客にたいして……しかも、VIP客にたいして謝罪を要求するだなんて、たいした度胸だ。俺を怒らせてしまえば、たとえ超ドル箱キャストのお前でも、責任問題に発展するだろうな」

「私は責任なんて取りません。あなたは松嶋さんに失礼な態度を取った。ＶＩＰ客も一般客も関係ありません」

一歩も退く気配をみせないゆりな――店長の風見も、ボーイも、キャスト達も、固唾《かたず》を呑み、事の成り行きを見守るしかなかった。

「立派なことを言っているが、お前は、そのＶＩＰ客のロマネ・コンティのボトルを受け入れた。しかも、ほかのキャストの指名客を横取りした。そんなお前に、偉そうなことを言う資格があるのかな？」

「そうよ！　あんたね、自分がなにをやろうとしているのかわかってるの⁉　鴨居さんはね、私の上得意のお客さんなのよ⁉　泥棒猫みたいな真似《まね》をするんじゃないわよ！」

それまで静観していた雪乃が、鴨居の言葉に便乗しながら食ってかかってきた。

「雪乃さん、やめましょう」

ゆりなが、まっすぐに雪乃を見据えつつ諭した。

勝ち誇っているわけでも、馬鹿にしているわけでもない。

ゆりなは、雪乃のためを思い、忠告しているのだ。

フロアには、ゆりなの指名客が鴨居以外にもふたりいる。

キャバクラにくる客は誰しも、指名するキャストにとって自分がオンリーワンだと思っている……いや、願っている。

心のどこかで、あいつには敵《かな》わないと感じていても、「もしかしたら」、の淡く健気《けなげ》な想いを抱いているものだ。

雪乃のやっていることは、少なくともこの空間にいる指名客では鴨居が一番だと宣言しているようなものだ。

客は、究極の自己中心的な考えを持つ生き物だ。

はっきり言って、ほかの客はみないなくなればいいと思っている。

そうなれば自分の好きなキャストが困るのは目にみえているが、客にはどうでもいいことだ。

自分の独占欲を満たすためなら、キャストがその店で立場が悪くなろうと関係ない。

ゆりなは、それを知っているからこそ、言い争いになるのを避けているのだ。

決して、悪者になるのを恐れてそうしているのではない。

もっと言えば、鴨居のロマネ・コンティのボトルを受け入れたのも指名することを要求したのも自分のためではない。

自分のためなら、断《こと》わったほうが遥《はる》かに賢明だ。

あの状況で鴨居の指名とロマネ・コンティを受け入れれば、間違いなくゆりなは非難され、雪乃に同情が集まる。

ならば、なぜ、ゆりなほどの頭の切れる女がそんなことをやってしまったのか？

客に恥をかかせないためだ。

あそこで無下《むげ》に断わってしまえば、鴨居が非難の的にされる。

それがわかっていたから、敢《あ》えて、ゆりなはあの行動に出たのだ。

だが、わからないのは、どうしてゆりながそこまでするのかだ。

初恋の女性……聖母のような千鶴ならわかる。

しかし、ゆりなは彼女とは違う。

冷淡ではないが、情に厚いというタイプでもない。

現代っ子の典型のような女であり、彼氏と縒りを戻すためにあっさりとトップキャストを辞めたように、ドライで割り切った面もある。

反面、今回、尊敬する冬海を夜の世界から完全に足を洗わすために、なんの得もない介《かい》錯人《しやくにん》を買って出たという熱い心も持っている。

薄情なのか情け深いのか、クールなのか情熱的なのか、数多くの夜の曲者《くせもの》達をみてきた立花にさえ、ゆりなの「素顔」はわからなかった。

もしかしたら、立花の想像を絶する周到なシナリオを描いているのかもしれないし、天然なのかもしれない。

とにかく、掴めない女だった。

そこがゆりなの魅力の秘密なのだろうということだけは、間違いない自信があった。

「やめましょうですって⁉　馬鹿にするんじゃないわよ！」

雪乃の右手が空《くう》を薙《な》いだ——乾いた音とともに、ゆりなが頬を押さえよろめいた。

「人の大事なお客さんに手を出してまで、ナンバー1がほしいわけ⁉」

どよめきを掻《か》き消す雪乃の怒声《どせい》。ゆりなの瞳が、無機質なガラス玉のように温度を失った。

見覚えのある瞳……優姫の瞳と似ている。

優姫は、藤堂に復讐を果たすために感情を捨て、闇夜に咲き誇る女王蘭の最後の花びらになろうとした。

「ナンバー1になることは、私にとってそう難しいことじゃないわ」

今度は、誇り高き王妃を彷彿《ほうふつ》させる気品と自信が表情から……言葉の端々《はしばし》から窺えた。

冬海の微笑……。

己にたいしての絶対的な信頼に満ちたその様《さま》に、冬海の姿が重なった。

「なんですって⁉　私なんて、相手にならないとでも言いたいわけ⁉　あんた、何様のつもりよ！」

雪乃の金属的な声が、鋭利な刃物で突き刺したようにフロアの空気を切り裂いた。

眼を三角に吊り上げ、口から唾《つば》を飛ばし、喚《わめ》く雪乃からは、どこまでも妖《あや》しく、艶っぽく、魔性の香りを漂わせているいつもの彼女の姿は消え失せていた。

壊《こわ》れてゆくほどに、雪乃は卑《いや》しく蓮《はす》っ葉《ぱ》な女に成り下がった。

そんな彼女を、ゆりなは哀しげな表情でみつめた。

不意に、立花は頭を締めつけられたような激痛に襲われた。

——あの人と、同じ道を歩《あゆ》むのね。

日に日に藤堂に似ていく自分を、いまのゆりなと同じに、千鶴は哀しげな表情でみつめた。

欠けていたパズルのピースが不意にみつかった。

ゆりなが、客を魅了する理由がようやくわかった。

冬海の誇り、千鶴の優しさ、優姫の空虚……ゆりなは、それぞれのトップキャスト達の魅力をすべて兼ね備えていた。

そして、三人にはない太陽のような屈託《くったく》のない明るさをゆりなは持ち合わせている。

「私は、何様でもなく私です。私は、私らしく生きたいだけ。ナンバー1を目指しているのは、お世話になった人に、安心してほしいから……それだけなんです。名誉やお金には、興味がありません」

ゆりなの言葉に、嘘はない。


——愉しそうだから。


ゆりなが、冬海がママを務《つと》める銀座のクラブの面接のときに答えた言葉。

冬海は伝説になるため、千鶴は親の借金のため、優姫は藤堂への復讐のため……ゆりながこの世界に入ったきっかけは、三人に比べて驚くほどに軽い動機だった。

最初は、信じられなかった……というより、理解できなかった。

夜の世界に足を踏み入れるには、みなそれぞれ「わけあり」なのが普通だった。

だが、ゆりなは、「わけあり」どころか気分で入ったようなものだ。

換言《かんげん》すれば、なんの執着もないから、本音で客と向き合える。

嬉しいことは嬉しい、嫌なことは嫌だと口にできる。

ゆりなの言動に駆け引きはなく、いつだって、本音勝負だった。

だからこそ、彼女の言葉には説得力があり、そして、人間らしかった。

自分の夢や借金返済のために客を繋ぐことを考えて接客しなければならないキャスト達の中で、ゆりなの存在は異質であり新鮮だった。

いままでみたことのないタイプに、客達は感動すら覚え、ゆりなの虜になっていった。

「馬鹿にするようなこと言って、悪かったな。これでいいか？」

鴨居が、松嶋に詫びを入れるとゆりなを振り返り、訊ねた。

「ありがとうございます。あとで行きますから、席に戻ってください。雪乃さんも」

ゆりなは言うと、鴨居と雪乃に背を向け、ソファに腰を下ろした。

雪乃も、毒気を抜かれたように小さくため息を吐き、自分の席へと戻った。

「いやいや、よく、おさまりましたね。社長は、こうなること見抜いていたんですか？」

鶴本が、驚きを貼りつけた顔を立花に向けた。

「この程度のアクシデントを処理できないようでは、冬海の域にはいけない」

「俺も、まだまだです……」

「社長っ」

鶴本の言葉の続きを、風見の切迫した声が遮った。

「どうした？」

風見に首を巡らせた立花の視線の先――出入り口から現れた男が、不敵な笑みを湛えつつ大股で歩み寄ってきた。

鶴本の血相が変わり、ゆりなが微かに眼を見開いた。

キャスト達は、接客を忘れ、立花に近づく男を視線で追った。

「初日から、敵状視察ですか？」

立花は、男……藤堂に皮肉を浴びせた。

藤堂の背後には、ノーフレイムの眼鏡をかけた小柄な男がピタリと寄り添っていた。

「今夜は、お前の店に強力な助っ人《すけと》を連れてきた」

藤堂は、相変わらず薄笑いで唇の端を吊り上げていた。

「助っ人を連れてきただと？　どういうつもりだ？」

立花の問いには答えず、藤堂が出入り口を振り返り、誰かに目顔で合図を送った。

ほどなくして現れた、純白のドレスを纏《まと》った女性に、フロア内が静まり返った。

「また、お世話になるわ。よろしく」

女性――冬海が、立花に右手を差し出すと、静寂に支配されていたフロアが蜂の巣を突《つつ》いたような騒ぎになった。

「なんの冗談だ？」

立花は、低く押し殺した声で言いながら、冬海を見据えた。

「冗談なんかじゃない。一カ月間限定で、冬海をフェニックスで働かせようと思ってな」

「冬海がウチの店で働く⁉」

立花は、思わず訊ね返した。

「そうよ。ゆりなと決着をつけるのなら同じ店で働きたいと、私が藤堂さんにお願いしたのよ。優姫のときと同じ……やっぱり、競い合う相手はみえるところにいないとね」

藤堂の代わりに言葉を引き継いだ冬海が、ゆりなに視線を移した。

「だからって、勝手に決められても困る。第一、売り上げはどうするんだ？」

「間借りをするショバ代として、冬海の客によって上がった利益の半分はくれてやる。ただし、勝負はあくまでも売り上げで競い合う。悪くはない話だと思うがな」

藤堂が、自己中心的な提案を一方的に並べ立てた。

「お断わりだ。そんな馬鹿げた話、受けることはできない。営業妨害だ。帰ってくれ」

立花は、にべもなく藤堂と冬海の申し出を撥ねつけると、冷たく言い放った。

「あなたは、どうなの？」

冬海が、立花を無視してゆりなに水を向けた。

「受けるの？　それとも、私と目の前で競い合う勇気はないのかしら？」

続けて、冬海が挑発的に言った。

「あなた達、いい加減に……」

「雑魚の出番じゃない」

口を挟《はさ》もうとする鶴本を、藤堂が鋭い眼光で睨《にら》みつけた。

「さあ、どうする？」

ふたたび、藤堂が立花に詰め寄った。

「断わると、言ったはず……」

「社長、私からもお願いします」

ゆりなが席を立ち上がり、立花に頭を下げた。

そして顔を上げると、ゆっくりと冬海に歩み寄った。

「私が、現実を教えてあげます」

冬海に宣戦布告の言葉を投げながら、ゆりなが片目を瞑って白い歯を覗かせた。

「あなたがまだ私の域に達していないという現実をね」

冬海も、余裕の表情で切り返した。

「これでも逃げるつもりか、負け犬」

藤堂が、嘲《あざけ》りのセリフを口にした。

藤堂と立花、冬海とゆりなが鼻先が触れ合う距離で対峙《たいじ》した。

「そんなに死に急ぎたいのなら、骨くらいは拾ってやるよ」

立花は、藤堂を見据えつつ「開戦」の幕を切って落とした。

［4］

「この男は誰だ？」

フェニックスの社長室。白革《しろかわ》張りの応接ソファに座った立花が、対面のソファの藤堂の背後に立ち尽くす小柄な男に視線をやった。

「彼は、『飛鳥《あすか》カンパニー』の顧問税理士を務める芹沢《せりざわ》という男だ」

「飛鳥カンパニー」は、風俗業界で「藤堂観光」「タチバナカンパニー」に次ぐ第三勢力だ。

「お前の役割を立花に説明しろ」

藤堂は、首を後ろに巡らせ芹沢を促した。

「ご紹介にありました通り、私は飛鳥カンパニーの飛澤誠一《とびさわせいいち》会長のもとで経理全般を任されております。今回、藤堂社長のほうから飛澤へ冬海さんとゆりなさんの対決において、中立な立場の人間にふたりのキャストの売り上げを管理してほしいというオファーがあり、私に白羽《しらは》の矢が立ちました」

藤堂は、芹沢の説明を聞きながら壁に埋め込んである八台のモニターに眼をやった。

ゆりなには現在、四組の客がついている。

屈託のない笑顔でテーブルからテーブルへと飛び回るゆりな。

彼女の客とほかのキャストの客の違いは、待たされている間も嫉妬に歪んだ顔をしておらず、ヘルプとも心から楽しそうに会話しているというところだった。

普通、客というものは、指名キャストがほかの客に付くと不機嫌になり、待ち時間を繋ぐヘルプにたいして露骨にいやな態度をとる者もいる。

これは、売れっ子キャストにとっては頭痛の種だ。

指名の多いキャストは、当然、ひとつのテーブルに付くことのできる時間にかぎりがある。

いま、モニターに映っているゆりなのように、ひとりの客に続けて十分付けるかどうか、というところだ。

そうなれば当然、ヘルプの協力が必要になる。

しかし、ヘルプもキャストに変わりはない。自分を指名してくれる客に付きたいのが本音で、好きこのんでほかのキャストの指名客の相手をしたいわけではない。

それなのに、不機嫌な態度を取られたり八つ当たりをされたらたまったものではない。

そうなれば、「彼女の客には付きたくない」という気持ちになり、接客も手抜きになる。

客とはわがままなもので、自分は嫌な態度を取ってもヘルプに嫌な態度を取られたら「けしからん」となってしまう。

結果、そのキャストの客は不機嫌さが何倍にも増し、席に戻ったときの接客が大変になる。

機嫌を損《そこ》ねるだけならまだましだ。

へたをすれば、店から遠のく可能性も出てくる。

その点、ヘルプがサポートしているゆりなのテーブルはどこも弾けている。

ゆりなの指名客がみな温厚なわけでも辛抱《しんぼう》強いわけでも明るいわけでもない。

モニターの中――トイレに立つ客を見送ったゆりなが、ほかの席の指名客に手を振った。

トイレから出てきた客におしぼりを差し出し、席に戻る途中には、また別の指名客の頭を軽く小突《こづ》いたりもしていた。

ナンバークラスのキャストには、指名客同士にわからないようにこういうスキンシップを取る者は珍しくはないが、ゆりなは堂々とやっている。

開放的で無邪気な彼女に、みな、魅了されているのだ。

公園で遊ぶ子供達の姿や戯《たわむ》れる子犬をみて思わず頬が緩《ゆる》むのと同じだ。


――お前は、どこまでが計算だ？

トップキャストにゆりなが在籍していたときに、藤堂は訊ねたことがあった。

無垢なゆりな、手厳《てきび》しいゆりな、妖艶《ようえん》なゆりな、快活なゆりな、天然なゆりな、クールなゆりな……その場に応じて様々な顔を使い分ける天才キャストの秘密を知りたかったのだ。


――気分です。

ゆりなは、あっさりと言った。

使い分けていたのではなく、気分次第で自然と振舞っていたというのが彼女の答えだった。

——そう器用なことが無意識にできるとは思えんな。お前が多重人格だというなら、納得できるがな。

——多重人格……そうかもしれませんね。でも、私だけじゃなく、みな、多重人格ですよ。

——どういう意味だ？

——怖い父親の前ではおとなしく、優しい母親の前ではやんちゃにしている子供は意識的にそうしている子ばかりではありません。お父さんはうるさくすれば怒る、お母さんはうるさくしても大丈夫。それまでの体験で潜在意識に刷《す》り込まれた情報が、条件反射として出ているということもあります。私も、同じです。

——人より豊富な体験をしているということか？

——いいえ、経験は人並みだと思います。ただ、人より少しだけ学習機能が優れているのかな？　天才ってやつかしら？

あっけらかんと笑うゆりなの声が、藤堂の顔を厳しいものにした。

少しだけどころか、もし、彼女の接客術が学習機能によるものならば、相当なものだ。

ゆりなは冗談めかしていたが、正真正銘《しょうしんしょうめい》の天才だ。

「わかった。公正なジャッジをしてくれるのなら、立会人は誰だっていい。まあ、あまりにも一方的な勝負過ぎて、立会人もやることはないだろうがな」

立花が、余裕の表情でモニターに眼を向けた。

ゆりなの客はさらにひと組増え、五組になっていた。

たいする冬海は、フロアについて一時間が経つというのにまだ待機の席にいた。

冬海が待機のソファにいるというのは、開店して十分以内しか記憶にない。

非常事態というやつだ。

だが、藤堂に焦りはなかった。

冬海ほどのキャストが、無策で敵陣に乗り込むはずがない。

「ずいぶんと余裕なようだが、冬海を甘くみないほうがいい」

藤堂は、立花の眼を見据えた。

立花は眼を逸《そ》らすどころか、逆に押し返すような強い光を瞳に湛えていた。

強がっているわけでも、痩せ我慢しているわけでもない。

この十年で、タフになった。

負けん気だけで生きていたあの頃の立花と、別人のようだった。

昔とは違う――わかっていた。

余力残しでは勝てない――わかっていた。

勢いでは押されている――わかっていた。

すべてを認めた上で、立花に勝てるという確信があった。

「あんたのほうこそ、現状を冷静にみつめたほうがいい。カリスマ風俗王として一時代を築いた功績は認める。藤堂猛は、夜の世界の伝説を作った。それも認めよう。だが、知ってるか？　伝説は、終わったことを言う。そうだ。あんたは、もう、過去の人なのさ」

立花が、人差し指を突きつけてきた。

「自身の世界記録を塗り替えるのは、アスリートの世界では珍しいことではない。伝説が終わったなら、新たな伝説を築くまでだ」

立花の指を払い除け、藤堂は鷹《たか》のように鋭い眼光で睨《にら》みつけた。

「いつから、そんな妄想を夢見る男に……」

モニターの中で、二十人を超える団体客が入ってきた。

立花の瞳が、モニターに吸い寄せられた。

二十数人の客は、八組に分かれてそれぞれの席に着いた。

ボーイ達が、嬉々とした表情で八組のテーブルに散った。

立花が、携帯電話を手に取った。

「鶴本。いまの団体客を、VIPルームに案内しろ。なに？　団体客じゃない……なんだって⁉」

立花が血相《けっそう》を変えて席を蹴り、立ち上がるのと、冬海が優雅な足取りでフロアに現れるのは、ほとんど同時だった。

「残念だったな。ひとりくらい、ゆりなの指名客がいると思ったか？」

藤堂は悠然《ゆうぜん》と足を組み、ひんやりとした微笑を浮かべた。

「仕組んだのか……？」

携帯電話を持つ手をだらりと下げた立花が、呻《うめ》くように問いかけてきた。

「過去の冬海の指名客に現役復帰を伝えたことが仕組むという意味ならば、そういうことになるかな」

「くそっ……」

立花が、臍《ほぞ》を嚙んだ。

いま、彼の脳裏には、初めてゆりなの敗北の可能性が過ったに違いない。

伝説のキャストの五年ぶりの復活――一カ月限定の復活。

このキーワードこそ、年齢、勢い、旬《しゅん》……その一切において劣《おと》っている冬海の勝機だった。

六年間、トップを張り続けた冬海の指名客の数は、ゆりなのそれを遥《はる》かに凌ぐ。

二カ月、三カ月と続く勝負なら、ゆりなの優位は動かない。

しかし、物珍しさとご祝儀客を集中的に呼び寄せることのできる短期決戦では、立場は逆転する。

「おいおい、まさか、久々に冬海の顔をみにきた客が、この程度だと思ってはないだろうな？」

藤堂は、追い討ちをかけるように畳みかけた。

「モニターを、外玄関に切り替えてみろ」

藤堂が言い終わらないうちに、立花がリモコンを鷲摑みにするとスイッチを押した。

壁際の右端上段のモニターに映る長蛇《ちょうだ》の列をみて、立花が息を呑んだ。

「観光バス二台ぶんの客は、いるだろうな」

涼しい顔で言うと藤堂は、肩を竦めてみせた。

「なっ……」

絶句する立花。

「少々、調子に乗り過ぎたようだな。お前はこれから、俺と冬海の底力をいやというほど思い知ることになる」

立花の平常心が決壊する音が、聞こえてくるようだった。

［5］

客の引けたフロアは、津波に呑みこまれ崩壊した街のように感じられた。

ボーイがテーブルを拭くダスターの擦《こす》れる音が、立花の神経を逆撫《さかな》でした。

立花は「宴《うたげ》」の残骸《ざんがい》が散らばるテーブルを、苦々しい顔で見渡した。

ほとんどが、冬海の客が呑み食いをした痕跡だった。

「……お先に失礼します」

掃除を終えたボーイが、怖々《こわごわ》と声をかけ、逃げるように背を向けた。

無理もない。

フロアの中央で仁王立ちする立花の顔は、修羅《しゅら》の如《ごと》き形相だった。

——どうだ？　負け犬に戻った気分は？

閉店まで二時間を残した段階で放たれた藤堂の挑発的な言葉が蘇り、立花のはらわたを煮えくり返らせた。

――まだ、初日が始まったばかりだ。それに、営業は終わっちゃいない。

立花は、そう返すのがやっとだった。

――まあ、虚《むな》しい希望を抱いていればいい。

藤堂は言い残し、芹沢を引き連れ社長室をあとにした。

まさに、津波のような来客ラッシュだった。

藤堂の帰ったあとも冬海の指名客は途絶《とだ》えず、入れ替わり立ち替わりフロアを占拠《せんきょ》し続けた。

結局、冬海の指名は四十二本という驚異的なもので、たいするゆりなは十五本だった。

売り上げでは、冬海が八百九十二万円で、ゆりなが二百三十万……冬海の圧勝だった。

ゆりなの日計も物凄《ものすご》い数字だが、冬海の叩き出した売り上げは常識の範囲では考えられないものであり、完全に霞《かす》んでしまった。

まだ初日が終わったばかり——勝負は、あと二十九日間も残っている。

だが、六百万以上の差は大きい。

しかも、五年ぶりのカリスマキャストの姿をひと目みようと、六年間冬海を支《ささ》え続けた指名客が期間限定の一カ月間に大挙して押しかけている現状を考えると、いかに不世出の天才の誉《ほま》れ高いゆりなでもいかんともし難《がた》い。

「このまま、負けてしまうのか……」

「もう、白旗宣言？」

不意に、背後から声をかけられた。

私服の黒いワンピースに着替えた冬海が、腕組みをして立っていた。

「嘲笑《あざわら》いにきたのか？」

立花は、いらついた口調で言った。

「あらあら、いつから、そんなにひねくれた男になったのかしら」

冬海は含み笑いをしながら、ボックスソファに腰を下ろしメンソール煙草に火をつけた。

「敵と世間話をする気はない」

立花は、吐き捨てると冬海に背を向け足を踏み出した。

これ以上、平常心で冬海と向き合う自信はなかった。

「勝てるわけないのよ、最初から」

「なんだと？」

立花は歩を止め、冬海を振り返った。

「負けられない。その思いが強いのは、立花君より藤堂さんであり、ゆりなより私よ」

「なにを勝手なことを言っている？　負けられない思いは、俺らだって同じだ」

「いいえ、違うわ。自分が絶頂期だった頃には視界にも入らなかったような青二才と小娘に立場を脅《おびや》かされるこの気持ち、あなた達にはわからないでしょうね。まだやれる。自分が、負けるわけがない。そう言い聞かせながら、内心、怯えている自分がいる。明らかに昔より衰えた自分……明らかに昔より進化した相手。瞳に、心に焼きつけてきた栄光は、もはや過去の産物でしかない。もう一度、スポットライトを浴びたい。もう一度、主役の座に座りたい。あなた達のような上《のぼ》り調子の人間には、この屈辱はわからないわ。私に勝つことで、キャストへの未練を捨てさせる。あのコ、そういうふうなことを言ったらしいわね？　冗談じゃない……冗談じゃない！」

冬海が、テーブルを掌で叩き感情を爆発させた。

彼女がここまで怒りを露《あらわ》にするのは、珍しいことだった。

それだけ、ゆりなが最強の敵であるということだろう。

「たしかにあのコの才能は、これまで私が相手にしてきたキャストの中で断トツなのは認めるわ。だけど、私の域には遠く及ばない。そのことを、ゆりなにはきっちりわからせてあげる必要があるの。私は、冬海だっていうことをね」

誇り高き至高の薔薇《ばら》――引退して五年が経っても、冬海のオーラは健在だった。

彼女の言うとおりなのかもしれない。

藤堂にしても一時期の勢いに欠けるとはいえ、冬海同様に誇り高き男だった。

絶対有利だと言われた冬海とゆりなの直接対決第一ラウンドは、想定外の大差の負けという結果に終わったが、藤堂からすれば想定内だったのかもしれない。

キャリアの差……で済ますのは簡単だが、それだけが理由ではないような気がした。

執念の差――負けられない、という思いはきっと、自分より藤堂のほうが強いに違いない。

「冬海。ひとつだけ、教えておこう。俺とゆりなは負けられない思いはお前や藤堂に劣るかもしれないが、倒したい、という思いでは勝っている。そのことを、忘れるな」

立花は言い残し、ふたたび足を踏み出した――今度は、振り返らずにフロアを出た。

☆　☆

フェニックスが入るビルの前の路上に蹲《うずくま》る黄色のフェラーリ――ドライバーズシートのパワーウインドウが下がり、見覚えのある男が顔を覗かせた。

「待ちくたびれたよ」

長瀬が、白い歯を覗かせた。

「なんの用だ？」

立花は、うんざりした表情で言った。

はやくひとりになりたいときにかぎって、話したくない相手に立て続けに声をかけられる。

「新旧風俗王が廃業をかけ、伝説のキャストと天才キャストを競い合わせる代理戦争。歌舞伎町だけでなく、日本全国の風俗界が注目している第一ラウンドは冬海の圧勝だったようだな」

フェラーリから降りた長瀬がボンネットに腰かけ、一方的に喋った。

閉店してまだ二時間も経っていないというのに、噂は光の速さで駆け抜けているようだ。

「わざわざ、それを言うために待っていたんじゃないだろう？　俺は、あまり機嫌がよくない。用事があるなら、はやく済ませろ」

「四十二組で九百万近くの売り上げ。さすがは冬海だな。だが、冬海を覚醒させた藤堂さんもたいしたもんだ」

「たまたまの大爆発ってやつだ。明日から、続きはしないさ」

立花は、自分に言い聞かせるように言った。

「なんやかんや言っても、俺らはあの人の影を追っているのかな」

唐突に、長瀬が独り言《ひとごと》のように呟いた。

「誰のことだ？」

「藤堂社長のことさ。ムカつく。顔もみたくない。乗り越えたい。でも、父親には、強く偉大な壁であってほしい。お前も、そう思ってんじゃないのか？」

「まさか。俺は、あいつを潰すことだけを考えて生きてきた」

十年。藤堂を踏み越え、惨めな姿で這いつくばる姿をみたいと願ってきた。

「反抗期のガキみたいなもんだろう。なにかと言えば嚙みつく。だが、心のどこかでは、そんな強い父親を尊敬しているはずだ」

「くだらない。あんな奴を、尊敬するわけないだろうが。お前は、してるのか?」

「ああ、してるよ。非情さ、頭の切れ、人心掌握《じんしんしょうあく》術、経営戦略……彼のすべてをリスペクトしている。なあ、立花。いくら否定しても、俺らがあの人の弟子であることは変えようのない事実だ。受け入れるべきことは、素直に認めたほうがいい」

長瀬が、諭すように言った。

たしかに、そうなのかもしれない。

自分も長瀬も、藤堂猛のもとで夜の世界のノウハウを学んできた。

目的のためなら手段を選ばないその非情さ、鋭い観察力と秀《ひい》でた経営手腕。

二十代にして風俗界の覇王となった藤堂は、大きな目標であったのは間違いない。

だが、一度たりとも、尊敬はしていない。

藤堂が偉業を成し遂げた裏で、どれだけの人間が泣いてきたかを知っている。

それを、非難する気も犠牲になった者達に同情する気もない。

自分がやっていることも、たいして変わりはない。

弱者は強者の餌になり、強者はより強い者の餌食となる。

力なき者は強者の血となり肉となるのが、この世界の掟だ。

「俺はお前とは違う。藤堂に憧れたりしたことは一度もない。だからお前は、あの男を倒せないんだ」

「いいや、違うな。お前は俺と同じだ。ただ、自分の気持ちに素直になれないだけだ。自分を、よくみてみろ」

「どういう意味だ?」

「わかってるだろう? 物の考えかた、発言、行動……頭の天辺《てっぺん》から爪先《つまさき》まで、藤堂さんをみているようだ。お前は、無意識のうちに藤堂さんのようになりたいと願っていた。その願いは叶ったと言えるだろう。単独店とはいえ、藤堂観光の牙城《がじょう》の一角を崩し、あの人を慌てさせたわけだからな。いままで、あんなにムキになり感情的になった藤堂さんをみたことがない」

「ああ、もうじき、俺の足もとで這いつくばる奴の姿をみせてやるよ」

「それは、無理だな」

長瀬が、きっぱりと言った。

「なぜ、そんなことがお前にわかる?」

「立花篤が、藤堂猛のコピーに過ぎないからだ。どんなに精巧《せいこう》にできてても、コピーは本物になれはしない」

立花の胸に、屈辱の刃《やいば》が突き刺さった。

「なにが……言いたい？」

自分でもわかるほどに、怒りに声が震えていた。

「俺とお前の違いは、あの人の弟子でありながら藤堂猛のコピーになる道を歩んだかそうでないかだ。お前は藤堂さんのやりかたを受け継いでいるだけ、結果を出すのが早かった。一方、俺は独立してからもお前に負けっ放しだ。だがな、それは、俺は自分のやりかたを貫いているからだ。ボクシングの世界チャンピオンと戦うのに、ボクシングで戦っても勝ち目はない。ならば、キックなり寝技なり、ボクシングにはない武器を持つしかない。俺は、いま、藤堂さんが知らない未知の技を磨いている段階だ。だから、世界チャンピオンと同じ練習をし、同じ技を身につけたお前のほうが先に結果を出している。しかし、しょせん、チャンピオンのやりかたであり、技だ。競い合ったら、本家が勝つに決まってる。俺は違う。あの人がみたこともないような技で、ＫＯできる自信がある」

長瀬のひと言ひと言が、立花の自尊心を抉《えぐ》り続けた。

コピー……そうなのかもしれない。

――立花君は、日に日にあの人に似てくる……。

昔、千鶴に言われた言葉だ。

自分でも、錯覚しそうになるときがある。

藤堂猛の分身ではないのかと……。

「万年二着馬が、強がっているようにしか聞こえないな。いまだかつて、藤堂がここまで追い詰められた姿をみたことはないはずだ」

「ああ、俺も、今回の話をきいたとき、藤堂さんのもとに駆けつけ土下座して頼んだよ。引退して五年も経つ三十路女がゆりなに勝てるはずがない。馬鹿な戦いはやめてください、と。だが、甘かったよ。俺は、わかっていなかった。いままでのあの人は、余力残しで敵を倒してきたに過ぎない。お前は、藤堂さんを本気にさせた。追い詰められたあの人が、余裕をかなぐり捨てて戦ったときの凄さは、まだ、誰も体験していない。今日の結果をみればわかるだろう？　冬海さんも同じだ。千鶴さん、卑弥呼、優姫……過去のライバル達にたいしても、彼女はいいとこ七割の力しか出さずに倒してきた。五年のブランク、最強の敵。このキーワードが、冬海さんを本気にさせた。なにより、風俗王の進退がかかっている最大の戦いに、ゆりなではなく自分を選んでくれたという気持ちが、冬海さんの心を燃え上がらせた。意地や憎悪だけで倒せるような相手じゃない。立花、受け入れろ。お前では、藤堂さんには勝てないということを」

長瀬が、熱っぽい口調で訴えた。

――私の域には遠く及ばない。そのことを、ゆりなにはきっちりわからせてあげる必要があるの。私は、冬海だっていうことをね。

長瀬の言葉に、冬海の言葉が重なった。

藤堂と冬海……ふたりの伝説が、追い詰められ、なりふり構わず牙を剥いてきている。

本当に、勝てるのか？

立花は、自問自答した。

答えは簡単だ。

どんなに強大な相手であっても、勝たなければならない。

ここで打ちひしがれれば、この世界に足を踏み入れ、悪魔に魂《たましい》を売ってまで非情になり伸《の》し上がってきた意味がなくなる。

「忠告、ありがとう。お礼に、お前に挑戦権を与える」

立花は、薄い笑みを口もとに湛えながら言った。

「藤堂さんへの挑戦権は、お前にもらわなくても自分の力で……」

「勘違いするな。今回の戦いが終わり、真の風俗王となる立花篤への挑戦権だ」

眼を見開く長瀬の肩を叩き、立花は色濃い闇の中へと溶け込んだ。

［6］

「ゴールド、入れてくれ」

「ロゼを二本頼むよ」

「シャトー・マルゴーはあるかな？」

方々《ほうぼう》から聞こえてくる客の声が、立花の胃に突き刺さった。

声の主はすべてが、冬海の指名客だった。

通路から客席を見渡した立花は、奥歯を強く嚙み締めた。

冬海とゆりなの売り上げ対決二日目。

冬海の指名客は二十二組で五十一人、たいするゆりなの指名客は八組で十九人――フロアの大部分は、今夜も五年ぶりに限定復帰の冬海の客で占《し》められていた。

立花は、通路を引き返し、事務室に早足で向かった。

「どうなってる⁉」

ドアを開けるなり、立花は電卓を弾いていた小柄な男——芹沢の背中に訊ねた。

「いま、計算中なので少々……」

「ざっくりとでいいから教えろ」

立花は、芹沢の声を遮り、問い詰めた。

「そんなにカリカリしてちゃ、身体《からだ》によくないですよ」

言いながら、芹沢が日計表を手に取った。

「本当にざっくりとですが、午前零《れい》時の段階で、ゆりなさんが百八十万くらいで、冬海さんが九百万くらいですね」

涼しげな顔で、芹沢が言った。

立花の握り拳を作った十指の爪が、掌に食い込んだ。

現時点で既に、昨夜よりもふたりの売り上げの差は開いている。

対決初日に八百九十二万というありえない売り上げを記録した冬海の勢いは止《とど》まるどころか、逆に増していた。

二日間で約千四百万の開き……絶望的な差。

「さすがは、カリスマキャストですね」

芹沢が、感心したように言った。

「お前、どっちの味方だ?」

立花は、押し殺した声を絞り出した。

芹沢が自分側でも藤堂側でもなく中立な立場であることは百も承知だったが、焦燥感が神経を逆撫でし、絡《から》まずにはいられなかった。

「私は、純粋にどちらのキャストが凄いのかに興味があるだけですよ。しかし、二日目で勝敗が決した感がありますね」

芹沢が涼しい顔で言うと、ふたたび電卓を弾き始めた。

「社長、ちょっといいですか?」

鶴本が、背後から声をかけてきた。

「なんだ?」

立花は事務室を出て、通路で鶴本と向き合った。

「まずいですね。冬海さんの客は、競い合うようにボトルを入れてます」

「そんなことはわかってるっ」

立花は吐き捨て、煙草をくわえた。

鶴本の言うように、冬海の客達のボトル合戦は半端ではない。

まるで、冬海の復帰を祝うとでもいうように……。

冬海が色や口先だけで営業していたのなら、五年後にこれだけの数の客は集まらないだろう。

いまになって、冬海というキャストの凄さが証明された。

「『応援』……かけましょうか？」

「なに？　お前、なにを言ってるのかわかってるのか？」

遠慮がちに切り出す鶴本を、立花は睨みつけた。

「応援」とは、つまりサクラのことだ。

スタッフの友人、知人に客を装わせ、金を使わせる。

もちろん、「軍資金」は店側で用意して「偽客《にせきやく》」に渡すのだ。

「応援」の目的は利益を上げることではなく、売り上げを伸ばすことだった。

キャバクラのキャストの中には、「ナンバー1キャスト」の称号ほしさに「応援」をかける者も少なくない。

「……卑怯《ひきよう》な方法だということは、わかっています。でも、それを言ってしまえば、これまで藤堂は数々の卑怯な手段を使ってきました」

「だからと言って、ゆりなに偽客をつけろっていうのか？　そんなことを、ゆりなが受け入れると思うのか？」

「ゆりなには、内緒にすればいいだけの話です。社長的に問題なければ……」

「お前は、どう思う？」

立花は、鶴本を遮ると、鋭い眼光で見据えつつ訊ねた。

「え？」

「俺が、その方法を受け入れる男にみえるかどうかと訊いてるんだ」

通路の壁に背をもたせかけ、立花は紫煙をくゆらせ、鶴本が口を開くのを待った。

「目的を果たすためなら手段を選ばない。それが、俺の知っている立花篤という男です」

最初は躊躇《ちゆうちよ》していた鶴本だったが、腹を決めたようにきっぱりと言った。

「たしかに、俺は目的のためなら手段を選ばない生きかたをしてきた。必要ならば、背を向ける相手に切りつけることもやるだろう。だがな、不意打ちのときにも使うのは真剣だ。模造刀で戦おうと思ったことは一度もないし、これからもその気持ちは変わらない」

立花は、力強い口調で言った。

「できのいい模造刀なら、人を殺せます。社長。背に腹は代えられません。立花篤の廃業がかかっているこの戦いは、私や、系列の全スタッフやキャストの生活もかかっていますっ。社長個人の戦いではないんですよ⁉」

珍しく、鶴本が熱く訴えてきた。

これまで自分を支《ささ》えてきた彼なら、それくらい進言する資格はあるし、状況を考えれば尤《もつと》もな意見なのかもしれない。

「目には目を……もし、冬海の客がサクラなら、俺も躊躇はしない。だが、彼女の客は自らの意思で店を訪れ、身銭《みぜに》を切ってボトルを入れている。真剣勝負できている相手にサクラを使って勝ったとして、それで満足できるのか？」

「満足するしないの問題ではありません。重要なのは、生き残れるかどうかですっ。社長、いったい、どうしたんですか⁉　そんな綺麗事《きれいごと》を言うのは、社長らしくありませんっ！」

鶴本の眼は、真っ赤に充血していた。

こんなに懸命な姿で意見してくる彼をみるのは初めてのことだった。

かなり、精神的に切迫しているようだ。

たしかに、現状をみれば大ピンチだ。

まだ始まったばかりとはいえ、千四百万の差を引っくり返すのは、ゆりなであっても至難の業《わざ》だ。

「藤堂も冬海も、すべてをかなぐり捨ててかかってきている。そこには、王者の余裕も驕《おご》りもない。あるのは、猛烈なスピードで進む時間の流れを止めたいという執念だけだ。藤堂越えは俺の悲願だ。力で叩き潰さなければ意味がない。これは、綺麗事でもなんでもない。俺のプライド……自己満足の問題だ」

立花は、鶴本の眼をまっすぐに見据えた。

「わかりました……社長とともに、心中します」

鶴本が、腹を決めたようにくぐもった声を絞り出した。

「心配するな。俺が負けることはない」

立花は、萎《な》えそうになる心を鼓舞《こぶ》するように言った。

ゆりなで負けたら、諦めもつく。

立花は眼を閉じ、己に言い聞かせた。

☆　　☆

青いライトで染まった店内に、低いボリュームでジャズが流れていた。

チェット・ベイカーの「エンジェル・アイズ」を耳にしながら、立花は水槽の中で泳ぐカラフルな熱帯魚を視線で追っていた。

新宿三丁目の交差点近くの雑居ビルの地下に入るバー、ブルー&ブルーの個室は、立花が大事な商談のときにちょくちょく利用する隠れ家《かくが》的な店だった。

個室の足もとは白砂が敷き詰められ、ところどころサンゴの欠片《かけら》が落ちている。

壁紙にはブラックライトが当てられ、深海魚の絵がまるで生きているかのように浮かび上がっていた。

立花は水槽から切った視線を芹沢が集計した日計表に移した。

二日目を締めた結果は、冬海が九百八十二万四千円でゆりなが百九十一万六千円……ふたりの差は、さらに開いていた。

立花は、烏龍茶《ウーロン》のグラスを傾け、ため息を吐《つ》いた。

いつもはバーボンを注文するのだが、今夜は酒を呑みながら、という気分にはなれなかった。


――勝てるわけないのよ、最初から。

冬海の声が蘇った。

頷きそうになる自分がいた。

——少々、調子に乗り過ぎたようだな。お前はこれから、俺と冬海の底力をいやというほど思い知ることになる。

今度は、藤堂の声が聞こえた。

頷きそうになる自分がいた。

「くそっ……ロートルふたりに、負けるのか……」

立花は、口に含んだ氷を嚙み砕《くだ》いた。

一介《いっかい》のボーイから成り上がり、難攻不落……アンタッチャブルと言われた風俗王と五分《ごぶ》に渡り合うまでに力をつけた。

いまでは、風俗王を圧倒するまでになった。

正直、完全に凌駕《りょうが》していると思っていた。

慢心がなかったと言えば、嘘になる。

覇権を手にできると、確信している自分がいた。

ロートルなんかではなかった。

藤堂も冬海も、牙も爪も失っておらず、それどころか、驚くべき獰猛さで襲いかかってきた。

「失礼します。お連れ様が、お見えになりました」

ノックの音に続き、顔なじみのボーイが室内にゆりなを伴《ともな》い、現れた。

「うわっ、『グラン・ブルー』の世界みたい！」

ゆりなが、名作映画のタイトルを引き合いに出し、はしゃぎながら立花の正面のボックスソファに座った。

「疲れているところ、悪いな」

「ぜーんぜん平気です。これから、オールでカラオケもいけますよ？」

労《ねぎら》いの言葉をかける立花に、ゆりなが底抜けに明るい笑顔を向けた。

その笑顔をみて、立花の脳内に危惧《きぐ》の念が浮かんだ。

もともと陽気なコではあるが、今夜ばかりは無理しているようにみえたのだ。

「なにを呑む？」

「あれぇ？　社長は、烏龍茶ですか？　お酒、呑めましたよね？」

ゆりなが、立花のグラスを指差し、頓狂《とんきょう》な声を上げた。

「ああ、酒を呑む気分じゃなくてな」

探《さぐ》り——立花は、ゆりなの表情を窺った。

「珍しい〜。明日は大雨かな？　じゃあ、私はカンパリ・オレンジをください」

おどけてみせたゆりなが、ボーイに注文した。

やはり、無理をしているようにもみえるが、考え過ぎなのかもしれない。

「気分はどうだ？」

「社長にアフターに誘われて、最高です。おいしいお酒が呑めそう！」

ゆりなが、片目を瞑ってみせた。

「冬海に圧倒的な差をつけられて、空元気《からげんき》か？」

立花は、強烈なジャブを浴びせた。

ゆりなが、きょとん、とした顔で首を傾《かし》げた。

演技か？　それとも、素《す》か？

現時点では、立花には判別がつかなかった。

「冬海さんの復活にかんぱーい！」

ゆりなが、運ばれてきたカンパリ・オレンジのグラスを宙に掲げ、破顔《はがん》した。

「悔しくはないのか？」

立花は、ゆりなの掲げるグラスを無視して訊ねた。

「ぜーんぜん。冬海さんは、この世界で私の育ての親ですよ?」

あっけらかんとした表情で、ゆりなが言った。

「現役に未練が残らないように引導を渡すと言ってたんじゃないのか?」

「言いましたよ。皺々のおばあちゃんになってまで、ドレスを着ててほしくないですからね」

「ならば、なぜ、冬海の復活を喜ぶ?」

「さっきも言ったじゃないですか? 冬海さんは、恩師です。恩師がやっぱり凄い人だとわかれば、嬉しいに決まってます」

ずっとゆりなの様子を窺っていたが、彼女が強がったり、綺麗事を言っているようにはみえなかった。

「その凄い恩師に負けるのなら、悔いはないということか?」

「誰が、負けるなんて言いました?」

ゆりなが、カンパリ・オレンジを呑みながら、さらりと訊ね返した。

「二日間でついた売り上げの差は千四百万以上。誰だって、そう考えると思うがな」

立花は言うと、ゆりなの横顔をじっとみつめた。

「そうですか？　少なくとも、私はそう思いません。逆転するのに、不可能な数字だとも思いませんけど」

口に含んだ氷を舐めるゆりなからは深刻さはまったく窺えず、むしろ呑気《のんき》にさえみえた。

「冬海の復帰祝いの客足は、しばらくは続くだろう。六年間、彼女が築き上げてきた実績を考えると、最後まで途絶《とだ》えないかもしれない。それでも、逆転できるというのか？」

「ようするに、一カ月終わったときに、冬海さんより売り上げが多かったらいいんでしょう？　余裕ですって」

ゆりなが、口から氷をグラスに戻すとケラケラと笑った。

「ゆりな。わかっているとは思うが、この戦いに俺と藤堂の夜の世界からの引退がかかっている。遊び気分じゃ困るぞ」

「私のこと、信じられません？」

ゆりなが、微笑みながら立花の顔を覗き込んできた。

しかし、彼女の眼は笑っていなかった。

立花は、腕を組み、じっとゆりなの瞳を見据えた。

ゆりなの瞳からは、たしかな自信が感じられた。

だからと言って、安心するほど現状は甘くはなかった。

正直、千四百万という数字は、冬海が明日から最後まで全休したとしても追いつけるかどうかわからない差だ。

ゆりなが常識の範疇《はんちゅう》では語れない天才であるのは間違いないが、それを言うならば冬海も然《しか》りだ。

今回ばかりは、どう考えても無理があり過ぎる。

「信じたい、と思っている」

立花は、無表情に言った。

「あらら、私って、ずいぶんと、信用がないんですね」

ゆりなが、頭を掻きつつ舌を出し、おちゃらけた。

「逆だ。並のナンバー1キャストなら、ふざけるな、のひと言だ。もう、帰っていい。明日から、頼んだぞ」

立花はゆりなに告げると視線を外し、携帯電話を取り出した。

いま、どうしても伝えておきたかった。

自分の心を折っただろうと、いま頃勝ち誇っているだろうあの男に。

時間が時間だ。電話に出ないなら、メッセージを残しておくつもりだった。

予想に反して二回目のコール音で電話が取られた。

「出ないと思ってたよ」

『まさか、たった二日で白旗宣言じゃあるまいな』

藤堂が、含み笑いをしながら言った。

やはり、優越感に満ち溢れていた。

手負いの野良犬がいつ息絶えるのかを、愉しみながら観察しているつもりなのだろう。

屈辱に、内臓が灼熱《しゃくねつ》の炎に焼き尽くされるようだった。

「甘くみるんじゃねえっ、くそ野郎が！　この勝負、必ず引っくり返してやるっ。いい気になっていられるのもいまのうちだ。引退するのはてめえのほうだ。残り僅かな夜の世界を、いまのうちに味わっておけ！」

立花は、送話口に怒声を送り込んだ。

『ひさしぶりだな』

想像していた高笑いや嘲りではなく、懐かしそうに藤堂が呟いた。

「なにがだ？」

『その余裕のなさ、その荒々しく乱暴な言葉遣い……本当に、懐かしい。経験も力も金もなく、あるのは反骨心と俺への憎しみだけの、野良犬時代のあのときのお前と話しているようだ。ギラギラしているときの、十代のお前とな』

不思議と、藤堂に馬鹿にされているような気はしなかった。

「なにが言いたい？」

『一番、勢いのあるお前でなければ、潰し甲斐がないということだ。ハングリーでエネルギーを持て余した立花篤に戻ってくれたようで嬉しいよ』

皮肉とは違う。同情とも違う。

藤堂の言葉には、それらの響きとは明らかに違う感情が含まれているような気がした。たとえるならば、正面からノーガードでの打ち合いを望むボクサーのような匂い……。

「あんまり余裕をかましてると、喉笛嚙み切ってやるぜ」

『それだ。その言葉も、十年ぶりかな。安心しろ。俺に、余裕なんてない。お前を潰すために、俺の全人生を賭けている』

驚きに、声が出なかった。

藤堂の口から出た言葉とは、思えなかった。

背筋に、寒気を覚えた。

あの誇り高き傲慢《ごうまん》な男が、自分にたいして全人生を賭けて潰すと口にした。

驚き以上に、脅威だった。

風俗王と畏れられた男が、プライドをかなぐり捨てて立ち向かってきている。

「藤堂さんこそ、安心してください。その覚悟、絶対無駄にはさせません。悔いのないよう、引退させてあげますよ」

電話を切った立花は、燃え上がる眼で携帯電話を睨みつけた。

挑発ではない。

立花もまた、初心に戻って藤堂に噛みついた。

あの頃の、伸し上がることしか頭になかった自分のように……。

「応援します」

携帯電話から、視線を個室の出入り口に移した。

「悪いと思ったんですけど、お話、聞かせて頂《いただ》きました」

ゆりなの顔には、トレードマークの笑顔がなかった。

「応援とは、ずいぶんと他人事だな」

立花は煙草に火をつけ、苦笑いを浮かべた。

いつもはみせない熱い姿をみられたことへの気恥ずかしさもあった。

「私、十代の頃、勝利の女神、って呼ばれていたんです」

「勝利の女神?」

「はい。他人事かもしれませんけど、中学、高校の六年間の体育祭で私が応援したチームは負け知らずだったんです」

「それは、心強いな」

立花は、口もとに薄い笑みを浮かべ、眼を閉じた。

人生の賭かった戦いを学校の体育祭にたとえるあたり、ゆりならしかった。

腹立ちはなかった。

気負いがないのがゆりなのいいところであり、それが彼女の凄さの秘密なのかもしれなかった。

一流のアスリートほど、大一番にはリラックスして勝負に挑《いど》むものだ。

「社長」

「ん？」

眼を開けると、射貫《いぬ》くような瞳でゆりなが立花をみていた。

「私が冬海さんに負けることは、百パーセントありませんから」

きっぱりとした口調《くちょう》で、ゆりなが言った。

その自信はいったい、どこからくるのか？

「口ではなんとでも言える。結果を出せ」

素っ気なく言うと、立花はゆりなから顔を背《そむ》けて日計表に視線を落とした。

ゆりなが、部屋を出て行く気配があった。

もしかしたなら、この絶望的な差もゆりななら……。

立花の暗鬱《あんうつ》な心に、ひと筋の光が差し込んだ。

［7］

急ぎ足でそれぞれの店が入るビルに吸い込まれてゆく女達、酔客に作り笑顔で近づく客引き達、新しいカモを軽薄な視線で物色するホスト達、刹那《せつな》の「楽園」を探し求める酔客達。

藤堂は、区役所通りの路肩に佇み、歌舞伎町を行き交《か》う人々を瞳に焼きつけた。

六本木のような華やかさも銀座のような高級さもないが、歌舞伎町には刺激があった。

剝き出しの欲望、渦巻く嫉妬、火傷《やけど》するような野心……。

「懐かしいな」

藤堂は呟き、眼を閉じた。

瞼の裏には、蹴落としてきた数々の同業者達の憎しみに満ちた顔が浮かんでは消えた。

一家離散した者、蒸発した者、自己破産した者、ノイローゼになった者……自殺した者。

自分に負けた者達のその後の噂は、悲惨なものばかりだった。

同情も後悔もしない。

一歩間違えば、自分がその立場になっていても不思議ではなかった。

弱肉強食の世界では、弱者は自然淘汰《とうた》されてゆく。

だが、強者だからといって油断はできない。

強者がいつまでも強者であり続けられるという保証などない。

常に、王者の座を狙っている挑戦者が存在する。

唸《うな》るほどの金を手にした。ヤクザさえも顔色を窺うほどの力を手にした。大物政治家が無視できないほどの名声を手にした。

もはや、藤堂が夜の世界に固執《こしつ》する理由も必要もなかった。

それなのに、夜の世界から離れられないのは、ある「光」のせいだった。

藤堂が輝きを増せば増すほど、その「光」も輝きを増した。

これまでに無数の「光」を消してきた藤堂だったが、その「光」だけは真正面から挑《いど》んできた。

漆黒の夜空に煌々《こうこう》とひと際《きわ》強い光を放つ星――帝王星《ていおうぼし》は、ふたついらない。雌雄《しゆう》を決するときがきた。

どちらの光がより強く輝き続けられるか――負けたほうは、二度と光を放つことのできない無窮《むきゅう》の闇へと呑み込まれる。

――猛々しい獅子のように、強い男であれ。お前の名前には、そういう意味が込められているんだぞ。

小学生の頃、学校でイジめられて泣いて帰ってきた息子に、父は厳しく諭した。

学生時代に柔道の猛者《もさ》だった父は、身長百八十センチを超える屈強な体軀《たいく》をしていた。

泣きごとは一切聞き入れてくれず、イジめられた相手には喧嘩《けんか》に勝つまで何度も立ち向かわされた。

とにかく、厳格で頼り甲斐のある父だった。

ただし、それは腕力や体力という意味においての強さだ。

喧嘩には負けたことのなかった父も、金には勝てなかった。

経営していた不動産会社を倒産させた父は、家族を捨てた。

そして妹の真美は満足な治療も受けられずに亡くなった。

藤堂は悟った。

世の中を支配しているのは金だという事実を。

真の強い男になりたかった——女手ひとつで自分を育て続けてくれた母を守りたかった。

高校を中退してからの藤堂の瞳には、金しか映らなかった。

ポーカー賭博《とばく》、ノミ屋、債権取り立て……金になることなら、なんでもやった。

金で人を選び、金で人を切り、金で人を操った。


——このお金……どうしたんだい⁉


ひさしぶりに実家に立ち寄った息子が差し出した紙袋の中身——一千万の札束を眼にした母が驚いた顔を向けた。

——取引先の店を借金のカタに押さえて売り飛ばしたのさ。旅行するなり車買うなり、好きなことに使えばいい。

満足感があった。

母が顔をくしゃくしゃにして喜ぶ姿がみられると、信じて疑わなかった。

――猛……いつからあなたはそんな人間になってしまったんだい？

年老いた母の眼に浮かぶ涙に、藤堂は混乱した。

――嬉しくないのか？　父さんがいなくなってから、お袋、いつも金に困ってたじゃないか？　一千万なんて大金、みたことないだろう？

――お金に困っているからって、人様を苦しめてまで楽したいとは思わないよ。そんな汚れたお金を貰《もら》っても、母さんはちっとも嬉しくなんかない……。

なぜ母が哀しんでいるのか、藤堂には微塵《みじん》も理解できなかった。

――たとえ盗んだ金でも、汚れた金なんて存在しない。金は金だ。それに、この金は盗んだ金じゃなく、俺が稼いだ金だ。その客が家を売り飛ばされたのは、借りた金を返さないからだ。同情する必要なんて、まったくないんだよ。

藤堂の主張を、母はまるで宇宙人と会話しているとでもいう顔で聞いていた。

——母さんは、あんたの育てかたを間違ってしまったようだね……。

ぽつりと呟いた母のひと言が、藤堂の心臓を貫いた。

母を守るつもりでやってきたことが、哀しませるだけの結果になったと知った藤堂は、その後二度と実家に立ち寄ることはなかった。

ざわめきに、藤堂は通りの向こう側——フェニックスの入るビルに眼をやった。

年格好様々《さまざま》の男性の集団が、ビルの前に長蛇《ちようだ》の列を作っていた。

軽く、三十人はいるだろう。

フェニックスはまだオープン前だというのに、今夜も「冬海詣《もう》で」の勢いは衰えを知らなかった。

男性の数はさらに増え続け、列の長さはどんどん伸びていった。

その数は、五十人を超えたはずだ。

初日と二日目も凄い指名の本数だったが、今夜は記録を更新するのは間違いなかった。

「あら、こんなところでなにをしてるんですか？」

不意に、声をかけられた。

振り返ると、冬海が微笑んでいた。

「同伴客に、俺と喋っているのをみられるのはまずいんじゃないのか？」

「今夜は、同伴はないわ」

「まあ、開店前にあれだけの数が並んでいるんだから、特定の客に付くわけにはいかないな」

「たしかに凄い数ね。でも、私の指名客はみたところ十人もいないわね」

「なに⁉」

藤堂は、弾《はじ》かれたようにフェニックスの看板の前に連《つら》なる開店待ちの列に眼をやった。

列の数はさらに増えており、パッとみただけで七、八十人はいるだろう。

その中で、冬海の指名客は十人にも満たないというのか？

「あのコも、ようやくキャストらしいことをやり始めたようね」

冬海が、他人事のように呟いた。

「どういうことだ？」

「自分の顧客に、連絡を取り始めたということよ」

藤堂は、絶句した。

客に連絡を取っただけで、これだけの客が集まるというのか？

「あのコは、これまでいい意味でキャストをやっているという意識はなかったの。その場で会話している相手に感じたことをフィルターにかけずに口にする。たったそれだけのことだけど、並のキャストには絶対にまねできないことよ。それは間違っている。あなたの考えはおかしいわ。ときには、お客さんの耳に痛いことを言う。高いお金を払って遊びにきているお客さんの中には、もう二度とくるもんか、となる人もいる。キャストにとっては、指名客を失うことが一番怖いの。だけど、ゆりなはそんなことを気にしない。たとえひとりも指名客がいなくなっても、自分が違うと感じたことは恐れずに言う。相手を諭したり従わせようとしているんじゃない。自分の考えを口にしているだけ。そこが、あのコの人気なの。お客さんは、仕事としてじゃなく、プライベート感覚でキャストに接してほしいと思っている。ゆりなは、それが自然体にできている。お客さんには、理想形のキャストというわけね」

優《すぐ》れた精神科医のように、冬海が分析した。

ゆりなには、キャストとしての意識がない。

だからこそ、媚《こ》びない接客ができる。

その結果、自分が受け入れられないのなら、すっぱりと夜の世界を去る潔《いさぎよ》さがある。

だからといってゆりなが、無責任な「腰かけキャスト」というわけではない。

ひとりひとりの客と向きあうときのゆりなの集中力は半端《はんぱ》ではない。

政治、経済、スポーツ、芸能……どんな客の話にも対応できるように、人一倍勉強している。

客が受け入れてくれているかぎり、全身全霊のエネルギーを「接客」に注《そそ》いでいる。

冬海がキャストらしい「キャスト」の理想形ならば、ゆりなはキャストらしくない「キャスト」の理想形だ。

そのゆりなが、客に営業メールを出した——それまで頑《かたく》なに守ってきた自分のスタイルを崩した。

つまり、そうしなければ伝説のカリスマキャストである冬海には勝てないと判断したのだろう。

「ずいぶん余裕だな。焦《あせ》りはないのか？」

「あるわよ。これまで無意識に驚異的な数字を上げてきたコが、本気で売り上げを取りにきたんだから。でも、ここまできたらジタバタしてもしようがないじゃない。百パーセントの力で向かってくる天才キャストを潰す。こんな快感を味わえるチャンスは、そうそうあるもんじゃないわ」

その言葉が嘘でないのは、彼女の瞳がキラキラと輝いていることが証明していた。

「お前ほどの女だ。余計なアドバイスはしない。ただ、ひとつだけ言っておく。俺がこの世で一番耐え難いのは、誰かに負けることだ。お前も、そうであると信じている」

藤堂は抑揚《よくよう》のない声で言い残し、足を踏み出した――フェニックスに向かった。

不世出の天才キャスト……ゆりなの本気を出したときの凄さがどれほどのものかをこの眼に焼きつけるつもりだった。

☆　　☆

「二番テーブル、ロマネ・コンティ入りました！」

「五番テーブル、ロマネ・コンティオーダーです！」

「一番テーブル、ロマネ・コンティです！」

「十二番テーブル、ロマネ・コンティオーダー入りました！」

「七番テーブル、ロマネ・コンティ追加です！」

「十六番テーブル、ロマネ・コンティオーダーです！」

「二十一番テーブル、ロマネ・コンティ二本入りました！」

フロアの片隅に立ち店内の様子を窺っていた藤堂の視界に、「悪夢」が広がっていた。

方々から聞こえるボーイの注文オーダーは、幻聴に違いなかった。

フロアを飛ぶように駆け回るボーイの運ぶボトルは、幻視に違いなかった。

客席の三分の二はゆりなの指名客で占められていた。

その数、百人を超えているのは確実だ。

席が足りずに、ひとつのソファに知らない客同士が相席までしている状態だ。

オープンして僅か三十分——フェニックスで一番高い値のワインの王様であるロマネ・コンティが、十本以上は出ている。

ざっと計算しただけで、千四百万以上の売り上げだ。

自らのスタイルをかなぐり捨てて営業をかけたゆりなのもとに集まったのは、ただの客ではなかった。

大物政治家、会社経営者、売れっ子芸能人、カリスマスポーツ選手……一国の首相のパーティーではないかと見紛《みまご》うほどの、豪華ＶＩＰの顔ぶれがサラリーマンに交じってゆりながら席に付くのを待っている。

一方の冬海の指名客も三十人前後は駆けつけているが、劣勢なのは明らかだった。

普通ならば、三十人の客がオープン三十分でひとりのキャストを指名するなどありえないし、異常事態といってもよかった。

だが、競い合っている相手は、冬海以上に「異常なキャスト」だった。

渦中のゆりなは、いつもと変わらぬ気さくな笑顔で、ときには厳しい口調で、各席の客と接していた。

天文学的数字の売上額もさることながら、これだけの面々に囲まれてあの自然体を保っていられることが、藤堂には奇跡に思えた。

藤堂は、ゆりなから冬海に視線を移した。

「異常事態」の中で、冬海もまた妖艶かつ優美な自分の接客スタイルを貫いている。

いま、目の前で繰り広げられている光景は、今後、半世紀経っても再現されることはないだろう。

「頂点」を極《きわ》めた者同士――「天才」と「伝説」が、正面から全力でぶつかり合っている。

「いらっしゃいませ」

背後から、声をかけられた。

振り返ると、慇懃《いんぎん》に頭を下げている立花がいた。

「してやったりって感じか？」

藤堂に、強がりではなく焦りはなかった。

ここまでくれば、見栄《みえ》や体裁《ていさい》がどうこうのレベルではなかった。

死力を尽くした結果、どちらの勝利への執念が上か……それで立花との長きに亘《わた》っての戦いに終止符が打たれる。

「まだまだ、俺の逆襲はこんなもんじゃない。これから、じっくりと地獄をみせてやる」

頭を上げた立花が、一変した言葉遣いで宣戦布告してきた。

「その地獄、どっちが眼にすることになるかな？」

藤堂は珍しく微笑むと、立花の肩を叩き、フロアをあとにした。

こんなにワクワクとしたのは、いつの日以来だろうか？

藤堂は、弾んだ足取りで表通りに続く階段を駆け上がった。

［8］

「驚きましたね」

客のはねたフロアのボックスソファで鶴本が、ビールのグラスを傾けながら弾んだ声で言った。

彼の手には、売上表が握られている。

ゆりなと冬海の直接対決も、折り返し地点を過ぎて残り十日を残すだけとなった。

二十日間《はつか》で、ゆりなが九千六百六十万四千円、冬海が四千六百五十二万三千円。

ふたりの差は約五千万。ゆりなの逆襲が始まってから、冬海は一日も彼女の日計を上回ることができなかった。

月の売り上げが一億超え……とても、一キャストの叩き出した数字とは思えなかった。

この数字は、大箱のキャバクラの総売り上げにも匹敵する。

冬海にしても、ゆりなほどではないにしろ、天文学的な数字だった。

都内で、現時点の冬海の売り上げを超える店は数えるほどしかないだろう。

しかし、どれだけ天文学的な数字を上げたとしても、それを一円でも上回るキャストがいるかぎり無意味なことだ。

敗者に残るのは、日本でナンバー2の肩書き——並のキャストなら称賛に値する結果だが、冬海は違う。

日本一のカリスマキャストの冠をほしいままにしていた冬海にとっては、一番でなければ二番も三番も同じことだ。

冬海より凄いキャストがいた。

この敗北は単なる一回の負けではなく、冬海が十年間守り続けた「伝説」の終焉《しゅうえん》を意味する。

「初日と二日目はどうなることかと思いましたが、ゆりなが本気になって営業をかけ始めてからは、ほとんどワンサイドゲームになりましたね？」

鶴本の顔からは、笑みが絶えなかった。

残り十日で、五千万の差を引っ繰り返すのはほぼ不可能だ。

今回の戦いに負けたほうは、夜の街からの完全撤退が条件づけられている。

藤堂との長い戦いに、ついに終止符が打たれる瞬間が刻一刻と迫っている。

——どうして、店長が代わるんですか？

巻き戻る記憶——入店十日目の十八歳の自分が、風俗王と恐れ崇《あが》められていた二十九歳の藤堂に異を唱《とな》えたのが、初めての出会いだった。

当時、立花が勤めていた池袋のキャバクラ、ミントキャンディの店長だった大滝《おおたき》が、管理ミスを理由に降格させられたことが納得できなかったのだ。

——店を管理できない者は、店長とは言えない。

熱っぽく訴える立花とは対照的に、藤堂は冷え冷えとした声で言った。

——それって、いまのトラブルのことを言ってるんですか？　だったら、店長に責任はありません。チーフを呼びに行ったのは、俺ですから。それに、お客さんとの揉《も》め事《ごと》をおさめるのはチーフの仕事だと聞いてます。

ヤクザが店にイチャモンをつけてきた際に、立花は大滝ではなくチーフの菊田《きくた》を呼びに行った。

だが、菊田ではヤクザを追い返すことができずに、結局、藤堂が出て行かなければならない事態に陥《おちい》ったのだった。

――赤ん坊の面倒をみるのは母親の役目だからといって、注意を払わないのは父親とは言えない。もし、赤ん坊が猫に眼を引っ掻かれて失明したら？　それでも、母親の役目だから仕方がない、で済ませるのか？　もうひとつ。お前が呼びに行く行かないは関係ない。なんのために、店長室にモニターテレビがあると思っているんだ。

――しかし、たった一回で……。

――その一回が致命傷になることもある。有能な奴は、その一回のミスも犯《おか》さない。ここは俺の店だ。無能な人間を情やしがらみでトップに置くほど俺はお人好《よ》しじゃないし、お前が口を挟む問題でもない。ほかに、言いたいことは？

そのときの立花には、藤堂の言葉を受け入れることはできなかった。

店長が管理責任を負わなければならないことはわかっていた。

大滝が優秀な男でないこともわかっていた。

だが、一片の情もない藤堂のやりかたが納得できなかったのだ。

——お前が、神崎《かんざき》が見所があると言っていた立花か。たしかに、この業界に向いてるな。

——どこがですか？

——その気の強いところと、頭の回転のはやさだ。

——初めて会ったのに、どうしてそんなことがわかるんですか？

——腕のいい猟師なら、その犬が優《すぐ》れた猟犬になるかただのバカ犬かの区別くらいすぐにつくもんだ。だがな、本当に優秀な猟犬は、正しい指示にだけ従う犬のことじゃなくて、主人に利益をもたらすためなら、正しくない指示にも従う犬のことを言うんだ。


なにからなにまで、藤堂の言うことは癪《しゃく》に障《さわ》った。

人を人と思わぬ冷徹なやりかたは、損得抜きで情で動いてきた立花からすれば到底理解できることではなかった。

だが、あのときの藤堂とのやり取りがなければ、いまの自分はない。

藤堂は、教えてくれた。

経営に、情けは必要ないどころか癌《がん》細胞でしかないということを。

同情や人情では、弱肉強食の世界では生きてゆけないということを。

——どうして……同業だとわかったんですか？

ある同業者のスカウトマンがミントキャンディの客に成り済まし、ゆいというキャストを引き抜こうとした事件があった。

立花は、そのスカウトマンと接していても、微塵《みじん》の疑いも持たずにゆいの指名客だと思っていた。

——酒だ。

——酒？

藤堂の言わんとしていることがわからずに、立花は鸚鵡《おうむ》返しに訊ねた。

——そう。こいつはゆいが作った水割りに口をつけていない。酒が入れば、並の女でもいい女にみえてしまう。つまり、商品鑑定に狂いが出るってわけだ。

——酒が飲めなかっただけかもしれないじゃないですか？

——ゆいからグラスを受け取るときの慣れた手つきは、下戸《げこ》のものじゃなかった。ま、ほかにも、キャストに巡らす視線やゆいがハンカチを落としたときの拾いかた……いろいろと理由はあるが、最終的な判断は理屈じゃない。嗅覚《きゅうかく》だよ、嗅覚。神崎やお前らのように、俺と同じ光景をみてても気づかない奴は気づかないわけだからな。

人間の好き嫌いは別にして、そのとき立花は、藤堂猛が二十代の若さにしてなぜ夜の世界の頂点に君臨しているのかの理由がわかったような気がした。

——そっくりだ。

——え？

——お前と話してると、昔の俺をみているようだ。

——俺のことよく知らないのに、勝手なことを言わないでください。

立花は、藤堂の瞳を睨みつけるようにして言った。

――ほらほら、そういうところだ。まるで世の中すべてを敵に回したように、なんでもかんでも噛みつこうとする。それだけなら、ただの反抗期のガキだが、お前は違う。噛みつくと同時に、知ろうとしている。キャストの給与体系、同伴、アフター、指名ノルマ、客の心理、ラッキーの仕事……いま俺に、どうしてゆいの客が同業だと見抜いたかを訊ねてきたようにな。無意識のうちに、お前はこの業界に興味を持っている。違うか？

水商売のイロハも知らない血気《けっき》盛んなガキだった自分に経営者としての資質があると、藤堂は見抜いていた。

だが、立花に喜びはなかった。

むしろ、忌み嫌っていた夜の商売に向いていると言われることは、当時の立花にとっては馬鹿にされたも同然で腹立たしさと恥辱が綯《な》い交《ま》ぜになった気分だった。

――興味を持っているわけではありません。もともとの、性格です。

なんでもいいから、自分の意見を通したかった。

あたかも全知全能の神の如《ごと》く振舞う藤堂も自分と同じ生身の人間であるということを証

明したい一心だった。

――その性格のことを言ってるのさ。さっき教えてやったろう？　お前の気の強さと頭の回転のはやさは業界向きだって。立花。負けん気が強くて頭の切れる男が例外なく持ち合わせているものがなんだかわかるか？　野心だ。そして野心は、風俗界で伸し上がるのに一番の武器になる。

――お言葉ですが、俺はこの仕事で伸し上がろうとか考えたことはありません。ある事情があって、お金が必要なだけです。

立花は、脳梗塞で倒れ、死の淵《ふち》を彷徨《さまよ》っている父の入院費と治療費を稼ぐために、反吐が出るほど軽蔑していた水商売の世界に飛び込んだのだ。

――訳あり入店ってやつか。千鶴と同じだな。お前と千鶴には、もうひとつ共通点があったな。本人の意思とは関係なしに、夜の世界でしか生きてゆけない者がいる。まるで、黒い太陽に向かって歩いているようにな。

フィードバックする十年前の藤堂の声が、立花の全身の細胞の隅々《すみずみ》にまで行き渡った。

そう、自分は、あのとき藤堂が予言したように、どっぷりと夜の世界に浸かっていた。

「黒い太陽」として闇空を支配するために、永遠に交わることはないと思っていた藤堂と同じ道を歩んでいた。

そしていま、絶対的存在として漆黒の光を放ち続けていた藤堂に代わって、夜の世界に君臨しようとしている。

なぜだろう？

あれほど、夢にまでみた藤堂越え……憎き藤堂を追い落とすことが目前に迫っているというのに、立花の胸にあるのは喜びよりも寂寞《せきばく》感だった。

「こんなもんじゃないだろうが……」

嚙み締めた奥歯から、立花は押し殺した声を絞り出した。

「え？」

鶴本が、きょとんとした顔を向けてきた。

藤堂猛の力は、この程度だったのか？

数々の難敵を地に這《は》いつくばらせてきた恐るべき風俗王が、このままあっさり消えてしまうつもりか？

——思い上がるな。お前如きが、俺の視界に入ることができるとでも思ってるのか？

ミントキャンディを飛び出し、藤堂に牙を剝《む》くと決めた夜。

藤堂は、見下《みくだ》した視線を自分に向けながら口角《こうかく》を吊り上げた。

——それは、社長の考えです。俺の考えは違います。

——なら、お前の考えとやらを聞かせてもらおうか。

——五年、いや、もっとかかるかもしれませんが、社長の歳《とし》になったときにはもっと大きな男になるつもりです。

——これは傑作だ。俺の歳になるまでだと？　そんなに長く、この業界で生きてゆけるつもりか？　俺は、飼い主の手を咬もうとする犬は殺す主義でね。もっとも、俺が手をくださずとも自然に潰れるだろうがな。まあ、好きなようにやってみればいい。

どうした？　自分はまだ潰れていない。飼い主の手を咬む犬は殺すんじゃなかったのか？

立花は、心で藤堂を叱咤《しった》した。

五年では無理だったが、当時の藤堂猛とほぼ同年齢になったいま、立花は宣言通りに藤堂越えを果たそうとしていた。

長年の夢が現実になろうとしている……立花の胸は複雑だった。


「おめでとう！」

不意に、店内に拍手をしながら男が現れた。

「ちょっと、あんた、店の営業は終わってるんだ。勝手に入ってきたら……」

「俺は、立花篤社長に用事があるんだ。社長さんよ、まさか、俺のことを忘れたんじゃないだろうな？」

鶴本を押し退け目の前に立つ男の奇異な容姿に、立花は記憶を手繰《たぐ》った。

腫《は》れぼったい一重瞼《ひとえまぶた》、ひしゃげた鼻、陰湿で粘着質な光を宿す瞳、下卑《げび》た不快な笑い
――突然の訪問者の存在を、立花はすぐに思い出した。

「出てきたのか？」

立花は、男……鷹場《たかば》に訊ねた。

鷹場英一《えいいち》。通称、溝鼠《どぶねずみ》。復讐代行屋。受けた恩は三分で忘れるが、受けた屈辱は三十年経っても忘れないという、強烈に根深く金汚い男だ。

これまでに数々のターゲットを卑劣かつエグい手口で地獄に叩き落としてきた鷹場の名を、新宿の裏社会で知らない者はいない。

彼に一度狙われた者は徹底的に追い詰められ、死が魅力的に思えるほどの阿鼻《あび》叫喚《きょうかん》を体験させられる。

究極の自己中心的なバランス感覚と嗅覚で、これまでに数々の修羅場《しゅらば》を潜《くぐ》り抜け、まさに溝鼠の如き生命力で生き長らえている。

グロテスクな顔も、ヤクザの金を奪い逃走するためにもともと彫りの深いハーフ顔を、自ら醜悪に整形手術で崩壊させたという噂だ。

五年前に立花は、藤堂を潰すために鷹場に接触した。

だが、逆に藤堂にやり込められ刑務所に入っていた情報までは、立花の耳にも入っていた。

「ああ、一週間前に娑婆《しゃば》に戻った。さんざんな生活だったぜ。ホモ野郎のヤクザの腐れちんぽから逃げ回り、看守の拷問《ごうもん》に近い体罰に耐え、ようやく自由の身になった。長かったぜ。五年間、あの、いけすかない風俗王さんの顔ばかり思い描いて生きてきた。俺に初めての牢獄生活を体験させた藤堂のことを考えただけで、内臓が爆発するほどの怒りが込み上げてきてな。あの野郎を滅茶苦茶《めちゃくちゃ》にしてやる方法を、毎晩、毎晩考えた。素っ裸にひん剝きホモヤクザ達に輪姦させたビデオを東京中のキャバクラにバラ撒《ま》く、麻酔を射《う》って眠らせている隙に闇形成外科医に豊胸手術をさせて野郎をIカップの巨乳男にしてグラビア撮影をする、口の中に百匹のゴキブリを放り込んで唇と尻の穴を縫いつけて地下室に閉じ込める……次から次に復讐法が浮かんでよ、終《しま》いにゃちんぽがおっ勃《た》ってせんずりこいてしまったぜ。ああ、考えただけで、興奮してくるぜ」

鷹場は醜《みにく》い顔を歪め、カーキ色のカーゴパンツの膨らんだ股間を擦り始めた。聞いているだけで、胃がムカムカとしてきた。

鶴本など、額《ひたい》に脂汗《あぶらあせ》を浮かべ、吐き気を堪えているようだった。

「だがよ、出所していろいろ情報集めてみたらよ、藤堂に昔の勢いはなくなって、いまや立花篤の時代だって言うじゃねえか」

言いながら、鷹場は立花の正面に座り、勝手に鶴本の呑みかけのビールのグラスを口もとに運び、喉を潤《うるお》した。

「聞いたぜ。ゆりなと冬海ってキャストを競わせて、負けたほうが夜の世界を引退するんだってな?」

鷹場の手が伸び、まるで自分のもののようにテーブル上の立花の煙草のパッケージから一本抜いた。

十年来の友人にも百二十円のジュース一本奢《おご》らずに、自身の家でトイレに入った者から流した水の代金を一円単位で徴収《ちょうしゅう》するという守銭奴《しゅせんど》ぶりは健在のようだ。

「持ってけ」

立花は頷きつつ、煙草のパッケージを鷹場に放った。

「こりゃありがとうよ。出所祝いとして受け取っておくぜ。ところでよ、ゆりなと冬海って女はどっちが凄いんだ？」

鷹場が、素早く煙草のパッケージをよれよれのジャンパーのポケットにしまい、訊ねてきた。

「ふたりとも超一流のキャストだが、それぞれタイプが……」

「俺が訊いてんのは、そんなことじゃねえ。どっちのおまんこが気持ちよかったかって訊いてるのさ」

ひしゃげた鼻腔《びこう》から食《は》み出た鼻毛の先に付着する鼻糞《はなくそ》を揺らし、鷹場が卑《いや》しく笑った。

立花は鷹場の崩壊顔を見据え、五年ぶりの訪問の真の目的を読み取ろうとした。

「そんな話をしに、俺に会いにきたわけじゃないだろう？　本題に入ってくれ」

「へっへっ……まあ、そりゃそうだが、ふたりの名器具合も気になるがよ」

「これ以上、そんな下世話《げせわ》な話につき合わせる気なら、帰ってもらう」

立花は、厳しい口調で言った。

「わかった、わかった。俺がここにきたのは、あんたの力になりたいと思ってな」

「俺の力に？」

「ああ。あんた、藤堂を潰してえんだろう？　止めを刺す役割を、俺が引き受けてやるよ」

「どういう意味だ？」

「あんたは、藤堂を夜の世界から引退させるだけで満足か？　風俗王なんて呼ばれていたんだから、屈辱には違いねえ。だがよ、しょせんは水商売をやめたってだけの話で、野郎を潰したことにゃなりやしねえ。あんたはキャバクラ経営のプロかもしれねえが、荒事《あらごと》は素人だ。そこで、俺の出番だ。藤堂が人間としても生きてゆけねえように、徹底的に野郎のプライドを打ち砕いてやるぜ」

言って、鷹場が気管支炎を患《わずら》った犬のような掠れた笑い声を上げた。

「せっかくだが、その必要はない。藤堂にとって夜の世界からの撤退は命を絶《た》つのと同じだ」

「甘い甘い甘ぁ〜い！　あんたの考えは、生キャラメルよりもミルフィーユよりも甘いぜ。社長さんよ、藤堂は十年越しの怨敵じゃねえのかよ？　それをよ、水商売からの引退くらいで気が済むのかよ？　あんたの恨みは、そんなもんか？」

「俺と藤堂の歴史は、部外者にはわからない。恨みとか憎しみとか、そんな次元で語れるようなものじゃない」

「あんたらの歴史とやらは、ずいぶんとお上品だな。俺なら、最低でも藤堂の手足を折ってそこらのホームレスの汚ねえちんぽをくわえさせるくらいやらなきゃ気がおさまらねえ。まあ、あんたにその気がねえんなら、俺は俺で好きなようにやらせてもらうぜ」

今度は鶴本の煙草のパッケージから一本抜きつつ鷹場は、薄気味悪い笑みを浮かべた。

「悪いが、勝手なまねはしないでほしい。これは、俺と藤堂の問題だ」

「はぁ？　はぁ!?　はぁ〜!?　いま、なんて言った？　もしかして、俺と藤堂の問題だって言ったか？　もしかして、勝手なまねはするなと言ったか？　まさか、そんなこと言うわけねえよな？」

鷹場が大袈裟《おおげさ》に耳に手を当て、どろりとした暗い眼で立花を見据えた。

「俺はよ、野郎に刑務所にぶち込まれたんだよっ。五年だぜ？　五年！　俺から奪った五年の歳月を、必ず償《つぐな》ってもらう！　誰がなんて言おうが償わせる！　それを邪魔する奴は、たとえ大統領でも許されねえっ。ヤクザだろうが警察だろうが軍隊だろうが、俺を止めることはできやしねえっ。腕を折られようが足をもぎ取られようが頭蓋骨《ずがいこつ》を粉砕《ふんさい》されようが、藤堂猛にこの世のものとは思えない最大の屈辱を味わわせてやる！」

黄ばんだ眼は充血に赤く皹割《ひびわ》れ、歯槽膿漏《しそうのうろう》で腫《は》れ上がった歯茎《はぐき》を剝き出しに喚き散らす鷹場の姿に、立花は怖気《おぞけ》を震《ふる》った。

だが、鷹場の恐るべきは、狂気の沙汰《さた》で常軌《じょうき》を逸《いっ》している状態でも、テーブルの上のナッツ類やドライフルーツを紙ナプキンに包み、ポケットに入れるという浅ましい行為だ。

「とにかく、もう帰ってくれないか？　あんたと話していると、気分が悪くなる」

挑発したわけではない。

鷹場と接していると、負のオーラに侵食《しんしょく》されそうになる。

死神のような男だった。

「お高く止まりやがって……気に入らねえな。あんたも藤堂も、同じ人種だ。キャストが売り上げを競い、負けたほうが夜の世界から引退だって？　はん！　馬鹿馬鹿しいっ。しょせんは、オママゴトに過ぎねえんだよ！」

鷹場は吐き捨てると席を立ち、出口に向かった。

「俺と藤堂の戦いを邪魔するな。裏の人脈に通じているのは、あんただけじゃない。これは、警告だ」

立花は、鷹場の背中に告げた。

「俺と藤堂の戦いを邪魔するな。裏の人脈に通じているのは、あんただけじゃない。これは、警告だ……くぅーっ、かっこいい！」

鷹場は、立花の言葉を声音ごとまねして茶化すと腹を抱《かか》えて笑った。

「あんたの警告にたいしての返事はこれだ！」

言葉を切った鷹場は、カーゴパンツのファスナーを開けるとペニスを摘《つま》み出しフロアに放尿を始めた。

「おいっ、てめえ！」

鷹場に摑みかかろうとする鶴本の腕を摑み、立花は制した。

「次に会うときが、愉しみだぜ」

鷹場はねっとりとした視線を立花の全身に這わせながら片目を瞑り、フロアをあとにした。

「いいんですか？　放っておいて？　あいつ、なにを仕掛けてくるかわかりませんよ!?」

「溝鼠の相手をするのは、溝鼠で十分だ」

立花は、携帯電話を取り出し、電話帳からある人間の番号を呼び出した。

『あんたからかけてくるなんて、珍しいじゃないか？』

二回目のコールの途中で電話が取られ、受話口から鬱々《うつうつ》とした男の声が流れてきた。

「鷹場英一が出所した」

立花が言うと、男が沈黙した。そしてすぐに、くぐもった笑い声が聞こえてきた。

『嘘じゃないんだろうな？』

「俺が嘘を吐《つ》いてどうする。いまさっきまで、俺の店にいた」

『五年か……待ちくたびれたぜ』

男が、うっとりとした声で言うとため息を吐いた。

「いまでも、気持ちは変わらないのか？」

『気持ちが変わらないかだと？　変わるわきゃ、ねえだろうが。俺はな、あのくそ野郎をぶっ殺すことだけのために生きてきたのさ』

男……大黒《だいこく》が怒りを押し殺した声で言った。

――社長っ、こっちにきてください！

五年前。開店前のフロアのテーブルセッティングをしていたボーイが悲鳴を上げた。

店のそこここで、十匹を超えるタランチュラやサソリが徘徊《はいかい》していた。

――なんで、こんなものが店にいる？

――そいつらは、俺の友達だ。

ボーイに訊ねる立花の背後から、見知らぬ大男が声をかけてきた。

――お前は？

――俺の名は大黒。兄貴は、別れさせ屋を経営し、「毒蟲《どくむし》」と呼ばれ、恐れられていた。

大男が、立花の瞳を暗い眼で見据えながら言った。

――自己紹介する相手を、間違っているんじゃないのか？

――いいや。間違っちゃいない。俺の兄貴は、鷹場英一に殺された。あんた、鷹場と手を組んでるだろ？

——手を組んでるってほどじゃない。ある男を潰すように依頼をしただけだ。

——十分だ。鷹場の居場所を教えたら、あんたのことは見逃してやる。

——ああ、教えてやろう。いま、鷹場は塀の中だ。

そのときの大黒の口惜《くや》しさに歪んだ顔が、立花の脳裏に昨日のことのように蘇った。

大黒の兄と鷹場の間に、どんな過去があったのかは知らない。

が、ひとつだけはっきりしているのは、大黒が兄の仇を討つことだけを生き甲斐にこの五年間を過ごしてきただろうということだ。

「いますぐ、『藤堂観光』に行ってみろ。数時間もすれば、あんたが夢にまでみた男と会えるだろう」

立花はそれだけを言うと、電話を切った。

藤堂猛は自分の獲物《えもの》——それだけは、誰にも譲るわけにはいかなかった。

第五部

［1］

会議用の長テーブルに座る幹部スタッフの面々の顔は、みな一様《いちよう》に、危篤《きとく》状態の親の病院に駆けつけた子供のように悲痛に歪んでいた。

藤堂観光の会議室の窓から射《さ》し込む朝陽《あさひ》が、重苦しい室内の空気と対照的だった。

全国の系列キャバクラの幹部クラス三十人の顔に生気がないのは、夜型人間が早起きして午前中の会議に出席している、というのが理由ではなかった。

室内が暗鬱《あんうつ》に支配されているのは、みなの手もとに配られた売上表が原因だった。

冬海とゆりなの売り上げ対決——藤堂と立花の夜の世界からの引退を賭けた代理戦争は、二十日間の営業を終え、ゆりなが九千六百六十万四千円、冬海が四千六百五十二万三千円と、およそ五千万の差がついていた。

ふたりの叩き出している売り上げは、常識では考えられない数字だった。大箱《おおばこ》店のキャバクラでさえ困難な売り上げを、それぞれたったひとりで叩き出しているのだ。

冬海は、全盛期以上の数字を挙げていた。

しかし、ゆりなは冬海のさらに上を行く売り上げだった。

残り十日で、五千万を引っ繰り返すのは至難の業だ。

このまま行けば、冬海は人生で初めての敗北を喫《きっ》する。それは即《すなわ》ち、藤堂猛の終焉を意味する。

藤堂は、腕を組んで椅子の背凭《せもた》れに深く身を預け、まっすぐに正面をみつめていた。

「……約束を、守るんですか？」

藤堂の右手に座っている高木が、重苦しい沈黙を破った。

「まだ、勝負は終わっちゃいない」

藤堂は、無表情に言った。

「しかし、残り十日で五千万の差は決定的です。藤堂観光がなくなってしまったら、私達は、どうすればいいんでしょうか？」

高木が、みなの心にあるのだろう不安を代弁した。

「心配するな。たとえ藤堂観光がなくなっても、お前らの居場所はちゃんと作ってやる」

幹部スタッフに店を与えるくらいの金はある。

立花にしても、藤堂観光の看板を掲げなければ文句はないはずだ。

「私が言いたいのは、そういうことではありません。藤堂観光の一員であるということが、誇りなんです」

高木が、切実な表情で訴えかけた。

「雛鳥《ひなどり》も、いつかは飛び立つものだ」

藤堂は、抑揚《よくよう》のない口調で言った。

「立花との約束なんて、守る必要はないですよ」

六本木のルージュダンサーの店長鷲宮《わしみや》が、日焼けサロンで焼いた褐色の肌を赤黒く染めて吐き捨てた。

「そうですばい。なんで、あぎゃん若造の言うこつば聞かんといかんとですか！」

福岡中洲《なかす》のナイトダイアリーの店長村西《むらにし》が、口髭《くちひげ》を震わせて不満を爆発させた。

「放っておけばええんとちゃいます？　業界最大手のウチが、あんなチンピラとまともに取り合うことはありませんって。しょせん、野良犬《のらいぬ》ですわ、野良犬」

大阪ミナミのブロンドハーレムの店長矢追《やおい》が、早口で捲《まく》し立てた。

「お前ら、俺を馬鹿にしてるのか？」

藤堂が全国各店の店長の顔を見渡すと、みな、蛇に睨まれた蛙《かえる》のように萎縮《いしゅく》した。

「社長を馬鹿にするなんて、そんなことありませんって」

鷲宮が、慌てて顔前で首を振った。

「そげんです。私達は、立花のくそ野郎の言うこつば聞く必要はなかっちゅうこつば言いたかったとです」

村西が、鷲宮に追従《ついじゅう》した。

「お前はどうだ？」

藤堂は、矢追に顔を向けた。

「ふたりの言うとおりです。立花との約束を守って藤堂観光を潰すなんて馬鹿らしいということを言いたかっただけです」

「それが、馬鹿にしていると言ってるんだ。お前らは、既に戦いに負けたという前提で物を話している」

「しかし、十日で五千万をひっくり返すのは、現実的に不可能かと……」

「最初から尻尾を巻いたそんな弱腰で、勝てると思ってるのか？」

「社長は、勝算がおありなんですか？」
村西が、おずおずと訊ねてきた。
藤堂は村西の問いかけには答えず、煙草に火をつけた。
正直、勝算はなかった。
いくら冬海が猛追しても、ゆりなの勢いが止まらない以上、その差は縮まらない。
それどころか、さらに差を広げられる恐れもある。
配下の前で、強がっているわけではなかった。
藤堂には、昔から決めていたことがあった。
それは、死んでも負けを口にしないことだ。
百人中、九十九人が負けと判断しても自分だけは認めない。
自分が認めないかぎり、負けではない。
いままでも……これからも、それは変わらない。
「俺は冬海の能力を信じる。それだけだ」
藤堂の言葉に、幹部スタッフ達が俯《うつむ》いた。
「社長。お言葉ですが……」
仙台《せんだい》のハニープリンセスの店長、志村《しむら》が遠慮勝ちに切り出した。

髪を染めたり、肌を焼いたり、派手なスーツを着たり……幹部スタッフと言ってもひと目で夜の商売とわかる者が多い中、志村は地味なグレイのシングルスーツに襟足《えりあし》を刈り上げた公務員然としたヘアスタイルで、とてもキャバクラの店長にはみえない容姿《ようし》をしていた。

容姿だけでなく、性格は謹厳実直《きんげんじっちょく》で口数が少なく、月に一度の幹部会議の席でも目立たない存在だった。

「なんだ？」

「冬海さんが、過去にどれだけ凄いキャストであったか、どれだけ藤堂観光に貢献してきたかは私なりに知っているつもりですし、彼女を尊敬しています。しかしながら、しょせんは女。藤堂社長に命運を預けて敗北するのは納得できますが、女に人生を賭けるというのは、正直、すっきりしません」

志村の発言からは、男尊女卑《だんそんじょひ》の精神がみえ隠れしていた。

尤《もっと》も、ほかの幹部スタッフも多かれ少なかれ志村と同じような考えを持っているに違いなかった。

「俺は、冬海に身を預けた。冬海に賭けるのは、この藤堂猛に賭けるのと同じだ」

藤堂はにべもなく言うと、もう話は終わったとばかりに席を立ち会議室を出た。

「社長、送りますよ」

慌てて、高木が追ってきた。

「いや。ちょっとひとりで考えたいことがある。タクシーを使うからいい」

「あの……怒ってますよね？　生意気なこと言って、すみません」

高木が、青褪《あおざ》めた顔で頭を下げた。

「気にするな。あいつに比べたら、その程度、なんてことはない」

疑問符を浮かべ、首を傾げた高木を置き去りに、藤堂はエレベータに乗り込んだ。

これまで数々の暴言を吐いてきた立花に比べたら、高木の進言などかわいいものだ。


エレベータを降りた藤堂は、ビルのエントランスを出た。

黄金《こがね》色の陽射《ひざ》しを仰《あお》ぎみた藤堂は、あまりの眩《まぶ》しさに眼を細めた。

太陽の光を、久しぶりにみたような気がした。

闇に慣れた瞳には、空の青も陽光も刺激が強過ぎた。

「そろそろ、朝の世界にも慣れなきゃいけないかもな」

藤堂は独《ひと》りごち、通りに出るとタクシーの空車を探した。

ここ赤坂の路地は飲み屋街なので、午前中は閑散《かんさん》としている。

大通りに向かおうと足を踏み出しかけたとき、珍しく赤い空車のランプを点《とも》したタクシーが現れた。

「田園調布《でんえんちょうふ》に行ってくれ」

藤堂は運転手に告げ、シートに背を預け、窓の外に眼をやった。

田園調布には、中井川の屋敷があった。


――どうだ? そろそろ、夜の世界から足を洗って、私のもとで本腰を入れんか? お前ほどの男なら、風俗界だけではなくて、政財界をも牛耳《ぎゅうじ》れるぞ。もう、金も権力も十分に得ただろう? あとは名声だ。いつまでも、野良犬どもと争っている場合じゃないと思うがな。


中井川は、公営ギャンブル、ホテルチェーン、銀行、証券会社……日本経済の中枢《ちゅうすう》を担《にな》い、政財界に多大な発言力を持つ中井川コンツェルンのトップであり、日本のフィクサー的存在だ。

中井川は藤堂に帝王学を学ばせ、中井川コンツェルンを継がせるつもりだった。

藤堂もまた政財界に進出し、「黒い太陽」から「帝王星」を目指す腹だった。

もともと、夜の世界に足を踏み入れたのも、資金と人脈を武器にもっと大きな世界で頂点に立つためだ。

——半年だけ、待ってください。

しかし、藤堂は立花と雌雄《しゆう》を決することを優先し、夜の世界から足を洗うことを拒絶した。

——半年？　金も権力も手に入れたお前が、いくら夜の世界で頭角を現してきたとはいえ、あの立花という男にそこまで拘る理由はなんだね？

中井川は、不思議そうな顔で訊ねてきた。

——プライドです。私の首筋に牙を突き立てた奴の息の根を止めなければ、前に進むことはできません。

——わかった。半年待とう。だが、ひとつだけ約束しろ。その戦いに勝とうが負けようが、半年経ったらすっぱりと夜の世界から足を洗い、私の跡を継ぐことを。

中井川から切られた期限の半年までには、まだ間がある。

だが、あと十日ですべてが終わる。

立花に勝っても負けても、「夜の覇権争い」は終わりだ。

慣れない早起きに、睡魔《すいま》が襲ってきた。

藤堂は、まどろみの誘惑に抗《あらが》わず、眼を閉じた。

☆　☆

「お客さん、着きましたよ」

運転手の声で、藤堂は目覚めた。

薄暗く広大なスペース、積み上げられたコンテナ……窓の外に広がる景色は、どこかの倉庫のようだった。

「俺の言った行き先と違うような気がするんだが？」

藤堂は、身構えながら低く押し殺した声で言った。

「いいえ、違いませんよ。ただし、俺の行き先だがな」

運転手が振り返った――腫《は》れぼったい一重瞼《ひとえ》、どろりと澱《よど》んだ眼、ひしゃげた鼻。

「ほう、出所してからタクシー会社に転職したのか？」

藤堂は、運転手――鷹場の右手に握られた銃口に視線をやりながら訊ねた。

「チャカを突きつけられているっつうのによ、ずいぶんと余裕じゃねえか!?」

「それなりに、危機感は感じてるさ」

「そうはみえねえがな。まあ、どっちでもいい。すぐに、そんな痩せ我慢はできなくなる。小便と鼻水垂《た》らして俺に命乞《いのちご》いするおめえの泣きっつらをみるのが愉しみだぜ」

鷹場が、卑しく笑った。

「五年前の、復讐か？」

藤堂は、鷹場の隙を探した。

が、これは映画やドラマではない。

密閉空間の中で拳銃を突きつけられた桎梏《しっこく》の状況を鮮《あざ》やかに切り抜けるなど、現実では至難の業だ。

「復讐なんて、そんな生易《なまやさ》しいものじゃねえ。長かったぜ、ムショでの五年間はよ。会いたかったぜ。毎日のように、おめえの夢をみていた」

鷹場が、腐った卵白《らんぱく》のような濁《にご》った眼で藤堂を睨みつけながら言った。

「俺を拳銃で撃ち殺す夢か？　まあ、この状況なら夢を現実にするのもそう難しいことじゃないだろうな」

「おっと、はやまるんじゃねえ。誰が殺すって言ったよ。いや、殺すには殺すが、その前に、俺の五年間を償《つぐな》ってもらわねえとな。そう簡単に死ねるなんて、考えがあめえんだよ。おめえには、死が魅力的に思えるような『生き地獄』をみせてやるぜ」

鷹場が、結核を患った患者の咳のような笑い声を上げた。

「風俗王の最期は、ウジ虫の手によって幕が引かれる。これも、運命かな」

藤堂は、自嘲的に笑った。

「おめえのそのいけ好《す》かねえ気取りくさった余裕をよ、引っ剝《ぱ》がしてみっともなく命乞いさせてやるぜ」

鷹場が、陰気な瞳で藤堂を見据えた。

藤堂は、口角を吊り上げたまま眼を閉じた。

☆

☆

後頭部に銃口を突きつけられた藤堂は、タクシーを降りた。

薄暗く埃っぽい空間……鷹場に連れ込まれたのは、どこかの港の倉庫のようだった。

「手を後ろに回せや」

鷹場の言うがまま、藤堂は両手を腰に回した。

手首に、硬くひんやりとした感触——どうやら、手錠を嵌められてしまったようだ。

「SMショップに売っているようなおもちゃじゃねえ。警察が使っている正真正銘の本物だ。どうだ？　ワッパをかけられた気分はよ？　俺は五年前に、こうやってワッパを打ち込まれて大勢のデカに取り押さえられてよ、パトカーに押し込まれた。おめえのおかげでよ！」

腰に激痛——腰を蹴られ、前のめりに倒れた。

両手を使えないので、顔からコンクリートに突っ込んだ。

「人生で初めて檻《おり》ん中に入っちまったよ。俺の自慢はよ、どんなに卑劣な悪行《あくぎょう》を働いてもサツに捕まらないってことだった。女犯して顔を切り刻んでも、金盗んでも、親父を殺しても、ギリギリのところで逃れてきた。俺は腕っ節は強くねえ。むしろ、喧嘩は苦手だ。だがよ、俺には知恵があった。溝鼠のように逞しく生き抜いてゆく知恵がよっ」

鷹場が、脇腹を蹴りつけてきた。

息が詰まり、藤堂は身悶《みもだ》えた。

「それをよ、女をはべらせ男から金を騙し取るような軟弱な商売してる奴によ、ブタ箱に叩き込まれちまった屈辱が、おめえにわかるか⁉」

鷹場は、藤堂の顔面を靴底で踏み躙《にじ》った。

「俺はよ、おめえみたいな成りあがり野郎をみてると吐き気がするんだよ！ なぁにが、風俗王だ！ 夜の帝王だ！ たかがちんぽくわえて金貢《みつ》がせる女使ってるだけだろうがよ！ 本物の闇をみてきた俺からしたらよ、おめえらの世界でやってることなんざ、ミルフィーユより生キャラメルより甘いんだよ！」

踵《かかと》が、鼻、口、瞼を滅多矢鱈《めったやたら》に踏みつけた。

激痛が、顔中を駆け巡った――鼻からどろりとした液が垂れ流れ、口内に鉄臭《かね》い味が広がった。

「コンプレックスと……闘ってきた口か？」

藤堂は、鼻血に赤く染まった唇の端を馬鹿にしたように吊り上げた。

「あ？ なんだと⁉」

「いつも誰かに嫉妬し……人生を呪《のろ》う。お前は……負のエネルギーを原動力に……生きてきた……中卒で成りあがった男が一流大卒の成功者を眼の敵にしているのと……同じだ……」

「おもしれえことを言うな。否定はしねえ。ガキの頃から、俺は些細《ささい》なことで人を妬《ねた》み、恨み、復讐を繰り返してきた。小学生のときに、友人が盲腸で入院した。見舞いに行った俺は、友人の食事に出された味噌《みそ》汁に家から持ってきた自分の糞《くそ》を混ぜた。理由は、その友人が漢字テストのカンニングを許してくれなかったからだ。近所に住む老婆が散歩しているところを背後から突き飛ばし、入れ歯を抜いてドブに捨てた。理由は、その老婆が水撒《ま》きをしていたときに俺の足にかかったからだ。中学生のときに、学校の担任の名前で寿《す》司《し》とラーメンとピザを十人前注文し、霊柩車《れいきゅうしゃ》も呼んだ。理由は、授業中に俺が苦手にしている問題でその教師が指《さ》したからだ。クラスメイトの女子の写真をコピーし、二万円で買ってください、のセリフと自宅の電話番号を入れて街中の電柱に貼った。理由は、体育の授業で腕立て伏せをやらされたときに五回で潰れた俺をみて笑ったからだ。昔から、とにかく馬鹿にされるのがいやだった。まあ、それがおめえのいうコンプレックスってもんだろうな」

鷹場が、自嘲気味に笑った。

どれもこれも、呆れるほど些細な理由だった。

どれもこれも、過剰過ぎる報復行為だった。

たとえるならば、犬に吠えられたからといって、八つ裂きにして殺すようなものだ。

究極の根深さ……究極の自己中心的な性格だ。

「俺はよ、親父に虐待《ぎやくたい》されていた。煙草の釣銭《つりせん》をごまかしたからと難癖《なんくせ》つけられて、金玉をライターの火で炙《あぶ》られてわさびを擦《す》り付けられたりもした。飯を零《こぼ》したからといって、真冬に氷風呂に入れられたこともあった。おめえなんざ、生きている価値が一ミリもねえ下劣で下等な能なしだと罵《ののし》られ続けてきた。親父こそ下劣で下等な男だとわかっていた。ゴキブリよりもウジ虫よりも最低最悪な男だった。親父が死んでくれるなら、両足を切断しても寿命が十年縮んでもいいと思った。だがな、いつの間にか、親父と瓜《うり》ふたつになっている自分に気づいたのさ」

ふたたび、鷹場が自嘲の笑みを浮かべた。

藤堂はこれまでの人生で、この男ほど嫌悪感を覚える笑顔に出会ったことがなかった。

「悪いが、お前の身の上話には興味はない」

藤堂は、突き放すように言った。

「とことんまで、格好をつける男だな。だが、わかっちゃいねえ。俺の生きてる世界じゃ、おめえが言うことになんでも頷くイエスマンはいねえし、売り上げで勝敗が決まるわけでもねえ。藤堂猛なんて名前は鼻糞ほどの価値もねえし、風俗王なんて肩書きは屁《へ》の突っ張りにもなりやしねえ。いいか？　おめえは無力なんだよ。日本のトップアイドルがアフリカの紛争地域に放り込まれたら、どうなると思うよ？　身の回りの世話をやってくれてスキャンダルから守ってくれるマネージャーもいねえし、いままであたりまえのように受けてきた特別扱いもねえ。あるのは、てめえの身体だけだ。無力な奴は、撃たれるか野垂れ死にするだけの話……いまのおめえは、そのトップアイドルと同じなんの価値もねえ存在ってことだ」

鷹場が、藤堂を憎悪に滾《たぎ》る瞳で睨《ね》めつけながら、饒舌《じょうぜつ》に語った。

立花が、風俗王としての藤堂猛と向き合っているのならば、鷹場は素《す》の藤堂猛と向き合っているのかもしれない。

たしかに、自分に意見を言う者などいなくなった。

藤堂がそれはカラスと言えばどこからみても鳩でもカラスになり、今日は雨だと言えば降水確率〇パーセントでも傘《かさ》を用意しなければならない。

みな、弱い藤堂猛に興味はないし、また、弱い部分があるはずがないと思っている。

立花とて、それは同じだ。

ライオンを倒すには、ライオンに負けない実力を身につけなければならないと思い込んでいる。

もしかしたらライオンが、猫ではないかと疑うことなど微塵もない。

鷹場は違う。

この男は本当にライオンなのか？　もしかしたら猫……いや、兎かもしれないと疑いを持っている。

自分が、ライオンなのか猫なのか兎なのかは正直わからない。

ひとつだけ言えるのは、完璧無比なスーパーマンではないということ……人間である以上、自分にも弱い部分は必ずある。

立花と鷹場が正面から喧嘩をしたら、恐らく立花が勝つだろう。

だが、共通の獲物をどちらがはやく仕留めるかを競い合った場合、結果は逆転する可能性が高い。

なぜならば、鷹場はターゲットのウィークポイントを見抜く能力が図抜けている。

自らの攻撃力が低いぶん、身を守りながら敵の弱点を衝《つ》く能力に長《た》けている。

立花がターゲットの喉笛に牙を突き立てる直球タイプだとすれば、鷹場は毒ガスで神経を麻痺《まひ》させたり、トラップを仕掛けたりしながらターゲットを仕留める変化球タイプだ。

地位も権力も金も通用しない状況下で、自分をどこまで貫き通すことができるのか？

激痛に耐え切れず情けなく許しを乞う自分がいるのかもしれない。

恐怖に正気を失い取り乱す自分がいるのかもしれない。

いままでみたことのない自分が、姿を現すかもしれない。

不安はなかった。

どんな自分が現れても、受け入れる心構えはあった。

むしろ、知りたかった。

自分に屈辱と苦痛を与えた上で殺すことしか頭にない相手を前にして、最後まで藤堂猛を貫き通すことができるのか？

「能書きは、そのへんでいいだろう。お前のやりたいことを、やってみろ」

挑発したわけではない。

本心だった。

「おめえは、俺の怖さを知らねえ」

言うと、鷹場は足もとの段ボール箱をまさぐり始めた。

「拷問ってゆうのはよ、なにも特別な器具が必要なわけじゃやねえ。身の回りの日用品で役に立つものが結構あるもんだ」

鷹場はお気に入りのおもちゃを前にした子供のように嬉々《きき》とした表情で言った。

鷹場が段ボール箱から取り出したのは、二本のタバスコの瓶《びん》だった。

「おめえ、辛いのはイケる口か？」

身を屈《かが》めた鷹場が、中蓋《なかぶた》を外したタバスコの注《そそ》ぎ口を左右の鼻の穴に捩《ね》じ入れた。

鼻粘膜にたとえようのない強烈な痛みが走り、その激痛が目頭《めがしら》にまで広がった。

藤堂は、苦悶の呻き声を漏らしつつ芋虫《いもむし》のように転《ころ》げ回った。

「よちよちよち～いいコだからね～じっとしててね～」

赤ん坊にそうするような幼児言葉を使う鷹場の右手に握られた金鎚《かなづち》が視界にズームアップした。

衝撃とともに、頭蓋骨が揺れた。口の中がジャリジャリとし、血の味がした。

「前歯がなくなると、誰でも間抜け面《づら》になるんだな、これが」

遮《さえぎ》るものがなくなった口に、酢の瓶をくわえさせられた。

鷹場は哺乳瓶のように瓶を傾け、大量の酢を注ぎ入れた。

藤堂は噎《む》せ、顔を怒張《どちよう》させて咳《せ》き込んだ。

食道から胃にかけて、焼けるように熱かった。

胸を掻き毟《むし》りたくても、手錠で拘束されているのでどうすることもできなかった。

藤堂は噎せ、咳き込み、転げ回ることを繰り返した。

「拳銃もナイフも使ってねえ。タバスコと酢だけで狂ったように悶え苦しむおめえは、とってもとっても情けねえぜ……」

赤く燃える視界――鷹場は恍惚の表情で、スラックスを膨らます股間を揉《も》んでいた。

［2］

品川《しながわ》の倉庫にタクシーが入ってから、既に五分が経つ。

広大なコンクリートの敷地には、まだ早い時間帯ということもあり人気《ひとけ》はなかった。

「どうするんだ？」

助手席に座った立花が訊ねると、窮屈《きゅうくつ》そうに大柄な身体を猫背にした運転席の大黒がどろりとした眼を向けてきた。

大黒の鼻から下の顔半分は髭に覆われ、脂ぎった髪の毛は肩まで伸び放題だった。

元はグレイかカーキ色か、はたまた白かもしれない繋ぎ服は汗や汚れで染《し》みだらけになっており、車内にひどい悪臭を放《はな》っていた。

顔や手が黒いのは日焼けではなく、垢《あか》のせいだろう。

数日間風呂に入っていないというレベルではない。

たしか大黒は、築地《つきじ》で魚屋を経営していた。

だが、いまの彼の風貌《ふうぼう》をみていると、魚屋を続けているとは思えない。

——あのくそ鼠だけは、絶対に許さない。

フェニックスを訪ねてきたときの、大黒の暗い瞳が忘れられなかった。

数年前に大黒の兄は、鷹場に殺されたという。

別れさせ屋を生業《なりわい》にしていた大黒の兄は、同じ裏稼業の復讐代行屋の鷹場とシノギ絡《がら》みのトラブルでぶつかった。

血で血を洗う抗争の末に、大黒の兄は死んだ。

兄の恨みを晴らすために、大黒は鷹場を追い続けた。

いま彼が、どこに住んでどんな仕事をしているのかは知らない。

家族はいるのか……またはいたのか、携帯電話の番号以外は彼のことはなにも知らなかった。

知っているのは、大黒の鷹場にたいしての憎悪の深さが常軌を逸しているということだけだ。

それに、彼について知る必要はない。

自分と藤堂の「聖戦」を汚《けが》そうとする「溝鼠」を闇に葬《ほうむ》り去ってくれればそれでいい。
五年前……元はと言えば、立花自らが鷹場を「聖戦」に引き摺り込んだ。
鷹場を、甘くみていたわけではない。
藤堂という怪物を倒すためには、それしか方法はないと思った。
しかし、鷹場は想像を超えていた。
藤堂が怪物なら、鷹場は死神だった。
鷹場の現れる場所には、死臭がつき纏っていた。
最初はただの変質者だと思っていた。
変質者に違いはなかったが、ただの変質者ではなかった。
ヤクザでもない。愚連隊《ぐれんたい》でもない。右翼でもない。左翼でもない。
鷹場という男をひと言でたとえるならば、落伍者《らくごしゃ》だ。
組に入る勇気もない。テロリストになる度胸もない。
臆病《おくびょう》で、執拗《しつよう》で、卑しく、屈折し、究極の自己中心的な男だ。
だが、そのすべてにおいて突き抜けている。
格好よく言えば、スペシャリストだ。
倒錯者のスペシャリスト……鷹場はイカれている。

が、その反面、とても冷静だ。

だからこそ、これだけの悪事を働いていても生き延びてこられたのだ。

鷹場こそ、本物の怪物かもしれない。

「仲間がもうすぐ到着する。頭のイカれた奴らを三人呼んでいる。到着したら、強行突入する」

大黒が、倉庫の扉をじっと見据えたまま言った。

「どのくらいで、仲間は到着するんだ？」

「三十分はかからないだろう」

「その間に、藤堂が殺されたらどうする？」

「あのくそ野郎は、そんな簡単に獲物《えもの》を仕留《しと》めはしない。いたぶっていたぶっていたぶりつくして、さんざん愉しんで薄汚い欲望を満たしてから、ゆっくりと止めを刺すはずだ」

「たとえそうだとしても、万が一ってことがある。藤堂に止めを刺すのは俺の役目だ」

ゆりなと冬海の代理戦争——残り十日で、五千万の差をつけ、ゆりながリードしている。

このままゆりなが逃げ切れば、立花の勝利となる。

十年越しの「夢」が、手を伸ばせば届く位置にあった。

その寸前で、「夢」を壊されたならたまったものではない。

本当に、それだけが理由なのか？

自分の中で、藤堂にたいする別の感情が芽生《めば》えているのではないのか？

なにより、大黒とともに鷹場のあとを追ってきたことが自分らしくなかった。

「鷹場に関してはあんたより俺のほうが詳《くわ》しい。確実に、鷹場を仕留めなきゃならない。俺とあんたでも奴を捕えることは可能だ。だがな、万が一にも失敗することは許されない。俺が、何年待ったと思ってるんだ？　心配しないで、俺を信じろ」

立花は、これ以上、食い下がることをしなかった。

もし、藤堂が死んでも、それは彼の運命――立花は、己に言い聞かせた。

「仲間がきたら、鷹場をどうする気だ？」

「赤城山《あかぎやま》に連れてゆく」

大黒が即答した。

「赤城山？」

「ああ。赤城山に、ここに向かっている三人と俺で別荘を持っていてな。その別荘に地下室があるんだが、そこでアナコンダを飼っている」

「アナコンダ？」

聞き慣れない名前に、立花は訊ね返した。

「でっかいやつになると十メートルを超えるニシキヘビの仲間だ。子牛や猪《いのしし》くらいなら簡単に丸呑みするような化け物だ。それも、一匹じゃなく五匹を二十坪くらいの地下室で放し飼いで飼ってるのさ」

大黒が、黒々とした髭に埋もれた唇にうっすらと笑みを浮かべた。

「そんなヘビを、どうして飼ってるんだ?」

「世直しのためだ」

「世直し?」

ふたたび、立花は訊ね返した。

「ああ、世直しだ。この世の中は、腐り切っている。少年法を盾《たて》にして好き放題の悪事を働くガキども、あぶく銭《ぜに》で贅沢《ぜいたく》な車を乗り回し女をはべらせる成金野郎、貧乏人から高利を毟《むし》り取ってキャバクラで呑み歩いてる闇金業者……消えたほうが世のためになる奴らのなんて多いことか……。日本の警察は優秀だというが、それは、牢屋にぶち込むことについての話で、ほとんどが死刑にはならない。稀《まれ》に死刑判決が出ても、執行されるまでに十年も二十年もかかる。しょせんは、他人事なのさ。てめえらの嫁や娘をレイプして殺した犯人が未成年だからって、二、三年で娑婆《しゃば》に出したり無罪にする判決を下す裁判長がいるか？　だが、現実は、ろくでもないゴミ虫どもが、少年法やらで守られている。そんな不条理が、まかり通ってもいいのか？　いいわけがない。だから、司法に代わって俺達が裁いてやってるのさ。司法が見逃すゴミ虫どもを一週間以上餌を抜いたアナコンダのいる地下室に放り込む。そしたら、すぐに巻きつかれて身体中の骨はバラバラになって内臓は破裂し、頭から丸呑みだ。俺らはな、イカれたくそ野郎どもに国に代わって正義の鉄拳を与えているのさ」

イカれているのは、鷹場だけではなかった。

屈折した正義論をのたまい、眼を赤く潤《うる》ませ声を上ずらせて熱弁を奮《ふる》う大黒もまた、正気の沙汰ではない。

立花は、大黒の考えを肯定も否定もせずに煙草をくわえた。

狂人同士、どちらが潰れようがどうでもよかった。

ただ、願うのは、最高の敵であり最高のライバルだった男に、狂犬に咬まれて命を落とすような最期を迎えさせたくないだけだった。

車の排気音が、風に乗って聞こえてきた。

ほどなくして、廃棄場に捨てられているような塗装が剝《は》げたボロボロのバンが立花達が乗る車に並んで停まった。

「作戦会議につき合え」

大黒は言うと、車を降りた——立花もあとに続いた。

軋みを立ててスライドドアが開いた。

生乾《なまがわ》きの雑巾《ぞうきん》のような臭いと饐《す》えたような臭いとともに、車内から数匹のチャバネゴキブリが飛び出してきた。

大黒のあとを追って車内に乗り込んだ立花の鼻先に、なにかが突きつけられた——アイスピックだった。

「穴を開けてえんだよ、穴を。アニメに出てくるチーズみたいに、顔を穴だらけにしてえんだよ」

逆三角形のカマキリ顔の男が、血走った眼で立花を見据《みす》えながらもどかしげに訴えた。

不意に、カマキリ男がアイスピックを床に立て続けに突き立て引き抜くと、ふたたび立花の顔前に翳《かざ》した。

アイスピックには、三匹のチャバネゴキブリが串刺しになっていた。

「鼻の穴みてえな穴を、顔中に開けたいんだよ」

「顔を穴だらけにするのは構わないけどさ、眼だけはやめてくれよ。価値が下がるからね」

赤フレイムの眼鏡をかけたぽっちゃり顔の男が、カマキリ男に念を押すように言った。

「そんなこと気にしてたら穴を開けられるわけねえだろ！」

「眼を刺さなければいいのさ。気をつけて眼だけ避ければいい話さ」

「冗談だろ⁉　どうして俺が、そんなこと気にしなければなんねえんだよ！　俺は、鷹場の顔にこのアイスピックを突き刺して穴だらけにしてえだけなんだよ！」

気色《けしき》ばんだカマキリ男が、赤眼鏡男の胸ぐらを摑《つか》んだ。

「戸井田《といだ》さん、正気で言ってるの⁉　鷹場の眼球だよ？　いったい、どれだけの価値があると思ってるのさ⁉」

「うるせぇ！　黙れ！　眼ん玉はメインディッシュなんだよ！　眼ん玉にぶっすぶす突き刺すに決まってんだろう⁉　邪魔するなら、星野《ほしの》、てめえの顔を穴だらけにしてやっからな！」

カマキリ男……戸井田が、アイスピックを赤眼鏡の男、星野に突きつけた。

「ぬしら、勝手にピーチクパーチク喋っとるんじゃなか！」

運転席に座っていた角刈り頭の男がステアリングを殴《なぐ》りつけ振り返ると、鬼の形相でふたりに怒声《どせい》を浴びせた。

「いま、どぎゃん状況かわかっとるとね⁉　これから、鷹場ば捕まえるとだろうが⁉　それに、さっきから黙って聞いとれば顔に穴ば開けるとか眼ん玉ば抉り取るとかなんばいいよっとか！　きれいか身体で生け捕らんと、ちんぽが萎えてボボができんごてなろうもん！　有名人とボボばするチャンスなんて、滅多《めった》になかっぱい！」

九州弁の角刈り男が、赤鬼のように顔を朱に染めて喚《わめ》き散らした。

立花は、呆気に取られて三人の倒錯者を眺《なが》めているしかなかった。

全員、見事にイカれている。よくぞ、ここまで異常な人間が寄り集まったものだ。

類は友を呼ぶ、というやつだ。

「いい加減にしろっ、てめえら！」

それまで静観していた大黒が、三人を一喝《いっかつ》した。

「いまから倉庫に突っ込み鷹場を捕えるっ。そこまでは、一致団結で力を合わせろや！　捕まえたあと、アナコンダにくれてやる前にてめえらの好きにさせてやる。お前が鷹場を最初に犯して、お前が眼ん玉をくりぬく……最後に、お前が気が済むまで顔に穴を開ければいい」

大黒は、角刈り男、星野、戸井田の順に視線を巡《めぐ》らせながら言った。

三人が、それぞれ不満そうな顔をしながらも頷いた。

「凄い面子《メンツ》だろう？　金融業をやっていた星野の弟は八年前に眼に殺虫剤を撒かれて失明

した。ホストクラブを経営していた戸井田の兄貴は七年前にアイスピックで顔を滅多突きにされた。三村《みむら》は土建屋を経営していたんだが、七年前に男に犯された。すべて、鷹場の仕業《しわざ》だ。三人とも、俺と同じで鷹場に復讐を誓う理由がある」

自分自身や兄弟がやられたのと同じ方法での復讐——三人が、ただの異常者ではないということはわかった。

が、「ただの」がつくだけで、三人が異常者であることに変わりない。

「鷹場に恨みを持つ理由はわかったが、チームプレイのほうは大丈夫なのか？　かなり、個性的性格にみえるのが心配なんだが」

立花は、不安を率直に口にした。

自分と大黒を含めれば五人……鷹場ひとりを取り押さえるのはそう難しくないだろうが、立花が危惧《きぐ》しているのは彼らが暴走しないかということ。

一頭の猪を仕留めるために五頭の猟犬がいたとする。五対一なら、結果はみえている。ただし、その五頭の猟犬のうちに常軌を逸した行動をする犬がいたとすれば、襲撃の気配を察知した猪に逃げられてしまうかもしれない。

または、興奮し過ぎて見境《みさかい》がつかなくなった犬が味方に牙を剝くかもしれない。

「あんた、俺らを甘くみてもらっちゃ困るな。鷹場に復讐するまでに、『予行演習』をしてないとでも思ったか？」

大黒が、梅雨《つゆ》時の雨雲のように陰鬱《いんうつ》な眼で立花を見据えた。

「予行演習？」

「そうだ。おい、お前ら、説明してやれ」

大黒は頷き、三人に顔を向け促した。

「どうにも、気に入らない男がいてね」

星野が、赤フレイムの眼鏡の奥の細い眼に狂気の光を宿らせつつ口を開いた。

「僕がこの世で一番嫌いなのは、頑丈《がんじょう》な肉体こそが男のステイタスみたいに思っているガテン系のタイプなのさ。わかりやすく言えば、建設現場にいるような肉体労働者だ。教養も品《ひん》も知性もないくせに、無駄についた筋肉を汗臭い作業服に包み、ワイルドな男を演じている。ああいう勘違いしたゴリラどもをみているとムカついてムカついて仕方がないんだよ。だから、ゴリラはしょせん人間の知能には勝てないということを証明してやったのさ。適当な工事現場で適当な若い職人をターゲットに選んだ」

「どうしたんだ？」

「家を突き止めて、宅配便を装ってドアが開いたところで催涙スプレーで眼を潰してやったよ。あとはスタンガンで痺《しび》れさせてから部屋に押し入り、動けなくなったところをフォークで抉ったというわけさ。君、知ってたかい？　人間の眼球ってさ、すぽん！　って簡単に取れるようなイメージがあるけど、じっさいにやってみたら、なかなか取り出せなくてね。ふたつの眼球を抜き取るまでに、三十分近くかかったんじゃないのかな」

まるで料理の仕込みの話でもしているかのように、星野が淡々《たんたん》と語った。

「俺は、ウォーミングアップ代わりに恋人の顔をこいつで滅多刺しにしてやった」

待ちきれないように、戸井田がアイスピックを立花の眼の前に誇らしげに翳《かざ》しながら口を挟んだ。

「恋人なのに？」

立花は、話につき合ってやった。

イカれている彼らなら、たとえ親でも「実験台」にしたに違いない。

「ほかの男を好きだと言いやがった……。相手は、夏川宏二《なつかわこうじ》って野郎だ。俺は、鷹場の顔面を穴だらけにするリハーサルを、女で行おうと決めた。浮気さえしなけりゃ、チーズ顔にならなくて済んだのに……」

戸井田が、口惜《くちお》しげに唇を嚙み締めた。

「夏川宏二って、俳優じゃないのか？」

立花は訊ねた。

「ああ、そうだよ。ドラマ観《み》ててさ、この役者好きなの、なんて言いやがったんだ」

「相手は芸能人だから、浮気っていうより、それは単なるファンだろう？」

「はぁ？　あんた、なに言ってんだよ!?　正気か？　芸能人だって人間だろうが!?　ナイフで刺せば赤い血が出るし、熱湯かければ火傷もするだろう？　それともなにか？　芸能人は糞《くそ》も屁もしないのか？　いい女をみればヤリたいと思うだろう？　いい女に迫られればヤッちまうだろう？　もし、誰もいない部屋で彼女が『あなたのファンです！』なんて言ってみろ？　夏川がなにもしないと思うか？　速攻でヤルに決まってんだろ。どうだ？　そうなる可能性が一パーセントでもある相手に思いを寄せるのは、立派な浮気だろうがよ。出会う可能性があるなしは関係ない。出会ったときに、浮気するかしないかが問題なんだ。だから、女の顔を穴だらけにしたんだよ」

立花は、もう、なにも言う気になれなかった。

正気でない人間とまともな会話をしようとするだけ時間の無駄だ。

「うだうだうだくだらねえこと言ってんじゃねえよ。てめえらの鷹場にたいしての恨みなんて、俺の恨みに比べりゃかわいいもんだ」

三村が、いらだたし気に吐き捨てた。

「俺なんてよ、今回の復讐を成功させるために、薄汚えおっさんの尻の穴にちんぽ突っ込んだからよ。七年前、俺が鷹場にカマ掘られたときの屈辱がてめえらにわかるか？　あ？　いっそのこと、殺されたほうがどんなにマシか……この屈辱を晴らすにゃ、同じ屈辱を鷹場に与えるしかねえんだよ。だから俺は、男を犯して犯して犯しまくった。おかげで、尻の穴にちんぽ突っ込むのにまったく抵抗がなくなったぜ」

立花は、長いため息を吐くしかなかった。

三人とも、それぞれまともそうな理由をつけてはいるが、行っていることは異常者そのものだった。

もっとも、鷹場英一という究極の異常者と渡り合うには、それくらいでなければいけないのかもしれない。

「俺らが、この日のためにどれだけの準備をしてきたかわかったか？」

大黒が、誇《ほこ》らしげな顔を立花に向けた。

「ああ」

立花は、素直に頷いた。

共鳴したわけでも感心したわけでもない。

はやく話を打ち切って、倉庫に突入したいだけだった。

「そろそろ、始めるぞ。みな、準備しろ」

大黒が指示すると、星野がスタンガン、戸井田が金属バット、三村が木刀を手にした。

最後に大黒自身が手にしたのは、ロープと手錠……そして、拳銃だった。

「俺が倉庫のドアを拳銃で撃ち壊したら、一気に突入だ。行くぞ!」

大黒は言うと、スライドドアを開けて外へと飛び出した。

星野、戸井田、三村……最後に立花も続いた。


あんたに引導を渡すのは俺だ。

それまで、くたばるな。


立花は、倉庫に向かって駆けながら心で藤堂に語りかけた。

［3］

食道と胃袋が焼け爛《ただ》れそうに熱かった。

いや、そう……ではなく、大量のタバスコと酢を一気飲みさせられ、内臓の粘膜は溶けているはずだった。

若い頃は殴り合いをしたこともあったし、ドスを突きつけられたこともあった。

激痛や脅しには、免疫があるはずだった。

だが、こんな苦痛は初めての経験で、藤堂は思考を巡らせる精神的余裕も全身を濡らす汗を不快に思う余裕もなかった。

「タバスコや酢でそんなに苦しんでよ、こいつに耐えられるのか?」

鷹場が法悦《ほうえつ》の顔で、小瓶を藤堂の顔の上に翳した。

タバスコとほぼ同じくらいの大きさの瓶に入っている毒々しい赤い液体は、ひと目で香辛料だということがわかった。

ラベルには、ドクロマークがプリントされていた。

「こいつがなんだかわかるか?」

とても嬉しそうな弾んだ声で、鷹場が訊ねてきた。

「興味……ない……な」

激痛に、たったこれだけの言葉もうまく言えなかった。

「世界一辛い香辛料としてギネスに認定されている、ブート・ジョロキアだ。こいつは、あのハバネロの二倍の辛さだ。ほんの二、三滴で、口の中が火事になったような騒ぎになる」

鷹場が、これからなにをしようとしているかは容易に想像がついた。

それをやられてしまえば、タバスコや酢の比ではない苦しみに襲われることも……。

「おめえ、もしかして、ジョロキアを飲まされると思っちゃいねえか?」

「激辛……料理……で……も……始める……気……か……?」

ジョークで切り返したつもりだが、呂律《ろれつ》がうまく回らない。

「ハッタリも、度を超すとただの馬鹿だぜ? 安心しろ。ジョロキアを飲ませるなんて考えちゃいねえよ。その代わり、おめえのお目目《めめ》に点《さ》してやるからよ」

言って、鷹場は気管支炎患者のような掠れた笑い声を上げた。

世界一辛い香辛料を眼に点されたなら、間違いなく失明することだろう。

ジョロキアを飲ませるという発想は浮かんでも、眼薬代わりに使おうと思いつく者はいないに違いない。

「カリスマ風俗王さんがよ、唐辛子で失明するってか? こりゃ傑作だ!」

鷹場がジョロキアの小瓶のキャップを外しつつ高笑いした。

「どうするよ? さすがのおめえもよ、眼がみえなくなったらなにもできねえだろう? 許しを乞うなら、考え直してやってもいいぜ。『僕ちゃん怖くてちびりそうです。鷹場さんの前でオナニーしますから、許してください』って言ってよ、俺のちんぽをしゃぶれば許してやってもいいぜ？　お？　どうするよ？　藤堂猛のイメージ守って突っ撥《ぱ》ねて失明するか、プライド捨てて俺のちんぽしゃぶりながら許しを乞うか。どっちにするんだ？お？」

覗き込むように顔を近づけてきた鷹場に、藤堂は唾を吐きかけた。

「俺の……返答……だ……」

「上等じゃねえかくそ野郎が！」

怒声とともに、鷹場は藤堂の左の瞼を指でこじ開けた。

次の瞬間、視界が赤く染まり、無数の針で眼球を刺されたような鋭い痛みに襲われた。

「もう一丁！」

今度は、右の眼球が赤く染まった。

両眼を火に炙られたような尋常《じんじょう》ではない痛みに、藤堂は叫び声を上げてコンクリート床を転げ回った。

鷹場に身体を触られていたが、なにをされているかみえないし、また、気にする余裕もなかった。

「これでよ、おめえの眼はみえねえ。いい女も、札束も、永遠にみることができねえ。いま俺がなにしてるかもわからねえだろう？　教えてやるよ。ズボンとパンツを脱がしてやったのさ。これまでさんざん極上のキャバ嬢にしゃぶられてきたちんぽが、コガネムシの幼虫みてえに縮こまってるぜ。それから、いまはなにやってるかわかるか？　教えてやるよ。泣く子も黙る風俗王さんが、ジョロキアぶっかけられて眼がみえなくなって、素っ裸にひん剝かれて女みてえな悲鳴上げながら無様《ぶざま》にのたうち回ってる姿を、写真に撮《と》ってるところだ。ざまあねえな、いい気味だ」

ふたたび鷹場の高笑いが、遠くに聞こえた。

「おめえが死んだあとに、カリスマ風俗王の立派な最期の勇姿をよ、歌舞伎町中にバラ撒いてやるから、愉しみにしてろ」

喉《のど》を手で押さえつけられた——冷たく硬い鉄の感触が、眉間を舐めた。

「いまは、なにをしてるかわかるか？　教えてやるよ。さよならだ」

鷹場の嬉々とした声が、鼓膜《こまく》からフェードアウトした。

大きな衝撃音——聴覚が蘇った。

続いて、入り乱れる足音と怒号が倉庫に響き渡った。

「鷹場！　動くんじゃねえ！」

聞き慣れない、男の声。

「誰だ？　てめえは⁉」

今度は、鷹場の声。

「大黒の弟だ。この名前に、覚えがないなんて言わせねえぞ！」

男の声は、興奮にうわずり、震えていた。

「大黒？　ああ、あの毛むくじゃらの大男か？　覚えてるぜ。あいつの女房とおまんこしまくったら逆ギレしやがったからよ、殺してやったよ。ガタイはでかいが、気もちんぽも小せえ男でよ」

鷹場が、挑発的な口調で言った。

「てめえっ、鷹場！　顔を穴ぼこだらけにしてやっからな！」

大黒とは違う男の怒声がした。

「おめえは？」

「ホストクラブをやってた兄貴の顔を、てめえはズタズタにしやがった……」

「ああ、戸井田とかいうイケメンのことか。おめえの兄ちゃんよ、ナイフみせたら小便ちびって泣き喚いてたぜ」

ふたたび、挑発的な口調の鷹場。

会話の内容から察すると、鷹場に恨みを持つ者達が襲撃をかけた、という構図が浮かぶ。

しかし、鷹場は、この窮地《きゅうち》を愉しんでいるように感じる。

それとも、時間稼ぎなのか?

鷹場と大黒側が言葉による罵り合いを続けているということは、互いに拳銃で牽制《けんせい》し合い、膠着《こうちゃく》状態に違いない。

だが、眼球を火で炙られているような激痛が、藤堂から思考力を奪い去った。

「ぶっ殺してやらあっ、うりゃあー!」

裏返った絶叫——入り乱れる足音。耳を聾《ろう》する銃声が呼応する。

「待てっ、こら!」

「鷹場っ、待たんね、ぬしゃ!」

「逃がすかっ」

あまりの激痛に、意識が遠のいてゆく……男達の怒声と靴音が遠のいてゆく。

「大丈夫ですか?」

誰かに声をかけられたような気がしたが、すべて闇の中に溶け込んだ。

［4］

ひんやりとした薄暗い廊下の待ち合い椅子……膝の上で重ね合わせた掌に、立花は祈るような視線を向けていた。

品川の「高輪《たかなわ》総合病院」に救急車で搬送《はんそう》された藤堂は、すぐに手術室に運び込まれた。

赤いランプが点《つ》いて、三十分が過ぎた。

「くたばるなよ……」

立花は呟き、眼を閉じた。

——大丈夫ですか？

鷹場に囚われた藤堂を救出するために品川の倉庫に大黒達とともに踏み込んだ立花が眼にしたのは、信じ難《がた》い光景だった。

立花の目の前に横たわっていた藤堂は、下半身を剝き出しにされ、糞尿を撒き散らし、眼を潰されていた。

いつも、高級な海外ブランドのスーツに身を固め、嫌悪感を覚えるほどの自信に満ち溢れた藤堂猛の姿とは思えなかった。

鷹場と大黒一派は、しばらくの間、互いに拳銃を突きつけ、罵り合っていた。

一瞬の隙を衝いて身を翻《ひるがえ》した鷹場を大黒達が追跡し……その後、どうなったかは知らないし、また、どうでもよかった。

立花はすぐに救急車を呼び、病院へ運ばれる藤堂に付き添った。

車内で藤堂は、滝に打たれたように全身を冷や汗で濡れそぼらせ、うなされ続けていた。

病院に到着するまでの間……そして、手術室に運び込まれてから、立花の脳裏には藤堂と出会ってから今日に至るまでの十年間の出来事が走馬灯《そうまとう》のように蘇った。

裏切り、裏切られ、嵌めて、嵌められた。

内臓が焼き尽くされそうな怒りを覚えたときもあった。

声帯が潰れるほど叫びたくなる屈辱に塗《まみ》れたときもあった。

わかっていた。

藤堂がいなければ、いまの自分はなかっただろうことを。

わかっていた。

藤堂がいなければ、平穏だが刺激のない退屈な人生を送っていただろうことを。

スーツのヒップポケットで、携帯電話が震えた。

立花は携帯電話をポケットから引き抜き、ディスプレイに浮かぶ着信を告げるメールのアイコンをクリックした。


お疲れ様です。

本日の途中経過です。ゆりなの売り上げが二百五十三万、冬海の売り上げが二百五十六万です。

現在、ふたりともそれぞれ七組ずつの顧客が来店しています。

動きがあり次第、また、報告します。


鶴本からのメールを閉じ、立花は眼を閉じた。

僅か三万のリード……今夜を含めて勝敗が決する月末まで残すは十日。

五千万の差をつけられている冬海にとっては、三万程度を縮めたところで焼け石に水だ。

だが、それでも勝負を投げずに、懸命に戦っている。

現役の頃と同じように……いや、現役のとき以上の力を発揮していると言ってもいい。

しかし、過去に葬《ほうむ》り去ってきたこれまでのライバル達と違い、ゆりなは規格外の天才だった。

ほかのキャストの背中をみたことがない伝説のカリスマキャストが、初めて自分以外の女の背中を追う戦いを強《し》いられていた。

しかも、その背中は見失ってしまうほどに遠くを走っている。

六年間トップを守り続けてきた絶対女王としてのプライドだけが、冬海を衝き動かしているに違いなかった。

勝算は、もはや一パーセントもないのかもしれない。

微笑みを湛えながら水割りを作り、しとやかに、艶《あで》やかに……顧客の瞳に映る冬海は、昔となにも変わらない。

誰よりも美しく、誰よりも華麗に、誰よりも優美に、誰よりも多くの席に付き、誰よりも指名を受ける無敗の女王。

人は、彼女が朽《く》ちるはずのない永遠の薔薇《ばら》だと信じて疑わなかった。

冬海も、信じて疑わなかっただろう。

ゆりなと出会うまで……。

だが、冬海は知ってしまった。

自分が全力を出しても勝てない相手が存在することを……「絶対女王」の時代には、終わりがあることを。

それでも、冬海は立ち続けている。若き天才チャレンジャーの前に、美しく、華麗に、優美に……。

「あんな下種《げす》男にやられて、くたばってる場合じゃないだろうが！」

立花は、携帯電話を握り締め、立ちあがった。

頃合いを見計《みはか》らったように、手術室のランプが赤から緑に変わった。

扉が開き、医師が現れ、立花に歩み寄った。

「先生、どうでしたか？」

立花は、即座に訊ねた。

「気管支がかなり爛《ただ》れ、胃壁にも損傷はありますが、命に別状はありません。ただし……」

医師が、汗を吸い込み、黒ずんだキャップを脱ぎ、言葉を切った。

立花は、医師の唇が開くのを待った。

「視力をほとんど失いました」

立花は、絶句した。

もしかしたら……と覚悟はしていたが、現実に宣言されるとショックだった。

「治療で、以前の視力を取り戻すことは？」

立花の声は、うわずり、掠れていた。

祈るような気持ちで、立花は医師をみつめた。

医師は眼を閉じ、静かに首を横に振った。

「そうですか……。いつ、面会できますか？」

立花は、平常心を掻き集めて訊ねた。

「一時間もすれば眼を覚ますでしょうが、今夜は休ませてあげてください」

「わかりました。ありがとうございました」

立花は頭を下げると、病棟を出た。

生温《なまぬる》い夜風が、身体に纏わりついた。

立花は足を止め、空を見上げた——星ひとつない漆黒の闇をみつめた。

「どうした？　一等星はどこにいっちまった？」

立花は呟き、歩き出した。

☆

☆

「まだ、体力が回復してないので、面会は三十分程度でお願いします」

師長と思《おぼ》しき三十路半ばの看護師が、愛想《あいそ》なく言うとナースセンターへと踵を返した。

立花は、個室のドアをノックをせずに開けた。

十五畳はありそうなゆったりとしたスペース、輸入家具と思しき高価そうなベッドやソファ、陽光をたっぷりと採《と》り入れる大きな窓、床に敷き詰められた毛足の長い絨毯《じゅうたん》……

藤堂が入院する個室は、とても病院とは思えない豪華なものだった。

「起きてて、大丈夫なんですか?」

立花は、窓際《まどぎわ》のリクライニングチェアに身を預ける藤堂の背中に声をかけた。

「違うんだな」

藤堂が、振り向かずに独り言のように呟いた。

「なにがです?」

立花は、藤堂の隣に丸椅子を置いて腰を下ろしながら訊ねた。

藤堂は、眼に包帯を巻いていた。

「眼がみえなくなると、朝も夜も同じようなもんだと思ってた」

「そりゃあ、朝は雀《すずめ》の囀《さえず》りも聞こえるでしょうし、夜は繁華街でもないかぎり基本静かだろうし……」

「匂いだ」

「匂い？」

「ああ。朝の匂いと夜の匂い。眼がみえるときより、はっきりとわかるようになった」

「そんなもんですか？」

どう答えたらいいのかわからず、立花は当たり障《さわ》りのない言葉を口にした。

哀しんでいるのか？　悔《くや》しがっているのか？　怒っているのか？　絶望を感じているのか？

藤堂は、いま、どんな気持ちなのか見当がつかなかった。

「ありがとう、と礼を言っておくべきかな」

「え？」

「助けてくれたんだろう？」

「あ、ああ」

立花は、煙草を取り出しかけて、ここが病室だということを思い出してしまった。

「どう思ってると、思ってる?」

「なにがです?」

藤堂がなにを言わんとしているかをわかっていながら、立花は惚《とぼ》けた。

彼のプライドを考えたら、この話題には触れたくなかった。

「惨めだと思ったか?」

「いえ」

「気を使わなくてもいい」

「別に気なんて使って……」

「こういうふうになって逆に、よかったと思ってるくらいだ」

藤堂が、立花を穏やかな口調で遮った。

「よかった? こんな目にあわされて、眼までみえなくなったのに?」

強がっているのか?

地位も金も名誉も摑んだひと角《かど》の男が、人間の最底辺に属するカスのような男に屈辱的な仕打ちを受けた上に失明までしてしまった。

たとえば、今回のゆりなと冬海の代理戦争に負けて夜の世界から引退という結果なら、まだ、諦めもつくだろう。

それは、藤堂の主戦場での戦いの結果だからだ。

鷹場にやられたことは、毒蛇に咬まれたようなものだ。視力を失うことは、ビジネス上でも日常生活でも大きなハンデを一生背負って行くことになる。

悔やんでも、悔やみ切れないはずだ。

「俺はいままで、すべてを己の力で切り拓《ひら》いてきたように思われていた。俺自身、そう信じて疑わなかった。政治家、財界人、ヤクザ、側近……じっさいは、いつも、誰かに守られていた。本当の意味で、自分だけの力で成し遂《と》げた物事がないことに気づいたのさ」

藤堂は、自嘲的に笑った。

「そんなことを言い出したら、世界中の人間のすべてが、そうなるんじゃないんですか？ ひとりの力でやっているようにみえる作家だって、編集者のサポートがあったり、出版社が金をかけて原稿を刊行するから成り立ってるわけですし」

「たしかに、そうかもしれない。だが、俺は、自分の力だけでなにかを残したい」

普通なら一生かけても手にできない富と権力を手にしていながら、中学生さながらの青臭い理想にこだわっているとは驚きだった。

「政治家にしても、ヤクザにしても、あなたがそれだけの価値のある人間だからこそ、協力するんだと思います。価値ある人間になれたのは、あなたの力でしょう？」

「俺の力じゃない。金と名前の力だ」

藤堂が、吐き捨てるように言った。

立花には、みえてくるものがあった。

もしかして藤堂は、男にとって最も原始的な「暴力的な力」にこだわっているのかもしれない。

「肩書きも常識も通用しない。鷹場をたとえるなら、見境なく咬みついてくる狂犬みたいなものだ。相手が総理大臣だろうがホームレスだろうが、鷹場には関係ない。自分の敵だと認識したら、牙を剝き、襲いかかる。俺の経歴も人脈も一切が鷹場には通用しない。頼れるのは、己の力だけだ。誰も守ってくれない。肩書きも通用しない。俺にたいしての尊敬も恐怖もない。アマゾンの奥地の部族に捕まったようなものだ。そんな状況で、果たして俺は臆せずに鷹場と向き合うことができるのか？　あのときの俺にとって重要なのは、お前との戦いでも死への恐怖でもなく、そのことだけだった」

立花には、返す言葉がなかった。

藤堂の言っていることが理解できないわけではない。

むしろ、同じ男として、その気持ちは痛いほどわかる。

だが、わかるだけで、試したりはしない。

十代の頃の自分なら、藤堂と同じように、「退かない」ということに命を懸けただろう。

いま、藤堂と同じ状況に置かれたなら、自分の頭を過るのは、どうやってこの窮地を脱するか？　それだけを、必死に考え続けるに違いない。

悔やんでも打ちひしがれてもいない藤堂を、強がりと思った自分が恥ずかしかった。

藤堂は、ひとりの男として「自分自身」と戦っていたのだ……そして彼は、勝利した。

「だから、俺に同情する必要はない」

「ひとつ、訊いてもいいですか？」

「なんだ？」

「俺達の戦いは、終わったんですか？」

病室にきて、藤堂が初めて立花のほうを振り返った。

「まだ九日、残ってるだろう？」

「勝負は続行と受け取ってもいいんですね？」

言いながら、立花は心の昂《たかぶ》りを感じた。

「狂犬病の野良犬に咬まれた。それだけのことだ。眼がみえなくても、俺が接客するわけじゃない。最終日を迎えたときに、冬海が負けていれば、約束通り足を洗うだけだ」

「安心しましたよ。あなたに引導を渡すのは、俺の役目ですからね」

「気が早いな。ゆりなが勝ったと決まったわけじゃない。引退するのは、お前のほうかもしれないんだからな」

相変わらず、自信に満ちた藤堂の姿に、立花は胸を撫で下ろした。

憎々しいほどに強く、呆れるほどに高く分厚い「壁」でなければ、立花の知っている風俗王ではない。

「安心して、政界でも経済界でも行けるように、叩き潰してあげますよ」

「愉しみにしてるよ」

「では、これで失礼します」

立花は腰を上げ、深く、頭を下げた。

その姿は、もちろん、藤堂にみえてはいない。

様々な思いが蘇り、胸に込み上げるものがあった。

奥歯を嚙み締め、感傷的な思いを打ち消した。

心に芽生えかけた感情は、命を懸けて自分を潰しにかかっている藤堂にたいして失礼なものだ。

もし……恩返しというものが必要であれば、それは、逆に完膚《かんぷ》無きまでに叩き潰すことだ。

「覚悟しろよ」

十年前の「獣」の眼で藤堂を睨みつけると、立花は個室をあとにした。

［5］

「お疲れ様で……社長、それ、どうしたんですか？」

トップキャストの店長室に現れた藤堂に、高木が怪訝な声で訊ねてきた。

高木のいう「それ」は、藤堂が右手に持っている杖《つえ》のことを指《さ》しているに違いない。

無理もない。入院している間の一週間、藤堂観光の副社長と運転手以外の社員には、地方に出張していたことになっていたのだ。

サングラスをかけているので、みた目には視力をかなり失っていることはわからない。

高木を午後四時に呼び出したのは、トップキャストのミーティングやキャストの出勤が始まる前に話しておかなければならないことがあったからだ。

「ちょっと、眼がみえなくなってな」

さらりと言う藤堂に、高木が絶句する気配が伝わってきた。

「眼がみえなくなったって……それに、その顔……いったい、なにがあったんですか!?」

驚愕《きょうがく》に声を裏返す高木の質問に答えず、藤堂は杖で探し当てたソファに腰を下ろした。

鷹場に痛めつけられた際の痣《あざ》は、事件直後よりも色濃く、黒紫に変色していた。

退院したのは昨日。担当の医師からは、リハビリ専門病院に通うか、視覚障害者福祉施設に入寮して点字や白杖歩行の訓練を受けることを勧められたが、藤堂は拒否した。

視覚障害者介護専門のボランティアのヘルパーや、金さえ払えば身の回りの世話をするヘルパーをいくらでも頼めたが、それもしなかった。

トイレに行ったり冷蔵庫から飲み物を取り出すだけで五分はかかり、家具の角やドアの縁にぶつけた両足は内出血だらけになっていた。

徒歩一、二分のコンビニに行くにも一時間以上かかり、途中、何度も転倒し、車に轢《ひ》かれそうになった。

眼がみえていたときにはなんともなかった行動のすべてが、苦行《くぎょう》になった。

それでも、藤堂は誰かの力を借りようとはしなかった。

どんなにつらく苦しくても、自分の力だけで乗り越える道を選んだ。

「まあ、いろいろあってな。それより、ミーティングを始めるぞ」

「それよりって……」

「いいから、ミーティングだ」

藤堂は、厳しい口調で命じた。

鷹場のことを高木に話したところで、どうなるものでもなかった。

「こんな社長を眼の前にして、ミーティングどころじゃありませんよ！　どうして、なにも言ってくれないんですか⁉　俺は、藤堂社長の右腕としてやってきたつもりです。そんな重要なことを教えてくれないなんて……」

「教えて、俺の眼がみえるようになるのか？　お前がいまやるべきことは、トップキャストの運営だ。それ以外の、余計なことは考えるな」

「でも、せめて、なにがあったのかくらい教えてくれても……」

「俺の眼がみえなくなったことで、冬海とゆりなの差が縮まるわけでもない。また、理由を知ったところでそれは同じだ。高木。いまこそ、お前がしっかりしなくてどうする？」

沈黙が室内を支配した。

嘘ではなかった。

冬海がゆりなとの戦いに敗れた場合、自分は夜の世界から引退となる。

そうなれば、いまの藤堂観光で現場を仕切れるのは高木しかいない。

副社長以下役員は、経営のプロではあるが現場を知らない。

いや、役員の中に現場経験者は何人かいるが、だからといって、キャストの育成と客のタイプを見抜き、的確に付け回すことができるのか？　というのは話が違う。

キャバクラは、付け回しがすべてだと言っても過言ではない。

一流大学の経営学部卒のエリートだからといって、店を繁盛させられるわけではない。

水商売で成功するには、独特の嗅覚が必要なのだ。

その嗅覚を持っているのが、高木であり、長瀬であり……そして、立花だ。

この三人に共通しているのは、ひとりも大学に行った者はいないということ――つまり、低学歴者ばかりだ。

「勉学」という意味での頭は回らない。

だが、人間の資質を見抜き、どうコントロールすれば店が繁盛し利益が出るかということにかけては秀《ひい》でた能力を持っている者ばかりだ。

「わかりました……。でも、今後も、なにも変わらないと考えてもいいんですよね？」

高木が、遠慮勝ちに訊ねてきた。

「どういう意味だ？」

「これからも、俺は、藤堂社長のもとで働く、と思っててもいいんですよね？」

さすがに、高木の嗅覚は鋭かった。

藤堂が、密《ひそ》かに胸の奥に秘めている「決意」を、敏感に察しているようだ。

「冬海とゆりなの差は、相変わらずだったよな？」

「はい。この一週間、冬海さんもペースアップしているんですが、ゆりなの勢いも止まらなくて……約、五千百万ってところです」

「残る三日で、五千百万。奇跡でも起こらないかぎり、絶望的な数字だな」

藤堂は、独り言のように呟いた。

「勝負に負けたほうが引退という話は俺も聞いてますが、そんなの、立花相手に守る必要は……」

「どっちが、惨めだと思う？」

「え？」

「立花に負けることが惨めだと思うか？　俺が惨めだと思うのは、勝負に負けたにもかかわらず、約束を守らず、地位と名誉にしがみつくことだ。夜の世界で風俗王として君臨してきた男として、相応しい身の引きかたを考えている」

「わかりました……」

「わかれば、それでいい。俺が引退したあと、お前には部長として現場全体を仕切ってもらう」

「俺が、部長!?」

「そうだ。日本全国に八百店舗以上ある系列店を、お前と、もうひとりが管理するんだ」

「もうひとりって、泉《いずみ》さんですか?」

高木が、藤堂観光の現部長の名前を出して訊ねた。

「いまは言えない」

「じゃあ、社長のあとは誰が? 副社長が継ぐんですか?」

藤堂は高木の問いかけを無視し、携帯電話を手にするとおぼつかない操作で番号をプッシュした。

三回目のコールで、電話が取られた。

「藤堂だ。いまから、大事な話がある。少し、時間を貰えるか?」

眼を閉じた。

変わらぬ闇が、藤堂を支配した。

第六部

［1］

開店前のフロア。ボックスソファに座り、日計表に眼を落としていた立花の前に、分厚いファイルが置かれた。

ファイルを捲《めく》ると、都道府県別にわけられたキャバクラ、クラブ、デリヘル、ソープランドのそれぞれの月商、従業員数、女性スタッフの詳細が書かれたリストと店舗の見取り図が差し込まれていた。

「これは?」

立花はパラパラとページを捲ったあと、向かいの席に座る鶴本に視線を移した。

「藤堂観光の系列店の詳細データです」

「それはわかっている。なぜ、こんなものを俺にみせる？」

「決まっているじゃないですか。買収ですよ。残る三日、いくら冬海でも五千万を引っ繰り返すなんて芸当は万にひとつもできませんよ。勝負に負けたほうは引退って約束ですから、採算ベースに合う店だけをタチバナカンパニーで買い取りましょうよ！」

鶴本が、ファイルを宙に翳《かざ》しながら意気軒昂《けんこう》に言った。

「たしかに、負けたほうが引退という取り決めだ。だが、それは俺と藤堂の問題で、系列店を買収する条件はつけてない」

「もちろん、わかってますよ。でも、藤堂観光は藤堂猛がいなくなったらガタガタです。あれだけの大規模な系列店を買収できるのは、ウチくらいのものですよ。ここで、一気に畳みかけて、日本の風俗業界を支配するチャンスですよ！」

鶴本が、興奮気味に捲《まく》し立てた。

「悪いが、興味ないな」

「え……嘘でしょう⁉　藤堂観光を支配下に置けば、完全制圧ですよ？　社長は、そのためにここまでこられたんじゃないんですか？」

「俺が興味があるのは、藤堂だけだ。買収に乗り出すつもりはない」

「社長らしくないですよ！　いまが、完膚無きまでに叩き潰す大チャンスですよ⁉　弱っているうちに芽を摘んでおかなきゃ、いつ息を吹き返すかわかりません。社長っ、藤堂観光の買収を真剣に……」

「十数年に亘って時代を牽引してきた風俗王の引退。それ以上、俺が望むことはない。人と待ち合わせをしているから、話はここまでだ」

立花は鶴本に平板《へいばん》な声で告げると、席を立った。

「社長、お願いです！」

素早く立花の前に回り込んだ鶴本が、足もとで土下座した。

「藤堂観光の壊滅は、俺の夢でもあるんですっ。思い出してください。いままで、藤堂にどれだけ屈辱を味わわせられたか？　どれだけ苦汁《くじゅう》を呑ませられたか？　俺は、ずっと社長についてきました。これからも同じです。だから……」

「何度言われても、俺の気持ちは……」

「願いを聞き入れてやれ」

不意に、声がした。

振り返った。店の入り口に立っていたのは、サングラスをかけ、杖をついた藤堂だった。

「待ち合わせは、パリジェンヌじゃなかったんですか？」

「思ったより、早く着いたんでな。どうやら、ほかの盲人より呑み込みがはやいらしい」

高価なイタリアブランドのスーツに身を包み、仁王《におう》立ちした藤堂は、杖がなければ視力を失っているとはわからないほど威風《いふう》堂々としていた。

「願いを聞き入れろって、どういう意味ですか？」

「そのままの意味だ。俺が引退したら、藤堂観光を譲り渡すつもりだ」

立花は、耳を疑った。

まさか、藤堂の口からその言葉が出てくるとは夢にも思わなかった。

「本気で言ってるんですか？」

「ああ、本気だ。ただし、俺が勝ったときは、タチバナカンパニーを頂《いただ》くことになるがな」

藤堂が、薄い笑みを浮かべた。

「笑わせるな！　あんた、まだ勝つつもりでいるのか!?」

「やめろ」

立ち上がり、藤堂に食ってかかろうとする鶴本を、立花は諫《いさ》めた。

「言いかたは悪いですけど、鶴本の言葉は当たってます。残り三日で五千万の差。この状況でそんな賭けをするのは、自暴自棄になっているとしか思えません」

「逆だ。冷静に判断して、この選択をした。俺の勝手で、これまでついてきてくれた従業員を路頭に迷わせるわけにはいかない」

「後継者は、いくらでもいるでしょう?」

「残念だが、役員の中に俺の跡を継げる者はいない。強いて言えば高木が一番資質を秘めてるが、藤堂観光のトップに立つにはキャリアが足りなさ過ぎる」

「だからと言って、憎き商売敵の俺が後継者なんて、現場の人間が納得しない……」

「頼む」

藤堂が、頭を下げた。

彼のこんな姿をみるのは、初めてのことだった。

「伝説を引き継げるのは、お前しかいない」

藤堂が、力強く立花を見据えた。

サングラスの奥の瞳は光をほぼ失っているはずだが、きっと、「心の眼」で立花篤の姿をはっきり捉えているに違いなかった。

［2］

「情《なさ》けないやっちゃな、お前は。男ならひと息に空《あ》けんかい！　ひと息に！」

二十代前半の男性客に焼酎《しょうちゅう》のグラスを突きつける関西弁の中年男性——呑み屋ではよくありがちな上司が部下に酒を強要する光景にみえる。

「頂きます！」

眼を閉じ焼酎を一気呑みする若い男性客が、途中で噎せて液体をテーブルに撒き散らした。

「なにをやっとんねん！　もったいないやないか！」

中年男性が、丸めたスポーツ紙で若い男性客の頭をはたいた。

「ほれっ、呑み直しや、呑み直し！」

中年男性が、なみなみと焼酎を注《つ》いだグラスを若い男性客の手に無理矢理握らせた。

「頂き……ます……」

青褪めた表情で、若い男性客がふたたび一気呑みした——今度は、ひと口含んだだけで吐き出した。

ゆりなが別の指名客のもとに行きヘルプのキャストが席に付いてから、若い男性客は既に十杯の焼酎を一気呑みさせられていた。

その様は、ちょっとした拷問のようだった。

連れはほかに四人いたが、みな強張った笑みを浮かべ、誰ひとりとして止めようとする者はいなかった。

「も、もう……呑めません……勘弁してください……」

ついに、若い男性客が音《ね》を上げ、背中を波打たせながら懇願した。

「お前、俺の酒を断わるのか？　いい度胸してんなぁ〜」

中年男性がボトルを傾け、若い男性の頭から焼酎を浴びせかけた。

それでも、連れの四人は黙ってみているだけだった。

それも、そのはずだ。

傍若無人《ぼうじやくぶじん》に振舞う中年男性はベテラン俳優の山崎修《やまざきおさむ》で、取り巻きの五人はテレビ局と制作会社のスタッフなのだ。

山崎は五十を越えたいまでも連ドラの主役を張っており、昨年はハリウッド映画に出演し、アカデミー賞の助演男優賞も受賞した日本を代表する大俳優だ。

先週、山崎は初めてフェニックスに来店し、ゆりなを指名したのだ。

「ほらまた！」

テーブルに戻ってくるなり、ゆりなが山崎の耳を引っ張った。

五人のスタッフが、揃って血の気《け》を失った。

立花とフロアの隅で様子をみていた鶴本も思わず声を上げた。

「痛《い》ててて……ゆりな……離してくれよ」

山崎が、顔を歪めて訴えた。

「いくらなんでも、まずいですね。俺、止めてきますよ」

山崎のテーブルに向かおうとした鶴本の手を、立花は摑んだ。

「行かなくていい」

「でも……」

「私がほかの席に行くたびにスタッフさんに八つ当たりするのやめなさいって言ってるでしょ！」

鶴本の声を、ゆりなの叱責《しっせき》が搔き消した。

「ごめんごめん……わかったから……」

母親に大目玉を食らった子供のように、山崎が情けない声を出した。

「あのさ、大俳優さんだかなんだか知らないけどさ、ひとりでドラマやってるわけじゃないでしょ？　スタッフさんが支えてくれてるんじゃないの⁉　普通、本当の大物は、下の人に気遣いができるものよ。権力に物を言わせて威張《いば》り散らしてるだけじゃ、人気なくなったときにお山の大将になっちゃうからね！」

「わかった……わかったよ。もう、八つ当たりはしないから」

ゆりなの剣幕に、山崎がしょんぼりとうなだれた。

スタッフは全員、狐《きつね》に抓《つま》まれたような顔をしていた。

「驚いたな……信じられない展開ですね」

鶴本が、ため息交じりに言った。

「それが彼女の凄さだ」

立花は、山崎に説教を続けるゆりなに視線を向けつつ言った。

怖いもの知らずの女というだけなら、山崎は素直に従わないだろう。

ゆりなの「叱責」には、慈愛が含まれている。

もし怒らせて太客を失ってしまったなら……などの損得勘定《かんじょう》は一切ない彼女の言葉はまっすぐに客の心を貫く。

ほかのキャストが上辺《うわべ》だけまねしても、うまく行くものではない。

ゆりなが、特別に人生経験が豊富なわけでもない。

生まれつき備わった天賦《てんぷ》の才、としか言いようがない。

視線を、冬海に移した。

現在、冬海にも四人の指名客がついている。

ひと晩で三、四十万は落としてゆくそこその太客だ。

だが、ゆりなにも山崎を含めて四人の指名客が入っている。

残す三日でふたりの差は五千万強。たとえ数十万上回ったところで焼け石に水だ。

「今度ばかりは、冬海さんも相手が悪かったとしかいいようがないですね。地に堕ちた白鳥……なんだか、憐《あわ》れですね」

鶴本が、ゆりなから冬海に同情的な眼を向けた。

「俺はそうは思わんがな」

立花が言うと、鶴本が怪訝《けげん》そうに首を傾げた。

万にひとつの可能性もない戦いの中、それでも冬海は優雅さを失っていなかった。

客に媚《こ》びることなく、焦ることなく、凛《りん》とした佇まいで接客するその姿は「女王」だった。

売り上げでゆりなに圧倒的な差をつけられ惨敗《ざんぱい》したとしても、それでも冬海が気高《けだか》く咲き誇る唯一無二の「高嶺《たかね》の花」であることに変わりない。

「まあ、頑張っているとは思いますが……」

「いらっしゃいませーっ」

鶴本の声を遮るように、黒服が客を招き入れる威勢のいい声が響き渡った。

茶系の和服を着た小柄な老紳士が、スーツに身を固めた秘書らしき男性を従え、フロアを進んだ。

「あら、いらっしゃい」

冬海が、老紳士に軽く右手を上げた。

冬海の指名客らしいが、初めてみる顔だった。

少し緊張気味の会釈《えしゃく》を返した老紳士が、中央のテーブルに着いた。

「社長、あのお客さん、誰だか知ってますか？」

鶴本が、訊ねてきた。

「いいや」

どこかでみたような気もするが、フェニックスの客としてではないのはたしかだ。

「あの人、なんだか見覚えがあるんですよね」

鶴本が、首を捻りながら呟いた。

秘書らしき男性は老紳士に耳打ちをされると、ボーイを手招きした。

「あっ、思い出した！」

「誰だ？」

「作家ですよ、作家。還暦を迎えて初めて書いた作品で芥川《あくたがわ》賞を受賞したっていう、村《むら》松《まつ》なんちゃらってニュースで取り上げられてましたよ」

立花も、「還暦新人」芥川賞受賞の記事を新聞で読んでいたことを思い出した。

「しゃ、社長っ、大変です！」

村松の秘書らしき男性のもとから、顔を強張らせたボーイが駆け寄ってきた。

「どうした？」

「あ、あのお客さんが……ロマネ・コンティをボトルキープしたんです……」

「だから、なんだ？」

ロマネ・コンティは店で最も高額な酒ではあるが、それでも百四十万だ。万が一、十本キープしたところで千四百万――五千万には、遠く及ばない。

「それが……四十五本キープしてくれと……」

ボーイの膝が、ガクガクと震えていた。

「なに!?」

立花は、絶句した。

ロマネ・コンティが四十五本ということは……六千三百万の売り上げになる。冬海がゆりなにつけられている五千百万の差が一気に引っくり返り、逆に千二百万のリードとなる。

「ロ、ロマネを四十五本だと⁉　お前、担がれてんだよ！」

鶴本が声を裏返し、ボーイを叱責した。

「い、いえ……お付きの男性が持っているアタッシェケースに、お金は入れてきてあるそうです……」

ボーイが、怖々と村松の傍《かたわ》らに立つ男性が手にするクロコダイルのアタッシェケースを指差した。

「馬鹿かお前はっ！　四十五本なんてロマネ・コンティ、どこにあるんだよ！　今日の在庫は三、四本だ。お客さんに、そう言ってこい！」

鶴本の言うとおり、ロマネ・コンティほどの高額な酒は月に一、二本出ればいいほうで、今日は四本しか置いてない。

だが、もちろん、ゆりなが逆転されるのを阻止するのが一番の理由だった。

「それが……足りないぶんは予約注文という形にしてほしいと言ってるんです」

「お前、ちっとは頭使え！　いま、それだけの注文を受けたらどうなるかわかってるだろうが！　そういうシステムはないと、断わって……」

「もういい。俺が行く」

立花は鶴本とボーイを押し退け、フロアの中央へと足を踏み出した。

「このたびはフェニックスにご来店、ありがとうございます。ロマネ・コンティを四十五本もご注文くださったそうで」

立花は、村松に恭《うやうや》しく頭を下げた。

「あんた、オーナーさんかね？」

「はい。当店の責任者の立花と申します。ところで、ロマネ・コンティのご注文の件ですが……」

「まさか、駄目なんて言うんじゃないだろうね？」

「当店にはただいま四本しか在庫がありませんので、残り四十一本は入荷次第、順次、ご用意させて頂きます」

「社長！　なに言ってるんですか！」

血相を変えた鶴本が、立花に駆け寄り腕を摑んだ。

「お前は下がってろ」

立花は鶴本の手を振り払いながら、抑揚《よくよう》のない口調で言った。

「作家の村松先生でしたよね?」

立花が訊ねると、村松が頷いた。

「ひとつだけお訊ねしたいのですが、どうして、ロマネ・コンティを四十五本もボトルキープなさる気になったんですか?」

「まあ、座りなさい」

村松が、自分の隣の席を二、三度叩き、立花に着席を促した。

「失礼します」

「おい、君。ぼさーっとしてないで、とりあえず、ロマネ・コンティを一本、持ってきてくれたまえ」

村松が、鶴本に命じた。

「ちょっと、なにを勝手な……」

「村松先生のおっしゃる通りにしろ」

反論しようとした鶴本を、立花は遮った。

「わかりました」

鶴本は渋々ながら従い、踵を返した。

「あれは、遡《さかのぼ》ること十年前。当時の私は、出版社を経営していてね。社員数十人程度の弱小企業だったが、半年に一回はベストセラー作品を生み出すことができ、赤字を出さずにやっていた。あるとき、海外翻訳本のベストセラー作品の権利を譲ってもいいという夢のような話が舞い込んできた。その作品は、全米で一千万部近く売れた作品で、本来ならウチのような弱小出版社が割り込めはしないものだ。契約条件は、仲介《ちゅうかい》手数料の一千万を話を持ってきた買い付けブローカーに支払うことだった。毎月収支ギリギリの経営だったウチにとっては、一千万は右から左に用意できる金額ではなかった。だが、その作品の権利を手にすれば、少なくても五億、うまくいけば数十億の利益が出る話だった。甘い話には裏がある。そう、私は騙されていた。買い付けブローカーを名乗る男は詐欺師だったのさ。米国の原作者からの委任状みたいなものをみせられて信用していたが、そんな物はいくらでも偽造できるっていう疑いさえも過《よぎ》らないほど、金に眼が眩《くら》んでいた」

村松が自嘲的に笑い、ショートホープに火をつけた。

「詐欺師に騙し取られた一千万は、方々《ほうぼう》から借り集めて工面《くめん》した借金だった。社員の給料どころか事務所の家賃さえ払えない状態で、家族も職場も捨て、夜逃げ同然で失踪した。自暴自棄になっていた私は、ポケットに入っていたなけなしの一万円を手に、六本木のキャバクラに入った。一万円なんてはした金は、セット料金ですぐになくなった。ハウスボトルで細々と呑んでいた私の席に付いたのが、冬海君だった。私はキャバクラなんて行ったことがなくて、彼女がナンバー1キャストだということを知らなかった。だが、同じ人間とは思えないようなあまりの美しさに、私は数分間、金縛り状態になった。こんな絶世の美女が私なんて相手にしてくれるわけないと臆していたが、彼女は、金のないくたびれたおっさんに、いやな顔ひとつみせずに接してくれた。夢のようなひととき……天にも昇る気持ちだった。しかし、一万円では、『夢』は長くは買えなかった。延長かどうかを訊ねにくるボーイに、私はツケを頼んだがにべもなく断わられた。この金を使い切ったら自殺しようと考えていた私は、年甲斐もなく、もう少しだけ『夢』をみたくてボーイに取り縋《すが》り懇願した。騒ぎに気づき奥から出てきた屈強なボーイに摘み出されそうになった私を、冬海君は止めてくれた。そのときの彼女の言葉は、いまでも忘れないよ」

村松が、思いを馳《は》せるようにゆっくりと眼を閉じた。

「冬海は、なんて言ったんです？」

立花が訊ねたのは、聞き役に徹する意味ではなく本当に興味があったからだ。

「『延長料金は、私のツケで払わせてください。次にお越しになるときに、返してくれればいいです』って」

眼を閉じたまま当時の冬海の言葉を思い出しているのだろう村松は、至福の微笑みを湛えていた。

「本当に、女神じゃないかと思ったよ。それから一時間、頭が真っ白になってなにを話したか覚えていないが、店を出る頃には死のうなんて気持ちはこれっぽっちもなくなっていた。自殺どころか、身体の奥から活力が湧き出した。恥も外聞《がいぶん》もなく、親戚、知人の家を駆け回り死ぬ気で借り集めた五百万の元手で、ラーメン屋を始めた。若い頃から料理は得意で、調理師免許も持っていた。無我夢中で働いた。原動力は、女神さんに大きな借りを返したいというものだった。実際に借りたのは一万円……だが、闇の中で光を与えてくれた一時間の価値は、私にとって金では換算できない大きなものだった。店が軌道に乗るまで、乗ってからも、私は陰ながら冬海君を見守っていた。夜の女王、伝説のカリスマキャスト……彼女はどんどん大きくなり、よりいっそう遠い存在になっていった。五百万が貯まり、一千万が貯まり、二千万が貯まり、三千万が貯まり……都内に十店舗のチェーン店を持つ身になっても、まだ、彼女の前に立つには分不相応《ぶんふそうおう》だと感じていた。二年、三年、五年と、歳月は流れていった。都内二十店舗、貯えも億を超えたときに、私はようやく自分に許可を出した。『女神』の前に立つ許可だ」

まるで母親に童話を聞かされている幼子《おさなご》のように、村松の表情は幸せそうだった。

「長年、待ちに待った瞬間を迎えた。意を決して店に出向いた私は、冬海君が店を辞めたと聞いて愕然《がくぜん》とした。初めて彼女と会ったときとは違い、私は富を得ていた。しかし、私の目の前には、一万円札を握り締めて自暴自棄になって店を訪れた七年前と同じ闇が広がっていた。羽毛《うもう》布団の上を歩いているように、ふわふわとした足取りで店を出た。抜け殻の生活がまた始まった。経済的にどれだけ裕福になっても、社会的地位がどれだけあがっても、彼女がいなければなんの意味もなかった。私の生き甲斐は、地獄から救ってくれた彼女に『借り』を返すことだったんだからね。一年間は、なにもやる気が起きなかった。ラーメン店が軌道に乗ってから縒りを戻した妻にも愛想《あいそ》を尽かされ離婚した。くたばるまで遊んで暮らしても困らないだけの金はあった。人間とは不思議なもので、金はあっても目標がなければ精神が腐ってゆくものだ。なにか始めよう。そう思いついて考えた末に浮かんだのは、小説だった。ラーメン店を始めたときと違って、小説を書くという作業について経験も知識もなかった。とにかく、気を紛《まぎ》らわしたい一心で、自己流で書き始めた。テレビや新聞で報道されたからもう知っているとは思うが、タイトルは『闇光』。夜の世界で眩《まばゆ》いばかりに光り輝くひとりのホステスと人生の敗北者の男の不思議な出会い。そう、私と冬海君をモデルに書いたのさ」

　村松が、照れ笑いを浮かべた。

「それで、いきなり芥川賞なんて凄いじゃないですか」

　立花は言いながら、この「還暦芥川賞作家」が、どうしてこんな常軌を逸した注文をしたのかを悟った。

「まぐれだよ。もしそうじゃないのなら、私にとって、一番、熱の入るテーマを扱ったからじゃないかな」

謙遜する村松の、目尻の皺が深く刻まれた。

「冬海が復帰したという噂を、耳にしたんですね？」

村松が、小さく顎を引いた。

売り上げを引っ繰り返した「敵」の話に、いつしか立花は引き込まれていた。

「顔見知りのスナックのオーナーにその噂を聞いたときには、担がれているのかと思った。まさか、引退して五年も経って現役に復帰するなんてね。しかも、銀座のクラブで天才と言われた娘と売り上げを競い、負けたほうのオーナーが夜の世界から引退するというじゃないか。そのオーナー同士にどういう因縁があったのかを深くは知らないし、また、興味もなかった。私の頭は、冬海君に『借り』を返せるチャンスにふたたび恵まれた、ということで占《し》められていた。反面、いまさら私が出て行っても、という気にもなった。『借り』なんて、私が拘っているだけで彼女はとうの昔に忘れているんだろうって。思い出は思い出のまま、きれいなものにしておいたほうがいい。そう決めた直後に、例のスナックのオーナーから、冬海君が五千万の差をつけられて負けている、ということを聞いた。それなら、事情が変わってくる。私が『借り』を返すことが冬海君への恩返しになると……」

「ということは、最初に出会ってから冬海に会うのは、今夜が二度目なんですか？」

村松が頷くのをみて、立花は肌が粟立《あわだ》った。

村松が店に入ってきて、冬海は常連客を相手にするような対応をしていた。

――あら、いらっしゃい。

冬海はそう言いながら、笑顔で右手を上げた。

とても、十年前に一度会っただけの客にたいするものではなかった。

少なくとも、週に三回は店を訪れている相手にたいしてのリアクションだった。

冬海は、村松のことを覚えていたというのか？

立花は、改めて冬海がなぜ伝説のカリスマキャストと成りえたのかを思い知らされた。

そして、ひとりの客の人生を救い、会ってもいないのに十年間に亘って心を捉え続けてきたということが信じられなかった。

もはや、冬海の存在はキャバクラ嬢の次元を超えていた。

彼女の凄さを一番身近でみてきたはずなのに、まだ、本当の恐ろしさをわかってなかったのかもしれない。

「ロマネ・コンティのご用意ができました」

鶴本が、硬い表情でボトルを運んできた。

その様を視線で追っていた冬海が、席を立ち上がり歩み寄ってきた。

村松の顔が緊張に強張った。

「いらっしゃいませ。お待ちしておりました」

冬海が、満面の笑みで言うと、深々と頭を下げた。

「幻ではなく、本物の冬海君なんだね。私を、覚えていてくれたのかい？」

村松の声は薄く掠れ、小刻みに震えていた。

「ええ、覚えていました。ご活躍のほうも。受賞、おめでとうございます」

「いやいや、そんな……」

少年のように照れ、うなじのあたりを掻く村松。

「冬海。村松先生が、お前のためにロマネ・コンティを入れてくれたぞ」

立花は、冬海に席を譲り村松の正面へと移った。

「こんな高いお酒を……ありがとうございます」

驚きに軽く眼を見開き、冬海が礼を述べた。

「一本じゃない。四十五本……六千三百万円分のボトルをキープしてくれた」

立花の言葉に、冬海が静止画像のように表情を失った。

驚きを通り越したときの人間は、声を上げたり大きなリアクションを取らないものなのだろう。

「あのときの君からの『借り』を、ようやく返せて嬉しいよ」

村松が、ひと言、ひと言、嚙み締めるように言った。

「そんな……私が貸したのはたしか、一万くらいのものです」

「あのとき、君が貸してくれた一時間が、私の命を救ってくれた。金額にしたら一万円かもしれないが、私にとっては六千万でもたりないくらいだよ。本当に、ありがとう」

村松が、瞳を潤ませながら頭を下げた。

「いえ……そんな……」

冬海の眼も光っていた。

二千万の外車をプレゼントされたこともある。億を超えるマンションをプレゼントされたこともある。

それらのときにも美しい微笑を絶やさなかった冬海が、泣いている。

涙をみせたことのない冬海のことを、人は氷の女王と呼んだ。

彼女は群れることを嫌い、いつも、孤高の女性であろうとした。

感情を出さない人だった。

冬海の焦った顔も、哀しんだ顔も、みたことがなかった。

そんな彼女が、泣いている。

ゆりなを抜いた喜びとは違う。

売り上げで勝った負けたのレベルで一喜一憂《いっきいちゆう》する女ではない。

村松の純粋な思いが、冬海の心を震わせたのだ。

「さあ、乾杯といきましょう」

立花は、深紅に染まった二脚のグラスを村松と冬海に手渡しながら言った。

「十年ぶりの再会に、乾杯」

月並みな言葉だが、村松にとっては特別な言葉に違いない。

村松の差し出すグラスに、冬海が遠慮がちに自分のグラスを触れ合わせた。

「私の『夢』を叶えることで君がどうなってしまうかわかっていながら……本当に、申し訳ない」

「やめてください」

立花は、テーブルに手をつこうとする村松を制した。

「しかし、私は君を……」

「勝負事です。これだけの大金を払って頂けるのも冬海の人徳……実力です。その結果負けたのなら、仕方がありません」

強がりではなかった。

残り三日で五千百万の差。誰もが、冬海の負けを確信した。

立花自身、奇跡でも起こらないかぎりゆりなの勝利は動かないものと思っていた。

奇跡は起きた。残る二日で、ゆりなは逆に千二百万の差をつけられてしまった。

藤堂引退で騒然としていた夜の住人達の好奇の視線は、一転して自分に向けられることになる。

いくらゆりなでも、この時期にきて千二百万を引っ繰り返すのは至難の業だ。

痩せ我慢ではなく、動揺も焦りもなかった。

たとえこのままゆりなが敗北して、キャバクラ業から撤退することになっても受け入れられる気持ちになっていた。

これが二、三カ月前までならば、どんな卑劣な手を使ってでも引っ繰り返そうとしただろう。

　または、引退を撤回してなに食わぬ顔で営業を続けていたかもしれない。

　藤堂の生き様が、立花を変えた。

　今回の戦いで藤堂が賭けたのは夜の世界からの「引退」だけではない——自らの「プライド」と「命」を賭けて挑んでいる。

　立花は、ひとりの本物の「男」にたいして、本物の「男」として立ち向かうことを決意した。

「君の寛大な心に感謝するよ」

「今夜は、ゆっくり愉しんでいってください」

　立花は一礼し席を立つと、フロアを出た。

「社長！　どういうおつもりですか！」

　通路に出た立花を追ってきた鶴本が、険しい表情で抗議した。

「聞いていただろう？」

「ええ、聞いていたから、言ってるんです！　あんな老人の安っぽい昔話に乗って、ロマネ・コンティ四十五本のオーダーを受けるなんて！　そんなことが通るなら、社長が誰かに五千万を渡して客に成り済まさせ、ゆりなの売り上げにすることもできますよね!?　あの村松って老人も、藤堂や冬海とグルかもしれない……」

「あんな姿になってまで戦いを捨てない男が、そんな下種《げす》な小細工をするとは思えない」

「なら、俺達はやりましょうよ！　客は俺が探して……」

「もう、やめろ。話は終わりだ。ゆりなを呼んできてくれ」

立花は鶴本の抗議を一方的に終わらせて命じた。

「俺には、納得できません」

「いいから、呼んでこい」

立花が重ねて命じると、鶴本が通路の壁を蹴り上げ、フロアに駆けた。

鶴本の気持ちは理解できる。

昔の自分なら、彼と同じことを考えただろう。

「白熱の戦いのクライマックスに、なんですか？」

ゆりなが、軽口を叩きながら現れた。

「ロマネ・コンティ四十五本のボトルキープが冬海の席で入った。売り上げで六千三百万。抜かれたぞ」

「へぇ～、凄～い。いったい、どんなお客さんなんですか？」

ゆりなが、眼をまん丸にしながら訊ねてきた。

立花は、さっき聞いた村松と冬海の出会いからの経緯《いきさつ》を簡潔に話した。

「わお！　ドラマみたいですね！」

ゆりなが、両手を胸の前で重ね合わせ瞳を輝かせた。

それが演技なのか素《す》なのかの判別はつかなかった。

「残るは二日とちょっと。千二百万を、抜き返せるか？」

「自信ないな」

呟くように、ゆりなが言った。

「お前にしては、珍しく弱気だな」

「だって、私には、ひとりの人間の命を救うような魅力は備わってないですもん。十年前にそういう接客をした冬海さんも凄いし、今夜まで、『お返し』をするために身を粉《こ》にして働いてきた村松さんも凄いし……とにかく、私とは人間の厚みが違います。それに、もう、私のお客さんで大きなお金を払える人はいません。全部、出し尽くしちゃった」

ゆりなが、舌を出しておどけてみせた。

彼女の瞳に、あるかなきかの悔しさの色が窺えたような気がした。

「そうか。もう、行っていい」

フロアに戻るゆりなの背中を、立花はみつめた。

ふたりとも、お見事です。

立花は心で藤堂に語りかけ、「敗北」を覚悟した。

［3］

夜がどれだけ更《ふ》けても、空が白《しら》み始めても、瞳から光を失った藤堂には関係なかった。

だが、肌が感じる微妙な気温と鼓膜に忍び込む喧騒《けんそう》の変化が、夜が明け日が暮れることを教えてくれた。

赤坂の藤堂観光の入っているビルの屋上のベンチで、藤堂は空を仰いでいた。

深夜の三時だということは、セットしていたアラームでわかっていた。

しかし、星が出ているのか暗黒なのかはわからない。

自分のいまの気持ちと、似たようなものだった。

夜の世界を引退するのは、政財界に転身するときだった。

だが、眼が不自由になったいま、それは不可能だ。

そうなると、なにをするべきか思いつかなかった。

考えてみれば、この世界以外でほとんど生きたことがない。

高校を中退して始めたアルバイトも、落ち着いたのはスナックのボーイだった。

一生、遊んで暮らせるだけの金はあった。

生活の不安はない。四十そこそこで隠居暮らしになり、ゆったりと余生を過ごすのも悪くないのかもしれない。

夜の世界で、やり残したことはなかった。

最後に引導を渡してきたのが立花だというのも、理想の形だ。

政財界への道が断たれたことに関しても、未練はない。

ただ、唯一、心残りなのは、冬海に「敗北」という汚点をつけてしまったこと……。

五年ぶりの復帰、一カ月間限定のご祝儀《しゆうぎ》客の殺到――十年間築き上げてきた圧倒的な顧客の差を考えれば、ゆりながどれほどの天才であろうとも逃げ切れると思った。

ゆりなを、甘く見過ぎていた。

彼女は、天才ではなく、怪物だった。

冬海の過去の「財産」を総動員しても、数百分の一の顧客しかいないゆりなには勝てなかった。

こんな結果になることがわかっていたなら、伝説を残したまま現役を引退した冬海を担ぎ出したりしなかった。

「昔、千鶴ちゃんが立花君に引き抜かれたときも、ここにいたわね」

頭上から、声が降ってきた。

「アフターで、赤坂にきたのか?」

「いいえ。あなたを訪ねてきたのよ」

冬海が、隣に座る気配があった。

「ほう、よくここにいるとわかったな。滅多にこない場所なんだがな」

「言ったじゃない。千鶴ちゃんが立花君の店に行ったときも、あなたはこのベンチに座り空を見上げていたって」

「そのことといまと、なんの関係があるんだ?」

「大勢の取り巻きに囲まれ、大勢があなたを知っている。でも、藤堂猛は孤独な人間ってことよ」

「言っている意味が、よくわからないな」

藤堂は、煙草をくわえた。

ライターの蓋《ふた》を撥ね上げる金属音、頬に微かな熱——穂先が、チリチリと炙《あぶ》られる音がした。

「傷ついたり、迷ったりしたとき、あなたは独りになりたがる。誰に頼ろうとも、相談しようともしない。あなたらしいわ」

「俺がいま、なにに傷つき、迷っていると思うんだ？」

「黒い太陽しか知らない人間が、新しい世界で生きることへの不安かしら」

「俺には、昼の世界で生きる能力がないみたいな言いかただな」

藤堂は、唇に薄い笑みを浮かべた。

「いいえ、あなたは、どんな世界でもトップに立てる器《うつわ》の人よ。だけど、夜の世界でのあなたが、一番、輝いていると思うの」

たしかに、冬海の言うとおりかもしれなかった。

失明していなくても、きっと自分は政財界の道には進まなかったような気がする。

騙し、騙され、引き抜き、引き抜かれ……国を動かすことに比べたらちっぽけな世界だ。

だが、ほかでは得られない刺激があった。

立花篤という宿敵に出会ったことが、藤堂の人生を変えた。

彼という存在がなければ、とっくに誰かに跡を継がせて政財界へと足を踏み入れていただろう。

「わざわざ、そんなことを言いにきたのか？」

「今夜、ゆりなを抜いたわよ」

「ゆりなを抜いた⁉」

唐突な冬海の言葉に、藤堂は鸚鵡《おうむ》返しに訊ねた。

「ええ。ロマネ・コンティを四十五本入れてくださったお客様がいたの。六千三百万の売り上げよ。これだけで、逆にゆりなに千二百万差をつけたわ」

すぐには、言葉を返せなかった。

これまでに、いろいろな経験をしてきたが、ひと晩にひとりのキャストがひとりの客から六千三百万もの売り上げを挙げたなど聞いたことがなかった。

キャストでなく店の売り上げでも、六千三百万の日計は至難の業だ。

「なんという客だ？」

「村松さんという作家さんで、昔は出版社の社長さんだったの」

冬海が語り出した過去に、藤堂は耳を傾けた。

詐欺にあった村松は一千万の負債を負った。

社員の給料も事務所の家賃も払えなくなった村松は、家族を捨てて夜逃げした。

自暴自棄になった村松がなけなしの金を持って飛び込んだのが、当時、冬海が働いていたピンクソーダだった。

セット料金の時間が終わり、店を追い出されそうになった村松の延長料金を、ツケで払ったのが冬海だった。

村松はそのとき自殺を考えていたが、冬海に「借りた一時間」で救われ、ふたたび生きることを選んだ。

その後、ラーメン屋のチェーン店で成功して、村松は作家としてデビューし、六十歳で芥川賞を受賞した。

村松は、「借り」を返す瞬間をずっと待っていた。

そのタイミングは、十年後に訪れた。

冬海とゆりなの売り上げ対決——村松の耳に、冬海が五千万の差をつけられる劣勢だという噂が入ってきた。

村松は、冬海への「借り」を返すためにフェニックスを訪れ、ロマネ・コンティ四十五本を入れたという。

「ドラマみたいな話だな」

「残る二日で千二百万の差。もう、ゆりなにこの差を引っくり返す余力はないわ。あなたに、恩返しができそうだわ」

「恩返し？　この俺に？」

藤堂は、意外といった感じで訊ね返した。

冬海とは、彼女が二十歳からのつき合いだ。

互いに、言葉を交わさずともなにを考えているかが分かりあえる仲だ。

だが、藤堂は知っている。冬海は、カリスマキャストとしてではなく、ひとりの女としてみてほしがっていたことを。

藤堂は、その期待に応《こた》えることができなかった。

自分が女としてみていたのは、いまも昔もこれからも、千鶴ひとりだった。

口にこそ出さないが、冬海はそのことに気づいていた。

プライドの高い彼女は、自分のもとを去り、怨敵……立花のフェニックスへと翻《ひるがえ》った。

二転、三転し、結局はふたたびパートナーになったわけだが、冬海との関係は決して良好なものとは言い難《がた》かった。

「いろいろあったけれど、いまの私があるのは、藤堂猛のおかげ……それは事実よ」

「そうか」

藤堂は沈んだ声を返し、煙草を足もとに置き、靴底で消した。

「嬉しくないの？　立花君は、夜の世界から消えなければならない。長年の戦いに、あなたは勝ったのよ。それとも、二日間でゆりなに逆転されることを心配しているの？　それなら、心配はいらないわ。万が一、あのコに抜き返されても、私には、まだ大金を落としてくれるお客さんが何人か残っているから」

「いいや、そういう心配はしていない」

「じゃあ、どういう心配よ？」

「俺は、実力で勝ちたかった」

藤堂は、みえるはずもない夜空を見上げた。

虚無と哀切《あいせつ》が、競うように胸を掻き毟《むし》った。

「実力よ。私はあなたの、ゆりなは立花君の引退を賭けて戦ったの。私が勝ったということは、あなたが勝ったのと同じよ」

「どうして……築き上げてきた栄光を汚すようなことをしたんだ？」

藤堂は、絞《しぼ》り出すような声で問いかけた。

「え？　どういうこと？」

「俺の眼はみえなくなった。だがな、心の眼はみえている。なにもかもな」

どうしようもない哀しみの渦《うず》に、藤堂は呑み込まれそうになった。

長い沈黙。藤堂は、冬海が口を開くのを待った。

せめて、本人の口から言わせたかった。

五分、十分……沈黙は続いた。

たとえ一時間でも、待つつもりだった。

予感は確信に変わった。

「仕込んだんだな?」

否定してほしい。

虚しい願いを込め、藤堂は訊ねた。

「十年前の村松さんとの出会いも、彼が私に『借り』を返そうと考えてくれていたのも、本当の話よ」

冬海が、静かに切り出した。

「違うのは、村松さんの受賞作、『闇光』のモデルになってくれないかという連絡が入って、何度かそれで会ってたの。村松さんは、私とゆりなの売り上げ対決の件を知っていて、役に立ちたいからと一千万をお店で使うと言ってくださったの。一万円の延長料金を立て替えただけで、そんな大金を使わせるわけにはいかないわ。それに、一千万では、ゆりなとの差はまだ四千万以上あるから逆転できない。だから、私が全額払うから演技だけしてほしいということを頼んだの……」

「やっぱり、そうか……」

藤堂は、ため息とともに呟いた。

「私が負けるのは、それが現実の力差なら仕方がないと思ってた。だけど、あなたが引退に追い込まれるのは我慢ならなかった……」

「馬鹿なことを……」

藤堂は、唇を嚙み締めた。

「私は、自分のことなんかより、カリスマ風俗王の名誉を守りたかったの。藤堂猛の最後を、こんな形で終わらせるわけにはいかないわ」

「お前にこんなことをさせて立花に勝って、俺が喜ぶとでも思ったか？　冬海というキャストは、俺の最高傑作であり誇りだ。それを、お前は、すべてを台無しにしたんだぞ⁉」

藤堂は、太腿に拳を打ちつけた。

藤堂猛の名誉を守るために……やり切れなかった。

「言わなければ、わからないことでしょう？　村松さんが喋ることは、絶対にないから」

「これは、プライドの問題だ」

「プライド？　裏切りや欺《あざむ》きは、あなたの常套《じょうとう》手段だったでしょう？」

「ああ、たしかに、俺は目的を達成するためには手段を選ばない男だった。だがな、お前は違う。常に真正面から戦い、数々のライバル達を打ち倒してきた。お前は、日本全国のキャストの憧れなんだぞ？」

「じゃあ、どうすればいいの？」

「真実を、告げるしかない」

藤堂は、淡々とした口調で言った。

「真実を告げるって……そんな恥ずかしいこと、できるわけないじゃない！」

冬海は、珍しく取り乱していた。

「このまま真実を明かさず、立花を引退させるほうがよっぽど恥ずかしいことだと思うがな。それに、ゆりなとの売り上げ対決にしても、こんな形で勝って、お前は嬉しいのか？」

「嬉しいとか嬉しくないとかの問題じゃなくて、私はゆりなに負けるわけにはいかなかった……夜の世界から藤堂猛がいなくなるなんて、そんなの、受け入れられるわけがない……」

「冬海、何度言えばわかる……」

不意に、なにかがぶつかってきた——冬海の両腕が、藤堂の身体に回された。

「好きなの……あなたのことが……」

冬海の涙に震える声が、藤堂の胸を貫いた。

「十年前から……あなたのことを想ってた。私の名誉なんて、どうだっていい……藤堂さんを、守りたかった……」

「俺の好きな冬海は、美しく、凜とした、日本一のカリスマキャストとしての冬海だ。俺のことを想ってくれている気持ちが本当なら、女王らしく最後まで誇りを失わないお前をみせてくれ」

藤堂の言葉に、冬海の身体が激しく震えた。

冬海の咽び泣きに、藤堂の心も震えた。

［4］

武蔵小金井――紫色に灯《とも》る看板を前に、立花は佇んでいた。

もう二度と、この店に足を踏み入れることはないと思っていた。

「いらっしゃ……あら」

カウンターに座っていた千鶴が、来客が立花だと知り驚いた表情をみせた。

「入って、いいか?」

「お客さんとしてならね」

千鶴は、笑顔で立花を迎え入れた。

七時を回ったばかりとあって、客はひとりもいなかった。

「じゃあ、ビール一杯で粘ろうかな」

立花は軽口を叩きながら、カウンターの中に入る千鶴と入れ替わるようにスツールに座った。

「珍しいわね」

「この店にくるのがか?」

「ううん、冗談なんて言わない人だったのに。それに、そんな明るい感じの立花君みるの、いつ以来かしら。なにかあったの?」

立花の持つグラスに瓶ビールを注ぎつつ、さりげない感じで千鶴が訊ねてきた。

「いいや、なにも。たまには、君と一緒に呑みたいなと思ってね」

嘘でもあるし、本当でもある。

今夜は、ゆりなと冬海の売り上げ対決の最終日だ。

ロマネ・コンティ四十五本の注文で六千三百万——二日前の冬海のありえない売り上げ

で、ゆりなは五千百万という圧倒的なリードを引っくり返され、逆に千二百万の差をつけられた。

昨夜、ゆりなが日計で五十万上回ったものの焼け石に水だ。

――もう、私のお客さんで大きなお金を払える人はいません。全部、出し尽くしちゃった。

ゆりなの言うとおりだった。

この一カ月間の驚異的な売り上げは、普通なら半年分の売り上げに匹敵する。

ゆりなは、冬海を倒すために持てる力を出し尽くした。

ひとりの新人キャストが、大箱店の月商の半分ほどの売り上げを一日で叩き出した。

それでも勝てないのは、さらに凄い怪物がいたというだけの話だ。

誰が、ゆりなを責めることができようか?

現役を引退して五年も経つ冬海を信じ、己の築いてきたものすべてを託した藤堂の勝ちだ。

十九歳から夜の世界に足を踏み入れて十年間……立花にとっては二十年、三十年の時の流れに値した。

まっすぐに突っ走ることしか知らなかった青年は、立ち止まることを覚え、横道に避けることを覚えた。

正面から殴り合うことしか知らなかった青年は、フェイントを覚え、背後から不意打ちすることを覚えた。

熱く語ることの代わりに、静かに騙せる男になった。

情熱を失った代わりに地位を、誠実を失った代わりに名誉を、正義を失った代わりに金を得た。

「もう一度、俺とつき合ってくれないか？」

立花は、千鶴の瞳をまっすぐに見据えて言った。

「え……？」

カウンターの向こう側で、千鶴の表情の動きが止まった。

「って、俺が言ったらどうする？」

立花は、一転して冗談っぽい口調に変えた。

「いいわよ」

「え……」

今度は、立花が絶句した。

「って、私が答えたらどうする?」

ふたりはしばらく見つめ合い、ほとんど同時に笑った。

互いに、「想い」をストレートに表すことができない人間になっていた。

出逢《であ》った当時のふたりは、駆け引きなどできるタイプではなかった。

それが、いまはどうだ。

千鶴も自分も、相手の出方を窺うようになっていた。

傷つくことも失うことも恐れることがなかった十年前のように、心のままに思いの丈を
ぶつけ合うことはできなくなっていた。

「いまになってね、思うことがあるの」

梅酒のグラスを傾けつつ、千鶴が独り言のように呟いた。

「こんなことになるなら、あなたのもとを去る必要はなかったんじゃないのかなって」

「こんなことって?」

「私が立花君と別れようと決意したのは、藤堂さんのような人生を送ってほしくなかった
から。でも、いまのあなたは……わかるでしょう?」

千鶴が言葉を曖昧《あいまい》にし、寂しげに笑った。

千鶴が去ってからの自分は、なにかに憑かれたように突っ走った。

「黒い太陽」に向かって……。

「私を、恨んだ?」

「恨まなかったと言えば、嘘になるかな」

立花は、千鶴に向けていた視線を遠くに泳がせ記憶の軌跡を追った。

——もしかして、私が前に言ったこと、信じてるんじゃないでしょうね?

——どういう……意味ですか?

——まだ、わからないの? あれは、あなたをちょっとからかってみただけよ。ナンバー1キャストの私が、ただのボーイを好きになるわけないじゃない。

——そんな……。

——私ね、まだ、社長と切れてないの。

——な……なんて?

——だから、私と社長はつき合ってるっていうこと。つまり、男と女の関係よ。

——そんなの嘘だっ。俺に、社長みたいにならないでって、言ったじゃないですか!?

——馬鹿ね。本気で、そんなこと言うわけないじゃない。地位もお金も名誉もある彼と、地位もお金も名誉もないあなたと、同じ男として比べられると思って？　わかったなら、迷惑だから、もう話しかけたりしないでね。

あのときの千鶴のひと言が、立花を変えた。

千鶴が「愛する男」を踏み越え、完膚なきまでに叩き潰す――その目的のために、情熱を捨て冷徹になった。

「でも、感謝もしている」

「感謝？」

千鶴が、微かに首を傾げた。

「そう。君のあのひと言がなければ、俺は口先だけの中途半端な男になっていたかもしれない」

「冬海さんの噂、聞いてるわよ。大変なことになっているのね。今夜は、最終日でしょう？　大丈夫なの？　こんなところで呑んでたりしてて」

夜の覇権争い……自分と藤堂の引退を賭けた戦いの噂は、千鶴の耳にも入っていた。

「俺が接客するわけじゃないからな」

空になったグラスを千鶴に差し出し、立花は素っ気なく言った。

「でも、もし今夜、ゆりなちゃんが冬海さんを抜けなかったら、立花君は夜の世界を辞めなければならないんでしょう？」

千鶴が、表情を曇らせながらビールをグラスに注いだ。

「もしじゃない。もう、ゆりなには冬海を抜く余力はない。俺の負けだ」

「後悔はないの？」

立花は、すぐには答えずグラスの中で弾ける泡に視線を落とした。

「どうだろうな」

立花は、曖昧な返事を返した。

ごまかしたわけではない。

キャバクラ界から引退して後悔するかどうか、正直、わからなかった。

復帰したくなるかもしれないし、もう二度と関わりたくないと思うかもしれない。

十年間、夜の世界だけで生きてきた。

新しくなにを始めるべきか……なにを始めたいか、まったく考えられなかった。

「あの人に負けて、悔しい？」

「いいや、それはないな」

「なぜ？　藤堂猛を倒すことが、立花君の人生だったんじゃないの？」

――五年、いや、もっとかかるかもしれませんが、社長の歳になったときにはもっと大きな男になるつもりです。

藤堂と決別する最後の夜、立花ははっきりと宣言した。

当時十九歳の青年は、地位、名誉、資産……すべてにおいて、藤堂越えを誓った。

――これは、傑作だ。俺の歳になるまでだと？　そんなに長く、この業界で生きてゆけるつもりか？　俺は、飼い主の手を咬もうとする犬は殺す主義でね。もっとも、俺が手をくださずとも自然に潰れるだろうがな。まあ、好きなようにやってみればいい。

初めて、藤堂を本気にさせた瞬間だった。

いま、そのときの藤堂と同じ歳になって、「新風俗王」と呼ばれるまでになった。

単館売り上げでは、フェニックスは日本一になった。

とはいえ、系列グループの総売り上げではかなりの差をつけられており、藤堂を超えたとは思えない。

なにより、最後の直接対決で負けている。

敗北という現実を前にしても悔しさがこみ上げないのは、藤堂の真の姿に触れてしまったから——売り上げ云々の問題ではなく、自分は「男」として藤堂に勝てないと悟った。

「彼は、すべての面で、俺より上だった。それがわかったのさ」

立花は、一万円札をカウンターに置き、腰を上げた。

千鶴の店に寄った本当の目的を果たせないまま……。

「さっき、本気で訊いたの？」

背中を、千鶴の声が追ってきた。

立花は歩みを止め無言で振り返った。

「もう一度、つき合う気があるかってこと」

無言のまま、立花は微かに頰を上気させて千鶴をみつめた。

「答えは、イエスよ。でも、条件があるの」

「条件？」

「勝って。藤堂さんを、倒して。ここで負けたら、なんのために別れたかわからないじゃない。立花君、まだ三十でしょう？　そんなに物分かりのいい人になるには早過ぎるわ。しっかりして！　私のために、必ず勝って！」

予想外の千鶴の言葉に、立花は眼を見開いた。

まさか千鶴が、こんなに強く激しく叱咤してくるとは思わなかった。

「藤堂さんを男として認めたなら、なおさら諦めないで。彼のために……超えるのよ！」

「千鶴……」

肌が粟立《あわだ》った。

穏やかな凪《なぎ》の海が、突然、津波に襲われたような衝撃が立花の全身を突き抜けた。

藤堂を認めるということを口実に、無意識に逃げていたのかもしれない。

十年に亘る死闘の末の敗北を、自分が傷つかないように美化していたのかもしれない。

現役を引退した冬海にすべてを託し、盲目になってでも正面から立ち向かってきた藤堂に男気《おとこぎ》を感じたのはたしかだ。

憎しみしかなかった相手を受け入れ、認めたのもたしかだ。

だが、それでも負けに変わりはない。

自分を信じてついてきた鶴本をはじめとするスタッフの気持ちを考えると、「潔く負けを認める」というのはエゴにしか過ぎない。

しかし……わからない。

千鶴は、藤堂への対抗心により非情で冷徹な男へと変貌してゆく自分を食い止めるために、ひどい女を演じてまで「昔の実直な立花篤」に戻そうとした女だ。

十年の歳月は流れたとはいえ、いま、千鶴の希望通りの自分に戻ろうとしているというのに……。

「なぜだ？　なぜ、俺を？」

「私は、あなたが考えているような純粋で心がきれいな女じゃないの。立花君と同じ。時が、私を変えたのよ」

「どういう意味だ？」

「ホワイトイヴからフェニックスに冬海さんを引き抜いたときのことを、覚えてる？」

立花は、遠い日の記憶を手繰り寄せた。

ホワイトイヴ……十年前、立花が独立して立ち上げたフェニックスを潰すために、藤堂が長瀬を店長に配し万全を期してぶつけてきたキャバクラ。

当時、立花の店の二枚看板は梨花《りか》と恵美《えみ》。一方、藤堂の店の稼ぎ頭は全盛期のカリスマキャストの冬海と、ナンバー2は千鶴。

藤堂は梨花を引き抜き、その梨花を使って立て続けに恵美を引き抜いた。

つまり、フェニックスは瞬時にしてナンバー1とナンバー2を失った。

立花も、逆襲に転じた。

冬海に接触し、大逆転を目論《もくろ》んだ。

――千鶴って女をこの業界から追放してくれるなら、フェニックスに移ることを考えてあげてもいいわ。

引き抜きの交換条件に千鶴の名を出してきた冬海に、立花は激しく動揺した。

――地位も名誉も財も築いたあんたが、どうして、彼女の追放を望むんだ？　しかも、千鶴さんは、店が違うだろうがよ。

――彼と私が男と女の関係だということを知ってる？

藤堂と冬海の関係を、立花はそのとき初めて知った。

――で、それと、千鶴さんの追放の話が、なんの関係があるんだ？

――彼はね、あの女のことが好きなのよ。

――それはありえないな。彼は、色恋に左右される人間じゃない。藤堂さんの頭の中にはどうやって会社の利益を伸ばすか……それだけしかない。

——私も、ずっとそう思っていた。私が池袋の店でくすぶっている頃、あの人はお客さんとして通ってくれていた。無口な人だった。キャストをクドくでもなく、仲間と騒ぐでもなく、ひとりで黙ってお酒を呑んでいた。不思議だった。お客さんっていうのはさ、日頃の憂《う》さを晴らしたり、女のコを誘ったり……多かれ少なかれ、目的があってお店にくるの。でも、あの人は違った。なにが目的で呑みにきているのかが、私にはわからなかった。

冬海の懐かしむような顔が、昨日のことのように立花の脳裏に蘇った。

——店には、人気のあるコやかわいいコも大勢いたのに、あの人はひたすら私を指名して通い詰めていた。ある夜、ウチの店で働かないかって彼の口から聞いたときに、すべてを悟ったわ。猛さんは、端《はな》から私をヘッドハンティングする気だったんだってね。

伝説のキャストにも、くすぶっていた時代……客の取れない時代があったという事実に、当時の立花は驚いた記憶があった。

――藤堂猛の名を聞かされたときに、信じられなかった。だって、一キャストの私でさえ、カリスマ風俗王の名は知っているくらいの有名人ですもの。店のスタッフにばれないように、変装までして通ってくれていたのよ。そんな雲の上の人に声をかけてもらえるだけでも夢のような気分なのに、彼は私に言った。お前は、必ず日本一のキャストになれる、って。天にも昇るような気持ちになったけど、同時に怖かった。彼の期待に応えられなかったらどうしよう……寝ても覚めても、そんなことばかりを考えていた。水割りの作りかたから人心掌握術まで、猛さんは付きっきりで教えてくれた。それこそ、マドラーを回すときの指先の動きから微笑みかたまでね。私も、必死でついていった。そう、この人についてゆけば、日本一のキャストになるのも夢じゃない……そんな気がしたの。

そのときの冬海の表情は、キャストではなくひとりの女性そのものだった。

――有言実行ってやつか。立派なもんじゃないか。

――猛さんの女として恥ずかしくないように……その一心だけだった。自分でも、よく、彼の期待に応えられたと思うわ。

——なのに、どうして、千鶴さんを？

立花には、日本一のキャスト の称号だけでなく藤堂も手に入れた冬海が、なぜ裏切ろうとするのかが疑問だった。

——たしかに、私は日本一と言われるキャストになったわ。でもね、彼の中で一番になれなかった……。あの人にとっての私は打算の対象よ。将来のドル箱キャストを自分のものにするために、私を抱いたの。それが藤堂猛という男の生き方なら、少しもいやじゃない。でも、違った。彼にも、打算や損得抜きで愛せる女性がいた。それが、千鶴なのよ。

——どうして、そこまでやる必要がある？　そんなに、藤堂さんに惚れているのか？

——たしかに、私はあの人にぞっこんよ。でもね、勘違いしてほしくないのは、やきもちを焼いているんじゃないってこと。許せないだけ。猛さんが、私よりも彼女に魅力を感じているという事実が。

——それを、やきもちと言うんじゃないのか？

——違うわ。そこらの女をみる眼がない男が彼女を選んでもなんとも思わないけど、彼は別。猛さんほど、あらゆるタイプの女性をみてきた人はそうそういないと思うし、魅力ある女性を見抜くことにかけては右に出る人はいないんじゃないかしら。そんな人が、私じゃなくて彼女を選んだ。これが、どれほど屈辱的なことなのかわかるかしら？

「あなたは、私を切り捨てた……」

千鶴の物哀しげな声に、立花は我に戻った。

「俺を、恨んでるのか？」

今度は、さっき千鶴に訊かれたことを逆に立花が口にした。

「ううん。あのときの立花君の選択は、間違ってなかったわ。私が立花君の立場でも、同じ決断をしたと思うしね」

千鶴の寂しげな笑いが、立花の胸を抉った。

――彼女を、フェニックスに移籍させるのよ。

――なんだって!?　千鶴さんをウチに？

千鶴をフェニックスに引き抜き、すぐに解雇《かいこ》する。

冬海が、ホワイトイヴからフェニックスに移籍するために出した条件は、驚愕的なものだった。

藤堂は、一度裏切った人間を決して許さない。

千鶴がフェニックスに移籍したとなれば、藤堂の逆鱗《げきりん》に触れる。

自分に見放されたら、千鶴の行き場はなくなる。

そう、冬海の狙いは、千鶴の業界追放だった。

女として、千鶴に負けたことで崩れた自尊心。冬海の頭には、千鶴への復讐しかなかった。

悩みに悩んだ末に、立花は冬海の要求を呑んだ——千鶴を解雇した。

藤堂を潰すために、最愛の女性を欺き、地獄に叩き落とした。

「でもね、私にだって意地があるわ」

千鶴の瞳が、強い光を帯びた。

「意地？」

「そう、意地よ。あなたは、藤堂さんに勝つために、冬海さんを選び、私をクビにした。だったら、最後まで諦めないで。立花君があっさりと負けを受け入れたら、あのときの私はどうなるの？　二度は、彼女に負けたくはないわ」

低く押し殺した声で、千鶴が言った。

彼女とは、冬海のことに違いなかった。

――フェニックスに冬海さんが入ったと聞いて、なぜ、立花君が私をクビにしたのか理由がわかったわ。あなたを、恨んだりはしない。ただ、もう、私の知ってる立花君は戻ってこないんだな、と思うと、哀しくなっただけ。


「悪かった」

立花は、千鶴の眼をまっすぐに見据えたのち、深々と頭を下げた。

「あなたのそんな姿を、みたいんじゃない。いまさら、十年前の立花君に戻る気？　私が喜ぶとでも？　非情な鬼になり、藤堂猛を倒すと誓ったんでしょう!?　男が一度決めたことなんだから、最後の一秒まで勝負を捨てることなんてしないで！」

唇を引き結んだ千鶴の瞳が、涙に赤く充血していた。

魂が激しく揺さぶられ、血潮が滾った。

自然と両手が握り拳を作り、奥歯を噛み締めた。

こんな熱い思いになったのは、久しぶりのことだ。

「藤堂さんとの勝負に負けたら、もう二度とここへはこないよ」

立花は言い残し、足を踏み出した。

「立花君」

千鶴の声が、追ってきた。

「なんだ？」

振り返らずに、立花は訊いた。

「明日、お店で待ってるからね」

立花は千鶴の言葉を背中で嚙み締め、振り返らずに頷いた。

☆　☆

「あと二十分で営業が始まるんですけど、まだ髪の毛セットの途中なんですよ」

社長室に現れたゆりなが、開口一番に言った。

「悪いな。あ、そのままでいい」

立花は、ソファに腰を下ろそうとするゆりなを制し、自らが立ち上がり歩み寄った。

「ゆりな」

「なんです？　そんなに改まられると、気持ち悪いな」

ゆりなは冗談めかして笑ったが、立花は表情を崩さなかった。

「髪をセットする必要はない」

「どうしてです？」

ゆりなが、きょとんとした顔で首を傾げた。

「今夜は、店に出なくて帰っていい」

「えっ⁉︎　だって、今日は売り上げ競争の最終日でしょう？」

「ああ、そうだ」

「だったら、なぜ？」

ゆりなは、困惑を隠せないようだった。

「お前が言った通り、冬海にたいして勝ち目がない以上、出勤しても無意味だ。だから、もう、帰っていいぞ」

立花は、素っ気なく言った。

「それじゃあ、試合放棄じゃないですか？」

憮然とした口調で、ゆりなが言った。

「そういうことになるな。でも、どの道、勝てない勝負だから、それでもいいんじゃないか」

敢えて、立花は突き放した。

一か八《いちばち》かの、賭けだった。

ここでゆりなが反骨精神を出すか、それともあっさり退くか……。

立花は、「最後の審判」を下されるような気持ちでゆりなの口が開くのを待った。

――いまさら、十年前の立花君に戻る気? 私が喜ぶとでも? 非情な鬼になり、藤堂猛を倒すと誓ったんでしょう!? 男が一度決めたことなんだから、最後の一秒まで勝負を捨てることなんてしないで!

千鶴の言葉で、立花は眼が覚めた。

「敗北」にたいして、あれこれと尤もらしい理屈をつけて、自分を納得させようとしていただけだ。

藤堂との戦いで、多くの人間を傷つけ、欺き、嵌めてきた。

その中には、人生を崩壊させられた者もいる。

恵美、梨花、笑子《しょうこ》、優姫……そして、千鶴。

自分だけ、勝手に納得し、満足し、何事もなかったように別の人生を送るつもりなのか？

巻き込まれ、犠牲になった者達のためにも、ボロボロになるまで戦いを投げずにいるべきではないのか？

この「賭け」をしなければ、少なくともゆりなは出勤するのだから、冬海を逆転する可能性は一パーセントはあった。

だが、「賭け」が裏目に出た場合、ゆりなは欠勤する。

店に出ない以上、冬海を逆転する確率は〇《ゼロ》になる。

「ちょっと、がっかりしちゃった。立花さんって、最後まで勝負を投げない人だと思っていた」

ゆりなが、冷めた口調で言った。

勝負を投げていないからこそ……。

喉まで込み上げたセリフを、立花は飲み下した。

「合理的だと言ってほしいな。それに、少しは感謝してほしいな。負け試合に、登板しなくていいと言ってるんだからな」

立花は抑揚のない声で言うと、もう話は終わったとばかりにゆりなに背を向け窓辺に立った。

「了解です。じゃあ、お言葉に甘えて上がらせてもらいまーす。お力になれずに、ごめんなさいでした！」

それまでと一転した底抜けに明るい声に続き、ドアの開閉音が聞こえた。

今度こそ、本当に終わってしまった。

立花は、ブラインドを鷲掴みにし、窓に額を押しつけた。

大作映画や長編小説の結末があっさりと終わりがちなように……自分と藤堂の戦いも呆気なく幕を下ろした。

立花が窓ガラスを殴りつける重々しい音が、室内に陰鬱に響き渡った。

［5］

「社長っ、本気で、そんなことをおっしゃってるんですか⁉」

「ご冗談でしょう⁉」

「私達にわかるように、説明してください！」

「いくら社長でも、理不尽過ぎますっ」

赤坂――藤堂観光の会議室に、各系列店の責任者の怒号と驚愕が渦巻いた。

赤らんだり青褪めたり……彼らの顔をはっきりとみることはできないが、だいたいの想像はついた。

「もう、決めたことだ」

藤堂は、正面に顔を向けたまま静かに口を開いた。

「社長、みなが怒るのも無理はありませんよ！　私にさえひと言の相談もないなんて……そんなこと、ありえないでしょう!?」

藤堂観光のナンバー2――副社長の稲盛《いなもり》の怒りに震える声が、鼓膜に雪崩《なだ》れ込んだ。

――今日かぎりで、夜の世界から引退することを決めた。来月から、藤堂観光はタチバナカンパニーの系列となる。

役員会議の席上で、開口一番発した藤堂の衝撃発言に、全国の系列店の中から選りすぐった三十人の幹部達の間に激震が走った。

「立花との引退を賭けた戦い自体、社長が私達に相談もなしに独断でやられたことですっ。百歩譲ってそれを受け入れたとして、最終日の今日時点で、冬海がゆりなに一千万以上のリードをしているそうじゃないですか⁉　業界から消えるのは、立花のほうでしょう！」

稲盛が、耳もとで叫んだ。

「なんと言われようが、俺の考えが変わることはない」

藤堂は、会議室の空気にそぐわない落ち着いた声で言った。

稲盛や幹部スタッフの面々は、今回の戦いで冬海が「八百長」をやったことを知らない。

今後も、言う気はなかった。冬海の築いてきた伝説を汚したくはない。

「仮に……仮にですよっ。万が一、社長が、眼がみえなくなられたことで事業に意欲がなくなり引退を決意されたとして、副社長の私が跡を継ぐのが筋でしょう⁉　それを……こともあろうに、商売敵に身売りするなんて……」

「身内に相応しい後継者がいない。ある意味、自業自得とも言えますね」

男の発言に、室内がざわめいた。

「お前……長瀬っ、いまは会議中だぞ！　なに勝手に入ってきてるんだ！」

熱《いき》り立つ稲盛。

「呼ばれたんですよ」

長瀬の涼しげな顔が頭に浮かぶ。

「呼ばれたって……誰に⁉」

「俺だ」

「しゃ……社長っ、どういうことです⁉　長瀬はウチを辞めた人間でしょう⁉」

「稲盛。お前には、新体制で相談役のポストを用意しておいた」

藤堂は稲盛の問いには答えず、核心に入った。

「相談役？　どういう意味でしょう？」

稲盛が怪訝《けげん》そうな声で訊ねてきた。

「副社長は長瀬にと考えている」

「なんですって⁉」

稲盛が素頓狂《すっとんきょう》な声を上げた。

長瀬を副社長にという案を立花が受け入れるかどうかはわからない。

副社長が無理なら、専務でも構わない。

ようするに、藤堂観光と合併し巨大化したタチバナカンパニーを陣頭指揮する立花の参謀として、長瀬は必要な存在だ。

立花は、経営者として重要なリーダーシップを持っている。

決断力、行動力、統率力の三拍子が揃っている。

だが、心配点がないわけではない。

リーダーシップが強いタイプにみられがちなのが、独裁経営だ。

過去の歴史が物語っているように、すべての歯車が嚙み合っているときの独裁者は一国を支配するほどの手腕を発揮する。

しかし、ひとつ歯車が狂えば歴史上の彼らがそうだったように、その結末は悲惨なものだ。

共通しているのは、有能かつ発言力のある側近がいなかったこと。

タチバナカンパニーには、鶴本という有能な人材がいるが、巨大組織のナンバー2になるにはまだ早過ぎる。

鶴本では、立花が暴走しようとしたときに止めることはできない。

この会議室の空気をみてわかるように、新しいボスを快《こころよ》く思わない多くの人間を抱え込む立花の最大の敵は外部ではなく身内だ。

そんな立花にとって、天才ホール長としてひと癖もふた癖もある難しい客達を宥《なだ》め、すかし、トラブルをおさめてきた長瀬は強力な援軍になる。

――私が、ふたつ返事で引き受けるとお思いですか？

藤堂が立花のサポートを頼んだときの、長瀬の困惑した声が鼓膜に蘇る。

――正直、可能性は低いと思う。

――低いどころか、皆無《かいむ》です。

即座に、長瀬は答えた。

――だろうな。

――ただし、頼んでくる相手が藤堂さん以外なら、という意味です。まあ、だからといって、引き受けるということでもないですが。

――やっぱり、立花の下は嫌か？

――なぜ、藤堂さんがそう考えたかの理由にもよります。

――残った大勢のスタッフのためにも、藤堂観光を潰すわけにはいかない。それが理由だ。

——わかりました。少しだけ、時間をください。

長瀬は、それ以上なにも説明を求めず、翌日、藤堂の申し出を受け入れた。

「そんなの、副社長があんまりですっ。社長、考え直してください！」

現藤堂観光ナンバー3の専務の滝沢《たきざわ》が、悲痛な声で訴えた。

「社長に代わって、私がはっきり言わせて頂きます。藤堂観光とタチバナカンパニーの合併が成立したら、日本の風俗業界の約四分の一のシェアを占めることになります。つまり、四軒に一軒が新グループの系列ということです。それだけの大所帯を動かす人物に必要なのは、強烈なカリスマ性です。藤堂猛という巨星が抜けた藤堂観光にそれだけの求心力のある人物がいないことは、みなさんも納得ですよね？　認めたくないかもしれませんが、藤堂さんのやってきたこと……これからやろうとしたことを引き継げるのは立花篤しかいません」

「ふざけるな！　ウチを飛び出したお前になにがわかる！　立花が、藤堂観光にどれだけの被害を与えてきたか、俺らがどれだけ大変な思いをしてきたか……」

「稲盛さん。藤堂さんをそれだけ追い詰めることができる男が、ほかにいますか？　いま、あなたは、ご自分で答えを出した。そう、その憎き立花こそが、藤堂さんの意志を継げる唯一の存在なんです」

稲盛の怒気《どき》を含んだ声を遮った長瀬が、熱っぽく語った。

「百歩譲ってお前の言うとおりだとしても、怨敵の立花のもとで働く俺らの気持ちを考えたことがあるのか！」

滝沢の屈辱に満ちた怒声に、幹部達の同調する声が続いた。

「みなさんが、それだけ立花篤に屈辱を感じているなら、張本人の藤堂さんがどんな気分でこの決断をされたか考えたことはありますか？」

長瀬の問いかけに、みなが静まり返った。

「ご自分の立場や感情ばかりに走らないで、少しは、藤堂さんの気持ちも察してください。藤堂さんだって、できるなら、身内の誰かに跡目を譲りたかった。しかし、情に流されてそれをやってしまえば、藤堂観光が潰れてしまう……即ち、みなさんを路頭に迷わせることになる。つまり、藤堂さんの決断は非情に思えるかもしれませんが、逆に、みなさんを失業者にしないための情を優先した結果なんです」

長瀬に、心のうちを話したわけではない。

あくまでも、彼の想像だ。

そして、その想像は当たっている。

ただし、タチバナカンパニーとの合併を決めたのは、「情」ばかりが理由ではなかった。

それまで若き風俗王として畏怖され敵なしだった自分と十年に亘って死闘を繰り広げ、最終的には勝利を収めた「新風俗王」が、夜の世界の頂点に君臨しなければ価値が下がってしまう。

藤堂猛の価値が……。

夜の世界からの完全撤退を決意した自分の、最後の誇りだった。

「なにか、反論のある方は遠慮なしにどうぞ」

誰かが口を開きかけた気配を感じた藤堂は、椅子から立ち上がった。

「ただし、その前にひと言だけ言っておく。新体制に賛同できない者は、即刻解雇だ。それを踏まえて、反論したい者は発言しろ」

藤堂は、有無を言わせないオーラを発しながら、ひとりひとりの顔を見渡すように首を巡らせた。

もちろん、みえはしないが、幹部スタッフが表情を失い凍てついているだろう姿が、手に取るようにわかった。

有能な参謀の進言に耳を貸す姿勢は必要だが、肝心なところでは力で押さえ込むことも重要だ。

一分……二分、会議室は静まり返ったままだった。

話はスムーズに運ぶが、言い換《か》えれば、そこがだめなところでもあった。

立花なら、絶対に黙っていない。

牙を剝いて、抗ってくるに違いない。

首根っこを摑んで押さえ込もうとすれば、振り切り、鎖を引き千切《ちぎ》って飛び出してしまう逞しさがある。

十年前……ミントキャンディを飛び出し、藤堂観光に反旗を翻すフェニックスを立ち上げた立花の生き様は、まさにそのものだった。

「誰も異存がないようだから、会議はここまでだ。新体制の動きが固まったら、長瀬から連絡が行く。それまで、従来通り仕事を続けててくれ」

藤堂は言い残し、会議室を出た。

最近では、杖をつきながらだが、眼がみえていたときとほぼ同じ速度で歩くことができるようになった。

「あんな感じで、大丈夫でしたか？」

あとを追ってきた長瀬が、心配そうに訊ねてきた。

「完璧だ。ご苦労だったな」

「よかった……。こんなに重大な役、昨日は一睡《いっすい》もできなかったです。俺の人生で、一番緊張しましたよ」

ほっとしたのか、長瀬が安堵の声で言った。

「後悔は、ないのか？」

「あの場でも言いましたが、藤堂さんが最大の屈辱を選択してまで会社を救おうとした末の決断ですから、立花の下とかなんとか、そういうことを考えている場合じゃないなと。でも、本音を言わせて貰えば、立花の役を任されたかったっていうのはありますね」

「長瀬。なぜ、俺がお前を新体制に引き入れたかわかるか？」

「それは、立花の首に鈴をつけられるのが俺しかいないからですよね？」

「もちろん、それもある。だが、もうひとつ、重要な理由がある」

「なんです？」

「お前が敵にいると、立花は食われるかもしれない。つまり、最強の敵を味方にすることで、一石二鳥を図ったのさ。お前を、立花より下だと思ったことは一度もない」

「藤堂さん……」

「フェニックスに行くぞ」

藤堂は感極《きわ》まった長瀬に告げると背を向け、エレベータに向かった。

最後の「黒い太陽」を見届けるために……。

［6］

ヘルプが待機するフロアの隅のソファから、ペリエのグラスを片手に立花は厳しい視線を巡らせた。

隣では、部長の鶴本が神妙な顔で座っていた。

ふたりの通夜のような暗いムードとは裏腹に、フェニックスは大盛況だった。

最終決戦——冬海は、今夜も五組の客がきていた。

「ゆりなの奴、本当に出てこないつもりですかね？」

鶴本が、深いため息とともに腕時計に視線を落としつつ訊ねてきた。

「残念ながら、そうなりそうだな」

立花は、絞り出すような声で言った。

現在、午後九時三十分。ラストの午前一時まで、あと三時間半しか残されていない。

その三時間半は、立花の引退へのカウントダウンでもある。

昨日までの冬海の売り上げは、一億三千四百七十二万三千円。

たいするゆりなは、一億二千三百六十五万四千円。

その差は、一千百六万九千円。

奇跡的にゆりなが現れたとしても、三時間やそこらではこの差を引っくり返すのは不可能だ。

「だけど、社長がゆりなに言ったこと、俺は嬉しかったです」

――お前が言った通り、冬海にたいして勝ち目がない以上、出勤しても無意味だ。だから、もう、帰っていいぞ。

立花は、ゆりなの奮起に一縷《いちる》の望みを託し、「賭け」に出た。

もう、客を呼び尽くしたと白旗宣言したゆりな。

だが、客を呼び尽くしたとしても、まだ、絞り取り尽くしてはいない。

夜の仕事にどっぷり浸《つ》かる気はない――金のためでも店を持ちたいわけでもなく、「愉しそうだから」というのがゆりなのスタンスである以上、客に無理をさせてまで売り上げを伸ばそうとするはずがなかった。

ゆりなは、余裕残しで「降伏」した……立花は、彼女のプライドを刺激し、反骨心が芽生えることを期待した。

「賭け」は、裏目に出た……ゆりなを本気にさせることはできなかった。

「どうしてだ？　俺のひと言で、ゆりなは『試合放棄』をすることになったんだぞ？」

「だけど、それは、冬海さんを引っくり返そうとしての言葉ですから。昨夜までは、負けたら負けたで仕方ない、みたいな感じがあって……悔しくて。今日の社長の雰囲気は、ギラギラしてて、昔の立花篤を思い出したんです」

鶴本が、潤む瞳を立花に向けた。

「そうか。だが、負けは負けだ」

頭蓋内が……胃袋が、煮え滾る鍋のように熱くなった。

ついこないだまでの悟りを開いたような自分からは想像できない悔しさで、身を焼き尽くされてしまいそうだった。

――あなたのそんな姿を、みたいんじゃない。いまさら、十年前の立花君に戻る気？　私が喜ぶとでも？　非情な鬼になり、藤堂猛を倒すと誓ったんでしょう⁉　男が一度決めたことなんだから、最後の一秒まで勝負を捨てることなんてしないで！

千鶴の叱咤が、自分に「牙」を取り戻させてくれた。

だが、遅かった。

もっと早くに、少なくともあと半月前に千鶴と会っていたら……。

野放し状態の後悔が、立花の胸を掻き毟った。

「俺は引退するが、組織は残る。跡を、引き継いでくれるよな？」

「俺でよければ、喜んで。社長の域に達することはまだまだ無理……」

言葉に詰まった鶴本が、涙ぐんでいた。

「泣くのは、これで最後にしろ。この世界で、涙は一円の価値もない。喜怒哀楽は捨てろ。感情に左右された決断は必ず失敗する。いつ、どんなときでも冷静でいろ」

皮肉にも、どの言葉も藤堂に教えられたものだった。

熱血、単純、直情的……水商売に入りたての立花は、鶴本など比較にならないほど感情的なタイプだった。

藤堂から叩き込まれた帝王学で、自分は「新風俗王」と呼ばれるまでになった。

認めたくはないが、いまの立花篤があるのは藤堂のおかげだった。

「わかりました……一日も早く、社長に認めてもらえるよう、頑張り……あっ……」

鶴本の視線が、立花の瞳から肩越しに移った。

フロアのキャストとボーイの表情が静止画像のように動きをなくした。

首を後方に巡らせた立花も、表情を失った。

立花の視線の先――フロアの出入り口に、デニム生地のドレスを着たゆりなが立っていた。

ゆりなの背後には、数十人の客達が通路にまで列をなしていた。

「立花さん、いま、テーブルはいくつ空いてます？」

ゆりなが、フロアを見渡しながら訊ねてきた。

「四卓だと思う」

「全部、押さえさせてください」

「それは構わないが……」

「みなさ～ん、十三人ずつ分かれて、ボーイさんの案内する席に着いてくださーい！　ボーイさん、よろしくお願いします！　はいはい、時間がないので、みなさん席に着いてください。それぞれの席にも、すぐに付きますからねー」

ゆりなが、手をポンポンと叩きながら客達を追い立てるように席に案内した。

その様はまるで、小学生の遠足を引率する先生のようだった。

「飲み物、なににします？」

出入り口に近いボックスソファに付いたゆりなが、十三人の中で一番金回りがよさそうなモスグリーンのスーツを着た中年男性に訊ねた。

十三人ひと組に四卓に分散した客は、見覚えのある客ばかりだった。

だが、それぞれの客同士は、よそよそしい態度から顔見知りではないことが窺えた。

「全部で、五十二人いますね。ゆりなが集合かけたんですかね？」

呆気に取られていた鶴本が我に返り、疑問符の浮かんだ顔を立花に向けた。

「そういうことになるな」

予想外の展開になった。

約二時間の遅刻は、営業電話をかけていたからに違いない。

つまり、ゆりなは、勝負を捨てていなかった。

「いつもグループでくる人達も、ひとりできてますね。どうして、まとめて呼ばないんだろう？」

鶴本が、首を傾げて独りごちた。

「すぐに、わかるさ」

立花は、意味深な口調で言った。

「じゃあ、ゴールドを入れようかな」

「わぁ、久本《ひさもと》さん、ありがとう！　ゴールドなんて高いお酒、嬉しい！」

ゆりなが、中年客……久本の腕にしがみつき嬌声《きょうせい》を上げた。

これまでの接客でみせたことのないようなゆりなの媚びた態度に、立花は眼を疑った。

「佐々木《ささき》さんは、なににします？」

佐々木は、ゆりなの常連のひとりで、大手都市銀行の支店長だ。

「そうだな……じゃあ、私も同じ奴を頂こうかな」

ゆりなの眼を意識しながら、佐々木が言った。

「本当に⁉　佐々木さんまで、ゴールド⁉　信じられない！」

ふたたび、ゆりなが佐々木の腕にしがみついた。

ゆりなが、顔見知りではない客ばかりを集めた理由は、個々にボトルキープをさせるためと競わせるため。

グループだと、ひとりがキープしたボトルをみなで呑むという形になるので、人数ほど売り上げが伸びない。

加えて、それぞれが初対面ならば、ゆりなの前でいい格好をしようと張り合うので、最初に高いボトルが入れば、安いボトルの名前を口にしづらくなる。

ゆりなは、久本がいつもゴールドを入れるのを知っていて最初にボトルを入れさせたのだ。

客に営業をかけず、媚びず、ボディタッチをせず、ボトルを勧めず……それが、ゆりなのスタンスだった。

だからこそ、いま、立花が眼にしている光景が信じられなかった。

三人目から十三人目までの客も、シャンパン、ワイン、ブランデーと銘柄こそ違えど、二十万から三十万のボトルをキープした。

ゆりなのテーブルに次々と運ばれるボトルを、フロア中のキャストが接客を忘れて視線で追っていた。

ただひとり、冬海だけは、まったく気にする素振りをみせず、自分の客相手に優雅な接客を続けていた。

「なるほど……そういうことだったんですね」

鶴本が、感心したように呟いた。

「あのテーブルだけで、既に三百ちょっと行ってますね。もし、このペースでほかの三卓も行けば……ひょっとすると、ひょっとしますよ」

鶴本が、うわずった声で言った。

たしかに、この調子で売り上げが伸び続ければ、千二百万台の数字が見込める。

ただし、冬海も五卓のテーブルに客がいるので、彼女の売り上げ次第だ。

そして、ある意味、冬海以上の敵は時間だ。

現在、午後九時五十分……ゆりなが接客を始めて、二十分が経つ。

ボトルを入れて貰ってすぐに次のテーブル、というわけにはいかないので、全卓を一巡するのに二時間……十一時三十分くらいまではかかるだろう。

店のオーダーストップは午前零《れい》時三十分なので、残された時間は一時間だ。

その時点で、果たして一千百万の差を逆転できているかどうかが問題だ。

だが、一度は敗北を覚悟した勝負だ。

可能性が復活しただけでも奇跡だった。

「最後の最後で、ようやく天才が本気を出したようだな」

不意に、声がした。

振り返った立花の瞳が、長瀬を捉えた。

「長瀬……どうして?」

「彼は、藤堂観光に戻ってくることになった」

長瀬と忙《せわ》しなく動き回るボーイ達の死角の位置から、藤堂が現れた。

「藤堂さん……」

「泣いても笑っても、俺とお前の戦いの歴史は今日で終わる。その最後の日を、ともに見届けようと思ってな。座ってもいいか？」

「もちろん。どうぞ、こちらへ」

立花は、藤堂と長瀬をヘルプの待機席に促した。

オールキャストの揃い踏みに、フロアのボーイとキャストの間に緊張が走った。

「なにを、呑まれますか？」

「いや、結構だ。それより、この前も言ったが、俺が負けたら藤堂観光を引き継いでほしいという話、受けてくれるか？」

「残り一日で、一千百万の差をつけているというのに、なぜ、負けを前提にした話をするんですか？　普通なら……少なくとも昔の藤堂さんなら、タチバナカンパニーを吸収する話しか出さないでしょう？」

ずっと、疑問に思っていたことを立花は口にした。

眼がみえなくなったことで、すべてにたいして意欲がなくなってしまったのか？

そうは思いたくはない。

自分が踏み越える「山」は、最後の瞬間まで高く、険しくあってほしかった。

「その可能性が万が一であっても、備えておくのが経営者というものだ。で、返事は？」

「喜んで、引き継がせて頂きます」

立花は、サングラス越しに藤堂の眼を見据えつつきっぱりと言った。

「もうひとつ……そうなったときには、この長瀬を副社長にしてほしい」

「え⁉ なんですって？」

藤堂の申し出に、立花は動揺を隠せなかった。

「お前と長瀬が手を組めば、間違いなく夜の世界を支配できる。頼みを、聞いてくれるか？」

光を失った瞳で直視してくる藤堂の思いは、立花の全身の細胞の隅々にまで行き渡った。

「わかりました」

「社長！　なにかを企《たくら》んでる……」

「なにを企むというんだ？」

異を唱えようとする鶴本を、厳しい口調で長瀬が遮った。

「大差をつけてリードしている宿敵に、もしもの場合を想定し、会社を引き継いでほしいと頼んでいる藤堂さんが、いったい、なにを企むというんだ⁉」

長瀬にしては珍しく、声を荒らげた。

もしかしたなら、身内の人間よりも、藤堂観光を飛び出した長瀬のほうが藤堂の気持ちを理解しているのかもしれない。

だからこそ、ライバルである自分の下で働くことを受け入れたのだろう。

「長瀬の言う通りだ。芹沢さんのところへ行って、集計の途中結果を訊いてきてくれ」

立花は、鶴本を席から外した。

芹沢は、藤堂観光、タチバナカンパニーに続く、風俗業界第三位のシェアを占める飛鳥カンパニーの顧問税理士で、今回のゆりなと冬海の売り上げ対決の立会人として白羽の矢が立った。

「立花。ゆりなの客は、何人きているんだ？」

長瀬が、ゆりなのテーブルに視線を投げた。

「五十二人だ。現在、一卓目の十三人の客から、三百万以上の売り上げを出している」

ゆりなは、二卓目のテーブルに移るところだった。

「なるほど。全員にドンペリクラスのボトルをキープさせたら、冬海との差は引っくり返るかもしれないってわけだ」

「冬海も、売り上げを伸ばしてくるだろうから、なんとも言えないがな」

高額なボトルこそ入ってはいないが、それでも数十万単位の日計はあげてくるに違いない。

ゆりなが猛追しているとはいえ、ここにきての数十万は致命的なダメ押しになる。

「しかし、今夜でふたりがいなくなるなんて、もったいない話だな。冬海とゆりなだけで、大箱一店舗の経営が成り立つっていうのに」

長瀬が、ため息交じりに言った。

「永遠じゃないからこそ、花は美しい」

藤堂のさらりと言った言葉が、立花の胸に沁《し》み渡った。

薔薇、胡蝶蘭《こちょうらん》、ひまわり……様々な「花」を育ててきた男の言葉だからこそ、深い説得力があった。

「あんなになりふり構わない接客をしている彼女を、初めてみたよ。プライドもポリシーもかなぐり捨て、必死にボトルを入れさせている彼女を……」

立花は、一卓目のときと同様に、客達を競わせているゆりなをみつめながら言った。

「それは、冬海も同じだ」

藤堂の言うことが、立花には理解できなかった。

「いつもと変わらない、優雅で余裕のある冬海にみえますが」

「傍《はた》からは、わからないこともあるもんだ。冬海も、ゆりな以上にプライドを捨てている」

つらそうに眉間に皺を刻む藤堂の物言いが気になったが、考えるのはやめた。

愛する男にしかみせない冬海がいても不思議ではない。

「ふたりに、頼みがある」

冬海のテーブルのほうに顔を向けながら、藤堂が言った。

「なんです?」

「閉店になるまで、俺に話しかけないでほしい」

立花と長瀬は、顔を見合わせた。

「どうして……」

訊ねようとする立花を目顔で制し、長瀬が返答した。

「わかりました」

立花は、冬海のテーブルに向いたままの藤堂の横顔を、不思議な気持ちを抱きつつみつめた。

☆　☆

時刻は、午前零時を回っていた。

ラストオーダーまで、二十分を切った。

ゆりなは、四卓目……最後の十三人の客の席に付いたばかりだった。

藤堂は、もう一時間以上、腕組みをして無言を貫いていた。

「社長、現時点の集計結果が出ました」

息を切らしてキャストの待機席に戻ってきた鶴本が、メモ用紙を立花に手渡した。

身を乗り出してくる長瀬と、顔を揃えてゆりなと冬海の数字を追った。

ゆりな　一億三千三百四十万四千円
冬海　一億三千五百四十六万五千円

ゆりなの驚異的な追い上げで、一千百万あった差は二百万ほどに縮まっていた。

しかし、残り時間は約十五分。冬海がこのあと一円も上がらないとしても、ゆりなはその十五分で二百万の数字を叩き出さなければならない。

「二百万差まで詰まったか……」

長瀬が、わざと呟いてみせた。

勝敗が決するまで話しかけないでほしいと言われていたので、藤堂に聞かせる目的なのは明らかだった。

だが、藤堂の表情には微塵の変化もなかった。

すべてを悟り、受け入れた聖者は、きっとこんな感じなのだろうと、なんとなく立花は思った。

「ゴールド一本、ロゼ二本入ります！」

ゆりなのテーブルで注文を取っていたボーイが、大声で叫んだ。

普段はいちいち大声でオーダーを告げたりはしないのだが、みな、残り十五分でふたつの「巨星」のどちらかが闇空から消えるということを知っているので、誰も彼もが平常心を失っていた。

フロアの空気も張り裂けそうなほどに緊張で支配され、キャスト達はさっきから接客よりもゆりなと冬海のテーブルに視線を奪われていた。

「五十五万追加で、冬海さんとの差はあと百五十一万一千円です！」

鶴本が電卓を弾きつつ、興奮気味に告げた。

立花は、腕時計に視線を落とした。

あと十分……。

「ゴールド三本入ります！」

ゆりなのオーダーを告げるボーイの声は、ほとんど絶叫に近いものになっていた。

「七十五万追加で、差は七十六万一千円です！」

鶴本が叫んだ。

ほかのキャスト達は完全に接客を中断し、客に背を向けゆりなと冬海のテーブルを息を呑み凝視《ぎようし》していた。

仕事が手につかないのも、無理はない。

ゆりなが負けたら、勤務先の社長が引退するのだから……。

「残り、五分を切っちゃいましたよ……頼むっ、ゆりなっ、頼む……」

「ロゼ四本、ピンドン二本入ります！」

鶴本の祈りが通じたのか、ボーイが追加オーダーを告げた。

「あ、あと……六万一千円……」

電卓を弾く鶴本の指先は、悴《かじか》んだように震えていた。

「残り時間、三分を切りました」

いつの間にか現れた立会人の芹沢が、ストップウォッチを睨みながら立花達の席に腰を下ろした。

「行けるっ、行けますよ！」

鶴本が、興奮に赤く染まった顔で握り拳を振り上げた。

「ロ、ロマネ・コンティ……入りました……」

冬海のテーブルに呼ばれたボーイが、強張った声でオーダーを告げた。

「百四十万……」

振り上げた握り拳を宙に止めた鶴本が、虚《うつ》ろな瞳で呟いた。

高額オーダーを告げる声に弾かれたように顔を上げたゆりなに、冬海が微笑んでみせた。

「このタイミングまで……」

待ってたか……。

立花は、言葉を青褪めた心で続けた。

ラスト三十分を切ってからは、一円のオーダーも入らなかった冬海。

逆転不可能な時間まで、止《とど》めの一撃を温存していたのだ。

なんという、恐ろしい女だ……。

「さすがは、六年間無敗のカリスマキャストだな」

長瀬が、尊敬の眼差しで冬海をみつめた。

藤堂は、相変わらず腕を組み眼を閉じた姿勢で微動だにしなかった。

「だ、だめだ……百四十六万なんて……この時間から無理だ……」

鶴本が、降伏宣言した。

「俺はいいよ。なんだか、今夜のゆりなちゃんは、感じ悪いよ。高いボトルばかり入れさせようとしてさ」

五十二人のうち、まだボトルを入れていない最後のひとり……小太りの身体を作業着に包んだ中年客が憮然とした表情で言った。

たしか、工務店を経営している中里《なかざと》という客で、今月も五回ほど店に通っており、一度に五十万前後落としてゆく「太客」だ。

金がなくて渋っているのではなく、言葉通り、ゆりなの露骨なまでの「営業」に不快な気持ちになったのだろう。

「わかった。いつもの私に戻るわ。よく聞いて。私には、彼氏がいる。あなたを恋人としてはみてないし、どんなに高いボトルを入れてくれてもそれは変わらない。でも、事情があって、ゴールドを四本とロゼを四本入れてほしいの。なにかにたいして、こんなに必死になったことはないわ。合わせて百六十万。どうしても、そのオーダーがほしいの。私を好きなら、頼みを聞いて！」

「なっ……馬鹿野郎っ。そんな馬鹿正直に言って、百六十万も落としてくれるわけないだろ！」

鶴本が、頭を抱えて地団駄《じだんだ》を踏んだ。

たしかに、こんなに虫が好《よ》く勝手な話はない。

「擬似恋愛」が基本のキャバクラで、彼氏の存在を明かし、どれだけ金を使っても好きにならないなどと口にするのは、御法度《ごはっと》中の御法度だ。

心のままに物事をオブラートに包まず客に接する……それがゆりなという女だ。

だが、今回だけは、彼女の神通力も通じない。

「残り、一分です」

芹沢が、抑揚のない口調でオーダーストップのタイムリミットを告げた。

これまでか……。

立花は眼を閉じ、唇をきつく引き結んだ。

「残り、三十秒……二十秒……」

フロアが、ざわつき始めた。

目前に迫った冬海の勝利に、キャスト達が狼狽しても仕方がない。

「ゆりなさんっ、ゴールド四本、ロゼ四本、入ります！」

眼を開いた立花の視界に、中里の薄くなった頭を幼子《おさなご》にそうするように撫で撫でするゆりなの姿が飛び込んできた。

「オーダーストップです。冬海さんとゆりなさんの売り上げ対決は、終了とします」

芹沢が、事務的に告げた。

「やりましたねっ、社長！　勝ちましたよ！　俺達、勝ったんですよ！」

鶴本が、立花の手を取り顔をくしゃくしゃに狂喜乱舞した。

長瀬が、ぽっかりと口を開き固まっていた。

キャストとボーイが、ほかの客の視線を忘れて歓喜の声を上げていた。

冬海は、中里の頭を撫で続けるゆりなを無表情にみつめていた。

いまだに、信じられなかった。

九十九・九パーセント、負けを覚悟していた。

「終わりましたよ」

立花は、深呼吸をして気を落ち着けてから、藤堂に声をかけた。

「よくやった」

藤堂が、ゆっくりと噛み締めるように言った。

鶴本が、怪訝そうに藤堂をみた。

勝負に負けて引退が決定したというのに、よくやった、という冬海にたいしてだろう労いの言葉が理解できないに違いない。

しかし、立花も、逆の立場ならゆりなに同じ言葉をかけたことだろう。

藤堂のレンズ越しの瞳に、光るものがみえたような気がした。

☆　☆

午前一時三十分。客の引けたフロアの中央に、ゆりなと冬海が並び立っていた。

ふたりの前には、立花と藤堂、そして鶴本と長瀬が両脇を固めていた。

「集計結果を発表します」

フロアの端にいた芹沢が、ゆりなと冬海の前に歩み出た。

「冬海さんの売り上げは一億三千六百八十六万五千円、ゆりなさんの売り上げは、一億三千七百万四千円。十三万九千円差で、ゆりなさんの勝利となります」

束の間の沈黙のあと、静寂を拍手の音が破った。

拍手の主……冬海がゆりなのほうを向いた。

「おめでとう。初めて負けた相手が、あなたでよかったわ。ゆりな。ありがとう」

満面に笑みを湛える冬海の差し出した手をみつめていたゆりなの唇が、への字に曲がった。

「そんな……私のほうこそ……ありがとう……ござい……」

震えていた声が途切れ、ゆりなが堰《せき》を切ったように号泣《ごうきゅう》した。

冬海の手を握ったまま腰から崩れ落ちるようにしゃがみ込むと、赤子《あかご》さながらに大声で泣きじゃくった。

「ゆりな、あなたに、言わなければならないことが……」

「冬海。それは、もう、必要ない」

藤堂が、ゆりなになにかを言おうとした冬海を止めた。

「立花」

藤堂の手が、彷徨ったのちに立花の肩に置かれた。

「頼んだぞ」

「これまで、いろいろとありが……」

「言うな。お互い、ガラじゃない。それより、最後にもうひとつだけ、頼みがある」

居心地《いごこち》悪そうな顔で遮った藤堂が、改まった声音で切り出した。

「今夜は、珍しく頼みごとが多いですね。藤堂さんを会長にしろなんて話はなしですよ」

立花は、冗談めかして照れを隠した。

「一時間だけ、店を貸してくれ」

「店を？」

「ああ」

頷くと、藤堂は冬海を探《さぐ》り当て手を握った。

藤堂の突然の行動に、冬海が驚きの表情をみせ、ゆりなも泣き止み、事の成り行きを見守った。

「俺を、最後の客にしてくれないか？」

「え……？」

冬海が、眼を大きく見開いた。

「ロゼでも頼もうかな。十五万の売り上げ追加で、お前の勝ちだ」

藤堂が、珍しく、白い歯をみせて笑った。

藤堂のこんなに無邪気な笑顔をみるのは、初めてのことだった。

「藤堂さん……」

冬海の瞳から、大粒の涙が零《こぼ》れ落ちた。

「芹沢さん。業務的な打ち合わせは明日にしましょう。俺は、ちょっと行くところがあるんで。長瀬、鶴本、ゆりな。お前達も、帰る用意をしろ」

「どこに行くんだ？」

「これから、千鶴さんにプロポーズをしに行きます」

立花は、さらりと口にした。

「千鶴にプロポーズ!?」

藤堂の素頓狂な声を、長瀬の指笛が掻き消した。

「ええ。今回の勝負に勝ったらそうしようと、決めていたんです」

「これは、驚きだな」

「お互い様ですよ。今夜、フェニックスは貸切にしますから。じゃあ、俺、行きますんで」

立花は、踵を返し出口に向かった。

「立花」

藤堂の声に、立花は足を止め振り返った。

「なんです？」

「絶対に、光を絶やすな。真っ黒に輝くんだ」

「あなたの作った黒い太陽を、もっと強力な陽射しにしてみせます。だから、安心して新しいパートナーと歩んでください」

立花は冬海にウインクを残し、フロアをあとにした。

外に出た立花は、区役所通りを歩きながら携帯電話を取り出した。

コール音が一回も鳴り終わらないうちに、千鶴は出た。

『もしもし？』

「俺だ。いま、君の店に向かってる」

『藤堂さんに、勝ったの？』

「ああ、約束通り、君を迎えに行く」

『立花君……』

受話口から流れてくる千鶴の声がくぐもった。

立花は、酔客とホストで溢れ返る通りを避けるように、人気のない路地裏に入った。

用意してきた言葉を口にする前に、息を深く吸った。

十年間に亘る戦いに終止符が打たれたいま、ずっと騙し続けていた自分の気持ちに、そろそろ向き合ってもいいだろう。

「千鶴さん、俺と……」

突然、目の前に飛び出してきた人影——肌の浅黒いアジア系の男が、立花にぶつかってきた。

男は、謝りもせずに駆け出し、闇の中に消えた。

『どうしたの？』

「いきなり人がぶつかってきて……」

不意に、下腹に激痛が走った。

ワイシャツに広がる鮮血の中心部に突き立つナイフ……。

瞬間、なにが起きているのかわからなかった。

『え？　ぶつかって、なに？』

呼吸が苦しくなり、千鶴の問いかけに答えることができなかった。

下半身に、力が入らなくなってきた。

身体をくの字に折り曲げ荒い息を吐く立花の前に、さっきとは別の人影が現れた。

立花は、その人影をみて息を呑んだ。

「十万にしちゃ、いい仕事をしやがる。日本人を雇えば、桁がふたつは違うだろうな」

人影——鷹場が、喘息《ぜんそく》の発作《ほっさ》のような乾いた笑い声を上げながら立花の腹を蹴りつけてきた。

回る視界——後頭部をアスファルトに強く打ちつけた。

『もしもし？　立花君？　もしもし？』

路面に放り出された携帯電話から、千鶴の心配げな呼びかけが漏《も》れてきた。

「おーおーおー、おめえ、これから、女とオマンコしに行くところだったのか？」

鷹場が、携帯電話に視線をやり、唇の端を卑しく吊り上げた。

「お……お前……」

「なんで俺を刺させた、なんて言うんじゃねえだろうな？　ったくよ、大黒に十万、おめえに十万、とんでもねえ出費だぜ。あんとき、素直に協力して藤堂をぶっ殺してりゃ、こんなことにならなかったのによ。協力どころか、邪魔をしやがった。馬鹿な野郎だ」

憎々しげに言いながら、鷹場は立花の腹に突き立つナイフの柄を靴底で踏みつけた。

想像を絶する激痛に、立花は地面を転げ回った。

「あ、そうそう、出費は返してもらわねえとな」

鷹場は屈み込み、立花のスーツから財布を抜き取り、続けて、ワイシャツの襟もとをはだけさせペンダントをちぎり、人差し指のリングを引き抜いた。

「これで、貸し借りはなしだ。ほいじゃあな」

鷹場は黄色い歯を剝き出しに笑い、軽快な足取りで駆け去った。

『立花君っ、返事して！　なにかあったの⁉　ねえっ、立花君！』

千鶴の声が、遠のいてゆく。

下腹の激痛も、感じなくなってきた。

漆黒の空が回っている……どこだ？　どこにある？

――本人の意思とは関係なしに、夜の世界でしか生きてゆけない者がいる。まるで、黒い太陽に向かって歩いているようにな。

いつか聞いた藤堂の言葉が、薄れゆく意識の中でリフレインした。

太陽は、どこだ？

終章

「どうして、あのとき止めたの？　六千三百万の売り上げが仕込みだったと告白しろと言ったのはあなたよ」

冬海が、ロゼ色に染まったシャンパングラスを藤堂に差し出しながら訊ねてきた。

「お前が勝っていたなら、止めはしなかった。だが、負けた。これ以上、冬海というキャストに惨めな思いをさせたくはなかった」

「私、惨めなんかじゃなくてよ。そりゃあ、勝負には勝ちたかったけど、負けたおかげで、あなたが私ひとりのものになったんだもの」

「ずいぶんと、プラス思考だな」

「ううん、本当にそう思ってるの。藤堂さんは、大丈夫？」

「なにが？」

「立花君と千鶴のこと。好きだったんでしょう？　いいの？　会社だけじゃなくて、最愛の女性まで取られても」

冬海の声音からは、どういう感情で訊いているのか窺えなかった。

「昔の話だ。いまは違う」

「新しく、好きな人でもできたわけ?」

「さあな」

「ねえ、『指名』してくれたのは、ゆりなに負けた私への同情?」

冬海はさりげなく訊いてはいるが、言葉の響きに緊張が感じられた。

「同情からはなにも生まれない。俺は、これまで誰かに同情したことはない。それは、いまもこれからも変わらない」

「じゃあ、特別な感情?」

「そうだと言ったら、お前はどうする?　俺は昔と違い、眼がみえない」

「ほかの女に目移りしないから、ちょうどいいわ」

冬海が笑った。釣られて、藤堂も口もとを綻ばせた。

「こんなに穏やかな気持ちになったのは……いつの日以来か、思い出せない」

「後悔していない?」

「会社を立花に譲ったことか?」

「ううん、私に賭けたこと……」

冬海の声が、微かに震えた。

自分の責任で立花に負けたことにたいして、罪の意識に囚われているのだろう。

「お前以外に、藤堂猛を賭けられるキャストがどこにいる?」

「キャストとしての私?」

「冬海」

藤堂は、呼吸を整えた。

女性にたいして生まれて初めての経験を、これからしようとしている。

「なに?」

「俺の瞳になって、黒い太陽が輝き続けているかを見守ってくれないか?」

ひと息に言った。

鼓動が早鐘を打っていた。

「それって、プロポーズかしら?」

嬉しそうに、冬海が訊ね返した。

藤堂は答えず、天を仰ぎ、眼を閉じた。

「俺には、みえないんだ。視力を失ったという意味ではなく、みえない」

「なにが、みえないの？」

「黒い太陽だ」

「あたりまえよ」

「なぜだ？」

「それは、あなた自身が黒い太陽だから」

「なら、立花はどうだ？」

「みえないでしょうね。彼も、あなたと同じ……生まれながらの夜の住人よ」

立花が自分と同じ……。

藤堂は、冬海の言葉を心で反芻《はんすう》した。

「銀座のお店、一緒にやりましょう？　本人の意思とは関係なしに、夜の世界でしか生きてゆけない者がいる……あなたがよく使っていたセリフよ」

「なるほど」

「わかったなら、ふたりの新しい人生のスタートに乾杯しよう？　さあ、グラスを持って」

藤堂のグラスと冬海のグラスが触れ合う甲高い音が、フェニックスの店内に響き渡った。

真っ黒に染まれ……。

藤堂は、心で立花に語りかけた。

注

本書はフィクションであり、登場する人物、および団体名は、実在するものといっさい関係ありません。月刊『小説NON』(祥伝社発行)二〇〇八年一二月号から二〇一一年三月号まで連載され、二〇一一年六月、単行本として刊行された作品です。

——編集部

帝王星

一〇〇字書評

切り取り線

購買動機（新聞、雑誌名を記入するか、あるいは○をつけてください）	
□（　　　　　　　　）の広告を見て	
□（　　　　　　　　）の書評を見て	
□ 知人のすすめで	□ タイトルに惹かれて
□ カバーが良かったから	□ 内容が面白そうだから
□ 好きな作家だから	□ 好きな分野の本だから

・最近、最も感銘を受けた作品名をお書き下さい

・あなたのお好きな作家名をお書き下さい

・その他、ご要望がありましたらお書き下さい

住所	〒				
氏名		職業		年齢	
Eメール	※携帯には配信できません	新刊情報等のメール配信を 希望する・しない			

この本の感想を、編集部までお寄せいただけたらありがたく存じます。今後の企画の参考にさせていただきます。Eメールでも結構です。

いただいた「一〇〇字書評」は、新聞・雑誌等に紹介させていただくことがあります。その場合はお礼として特製図書カードを差し上げます。

前ページの原稿用紙に書評をお書きの上、切り取り、左記までお送り下さい。宛先の住所は不要です。

なお、ご記入いただいたお名前、ご住所等は、書評紹介の事前了解、謝礼のお届けのためだけに利用し、そのほかの目的のために利用することはありません。

〒一〇一‐八七〇一
祥伝社文庫編集長 坂口芳和
電話 〇三（三二六五）二〇八〇

祥伝社ホームページの「ブックレビュー」からも、書き込めます。
http://www.shodensha.co.jp/bookreview/

祥伝社文庫

帝王星《ていおうぼし》

平成25年 6 月20日　初版第1刷発行

著　者　新堂冬樹《しんどうふゆき》

発行者　竹内和芳

発行所　祥伝社《しょうでんしゃ》

東京都千代田区神田神保町 3-3
〒 101-8701
電話　03（3265）2081（販売部）
電話　03（3265）2080（編集部）
電話　03（3265）3622（業務部）
http://www.shodensha.co.jp/

印刷所　萩原印刷
製本所　ナショナル製本
カバーフォーマットデザイン　芥 陽子

Printed in Japan ©2013, Fuyuki Shindo ISBN978-4-396-33844-2 C0193